El...
La vida sec...
por Sue...

"Esta es la historia de la jornada de una joven hacia su cicatrización emocional, y del sagrado valor intrínseco de vivir en el mundo. Simplemente maravillosa."

—Anne Rivers Siddons

"Es como si Kidd le ofreciera un plato lleno de comidas ricas para llevar, y usted dijera, '¡Oh! no puedo,' y luego lo devorara en su carro camino a casa." —*Entertainment Weekly*

"Quizás es cierto que no hay libros perfectos, pero yo cerré este pensando que había encontrado la perfección."

—*Book*

"Merece comentarse." —*People*

"Sue Monk Kidd ha escrito una novela maravillosa sobre madres e hijas y sobre el poder trascendente del amor, al mismo tiempo iluminando magistralmente el rostro femenino de Dios."

—Connie May Fowler

"Kidd ha escrito una triunfante novela sobre la madurez que habla de la necesidad universal de amor."

—*The New Orleans Times-Picayune*

"Bellamente contada y maravillosamente divertida. Una cálida historia relatada con destreza sobre una joven y su búsqueda de la verdad." —*San Antonio Express-News*

"Leerla es un absoluto placer."

—*Time Out New York*

SANTA BARBARA PUBLIC LIBRARY
CENTRAL LIBRARY

PENGUIN BOOKS

LA VIDA SECRETA DE LAS ABEJAS

Sue Monk Kidd, autora de las aclamadas memorias *La danza de las hijas disidentes* y de *Cuando el corazón espera*, ha ganado el premio *Poets & Writers*, el premio Katherine Anne Porter, y la beca *Bread Loaf*. Dos de sus relatos—incluyendo un extracto de *La vida secreta de las abejas*—fueron seleccionados como cuentos notables por *Best American Short Stories*. *La vida secreta de las abejas*, su primera novela, fue nominada para el prestigioso premio *Orange* de Inglaterra. Ella vive junto a una salina cerca de Charleston, Carolina del Sur. Su nueva novela, *La silla de sirena*, está disponible en la Viking.

Laura Paredes Lascorz es una traductora profesional que estudió en la Universidad de Manchester, Inglaterra. Ella ganó el Premio Extraordinario de traducción y interpretación durante sus estudios en la Universitat Pompeu Fabra de Barcelona.

Sue Monk Kidd

La vida secreta de las abejas

Traducción de Lauria Paredes

PENGUIN BOOKS

PENGUIN BOOKS
Publicado por Penguin Group
Penguin Group (USA) Inc., 375 Hudson Street, New York, New York 10014, U.S.A.
Penguin Group (Canada), 10 Alcorn Avenue, Toronto, Ontario,
Canada M4V 3B2 (una división de Pearson Penguin Canada Inc.)
Penguin Books Ltd, 80 Strand, London WC2R 0RL, England
Penguin Ireland, 25 St. Stephen's Green, Dublin 2, Ireland (una división de Penguin Books Ltd)
Penguin Group (Australia), 250 Camberwell Road, Camberwell,
Victoria 3124, Australia (una división de Pearson Australia Group Pty Ltd)
Penguin Books India Pvt Ltd, 11 Community Centre, Panchsheel Park, New Delhi – 110 017, India
Penguin Books (NZ), cnr Airborne and Rosedale Roads, Albany,
Auckland 1310, New Zealand (una división de Pearson New Zealand Ltd)
Penguin Books (South Africa) (Pty) Ltd., 24 Sturdee Avenue, Rosebank,
Johannesburg 2196, South Africa

Penguin Books Ltd, Oficinas registrada:
80 Strand, London WC2R 0RL, England

The Secret Life of Bees primero publicado en los Estados Unidos de América
por Viking Penguin, un miembro de Penguin Putnam Inc. 2002
La vida secreta de las abejas primero publicado en España Ediciones B, S.A. 2003
Reimprimido a convenir con Ediciones B, S.A.
Primero publicado en Penguin Books 2005

1   3   5   7   9   10   8   6   4   2

Copyright © Sue Monk Kidd, 2002
Traducción copyright © Ediciones B, S.A., 2003
Todos los derechos reservado

Nota de Editor
Esto es un trabajo de la ficción. Los nombres, los caracteres, los lugares, y los incidentes
son el producto de la imaginación del autor o se utilizan ficticiamente, y cualquier semejanza
a personas verdaderas, viviendo o muerto, establecimientos de negocio, los acontecimientos,
o los lugares son enteramente casuales.

CIP disponible
0 14 30.3579 7

Impresso en los Estados Unidos de América

Excepto en los Estados Unidos de América, este libro se vende sujeto a la condición de
que no se debe prestar, revender, alquilar, o poner en circulación de cualquier otro modo,
ya se trate de transacción comercial u otro arreglo, sin permiso previo del propietario bajo
una encuadernación o cubierta distinta de aquella con la que se publica, y sin que
condición similar, incluyendo ésta, se le imponga al comprador.

Para mi hijo, Bob,
y para Ann y Sandy, con todo mi amor

Agradecimientos

Deseo expresar mi gratitud a las siguientes personas:

A mi representante, Virginia Barber, por su enorme sabiduría, apoyo y talento. A mi editora, Pamela Dorman, cuya brillante labor de orientación y revisión ha sido fundamental. A las personas de Viking que han trabajado con asiduidad en este libro: Susan Peterson Kennedy, Clare Ferraro, Nancy Sheppard, Carolyn Coleburn, Paul Slovak, Leigh Butler, Hal Fessenden, Carla Bolte, Paul Buckley, Roseanne Serra, Bruce Giffords, Maureen Sugden, Ann Mah, y al departamento de ventas en general, que tanta ayuda me prestó.

A Dave y Janice Green, apicultores abnegados de Pot O'Gold Honey Co. en Hemingway, Carolina del Sur, que me introdujeron en su mundo de abejas y me proporcionaron una ayuda valiosísima.

A Poets & Writers, Inc., por su excelente programa Writers Exchange, que me permitió estar en el lugar adecuado en el momento preciso en lo concerniente a esta novela. A *Nimrod*, la revista literaria que publicó el relato «La vida secreta de la abejas» (Otoño/Invierno 1993), que fue la base del primer capítulo, por proporcionarme el apoyo que me permitió desarrollar el relato y convertirlo en una novela.

A Debbie Daniel, escritora y amiga, que leyó algunos fragmentos iniciales del libro y me comentó sus impresiones. A Ann Kidd Taylor, que revisó el manuscrito a medida que lo escribía y me ofreció una información y un apoyo excelentes. A Terry Helwig, Trisha Harrell, Carolyn Rivers, Susan Hull, Carol Graf, Donna Farmer y Lynne Ravenel, mujeres extraordinarias que me asistieron hasta el final.

A mi maravillosa familia que tanto me ha ayudado: Bob, Ann, Scott y Kellie, mis padres (que no se parecen en nada a los padres de esta novela). Y, sobre todo, a mi marido, Sandy, por más razones de las que podría enumerar.

1

La reina, por su parte, es la fuerza cohesiva de la comunidad; si se la aparta de la colmena, las obreras perciben enseguida su ausencia. Pasadas unas horas, o incluso menos, muestran signos inconfundibles de orfandad.

Man and Insects

De noche, mientras permanecía tumbada en la cama, observaba el espectáculo de las abejas que se colaban por las grietas de la pared y describían círculos por toda mi habitación, a la vez que su zumbido, ese «zzzzz» agudo que acompaña su movimiento, recorría mi piel. Contemplaba sus alas, brillantes cual partículas de cromo en la oscuridad, y sentía una ansiedad creciente en mi interior. El modo en que esas abejas volaban sin ni siquiera buscar una flor, sólo para sentir el viento, me llegaba al alma.

Durante el día, escuchaba el ruido amortiguado que producían al construir sus túneles en las paredes de mi dormitorio, como si en la habitación contigua hubiese una radio mal sintonizada, e imaginaba que convertían los muros en colmenas y que éstos rezumaban miel para que yo la saboreara.

Las abejas llegaron en el verano de 1964, justo cuando cumplí catorce años y mi vida inició su rotación en una órbita distinta, del todo diferente. Al recordarlo ahora veo claro que las abejas me fueron enviadas, esto es, que se me aparecieron, como el arcángel san Gabriel a la Virgen María, para desencadenar acontecimientos que escapaban incluso a mi imaginación. Sé que es presuntuoso comparar mi sencilla vida con la Suya, pero tengo motivos para creer que a Ella no le importaría y más adelante los explicaré. Por ahora, baste con decir que, a pesar de todo lo que ocurrió aquel verano, sigo sintiendo cariño por las abejas.

Era el primero de julio de 1964 y yo estaba acostada en la cama esperando a que aparecieran las abejas, mientras pensaba en lo que Rosaleen había comentado cuando le hablé de aquellas visitas nocturnas.

—Las abejas enjambran antes de una muerte —había sentenciado.

Rosaleen trabajaba para nosotros desde la muerte de mi madre. Mi padre, a quién yo llamaba T. Ray porque el término «papá» no me parecía apropiado, la había sacado del melocotonar en el que recolectaba para él. Rosaleen tenía un rostro grande y redondo, y un cuerpo que se abombaba por debajo del cuello como una tienda de campaña, y era tan negra que su piel parecía transpirar noche. Vivía sola en una casita oculta en medio del bosque, no demasiado lejos de nosotros, y venía todos los días a cocinar, a limpiar y a ejercer de madre sustituta. Rosaleen no había tenido hijos propios, de manera que desde hacía diez años yo era para ella su mascota preferida.

«Las abejas enjambran antes de una muerte.»

Yo ignoraba muchas de sus ideas disparatadas, pero aquella noche yacía allí meditando sobre ésta, preguntándome si las abejas habían acudido a mí al presagiar mi muerte. A decir verdad, ese pensamiento no me inquietaba: podrían haber descendido todas ellas como una grey de ángeles, abalanzarse sobre mí y picarme hasta quitarme la vida, y eso no hubiera sido lo peor de cuanto podía ocurrirme. Quien cree que no hay nada peor que morirse poco sabe de la vida.

Mi madre había fallecido cuando yo tenía cuatro años. Era algo natural; pero si lo mencionaba, la gente de repente mostraba interés por sus uñas y sus cutículas o fijaba la vista en algún lugar remoto del cielo y simulaba no oírme. Sin embargo, de vez en cuando alguna alma caritativa concluía: «Procura olvidarlo, Lily. Fue un accidente. Lo hiciste sin querer.»

Aquella noche en la cama consideraba la idea de morirme y reunirme con mi madre en el Paraíso. Al verla, le pediría perdón; ella me besaría hasta que me doliera la piel y exclamaría que no había sido culpa mía, y no dejaría de repetirlo durante los primeros diez mil años.

En los milenios siguientes me peinaría. Me cepillaría el pelo hasta que luciera tanto que todos los habitantes del Cielo dejarían de tañer el arpa para admirarlo. Es posible adivinar si una niña no tiene madre por el aspecto de su cabello. El mío apuntaba en todas direcciones y, como cabe suponer, T. Ray se negaba a comprarme rulos, de modo que tenía que enrollar mis mechones en latas de zumo de uva Welch, lo que casi me convirtió en insomne. Siempre había de elegir entre lucir un peinado decente y pasar una buena noche de sueño.

Decidí que tardaría cuatro o cinco siglos en contarle el suplicio que era vivir con T. Ray. Siempre estaba de mal humor, sobre todo en verano, cuando trabajaba en el melocotonar de sol a sol, y yo procuraba mantenerme alejada de él. Lo cierto es que sólo era amable con *Snout*, su perra de caza, que dormía en su cama y a la que rascaba la barriga cada vez que se echaba patas arriba. Recuerdo haber visto a *Snout* mearse en la bota de T. Ray sin que éste se inmutara.

Había pedido a Dios muchas veces que hiciera algo con respecto a T. Ray, pues a pesar de que llevaba cuarenta años yendo a la iglesia sólo empeoraba. Dios debería haber visto alguna señal en ello.

Aparté las sábanas a puntapiés. En la habitación reinaba una calma absoluta; no había una sola abeja. Cada minuto echaba un vistazo al reloj de la cómoda y me preguntaba qué las retendría.

Por fin, cerca de la medianoche, cuando mis párpados casi habían renunciado ya al esfuerzo de seguir abiertos, se empezó a oír un ronroneo bajo y vibrante en el rincón, un sonido que podría confundirse con el de un gato. Unos instantes después, unas sombras se movieron como salpicaduras de pintura en las paredes, capturando la luz al pasar por la ventana, de modo que vi la silueta de unas alas. El sonido creció en la penumbra hasta que toda la habitación vibró, hasta que el mismo aire cobró vida por la agitación de las abejas. Volaban alrededor de mi cuerpo y me convertían en el centro perfecto de un oscuro torbellino, que producía un zumbido tan ensordecedor que yo era incapaz de atender siquiera a mis pensamientos.

Era tal la tensión que me clavé las uñas en las palmas hasta que se me quedaron marcadas en la piel. Una persona podría llegar a morir en una habitación llena de abejas a causa de sus picaduras.

Aun así, era todo un espectáculo. De repente, sentí la necesidad de mostrarle aquello a alguien, aunque la única persona que hubiera cerca fuera T. Ray. Poco me importaba que pudieran picarle un par de centenares de abejas.

Abandoné el lecho y a toda prisa me abrí paso entre ellas para alcanzar la puerta. Cuando llegué al cuarto de T. Ray le toqué el brazo con un dedo para despertarlo, primero con suavidad y luego cada vez con más fuerza hasta casi clavárselo en la carne, maravillada de su resistencia.

T. Ray saltó de la cama, vestido sólo con su ropa interior. Lo arrastré hacia mi habitación mientras él bramaba que esperaba que se tratara de algo importante, como que la casa estuviera ardiendo, y *Snout* ladraba como si participara en una cacería de palomas.

—¡Abejas! —grité—. ¡En mi habitación hay un enjambre de abejas!

Pero cuando llegamos se habían esfumado a través de la pared como si supieran que él se acercaba, como si no quisieran malgastar sus acrobacias aéreas con él.

—Maldita sea, Lily. No tiene gracia.

Revisé las paredes de arriba abajo. Me agaché bajo la cama y supliqué que del polvo y de los muelles del colchón saliera siquiera una sola abeja.

—Estaban aquí —aseguré—. Volaban por todas partes.

—Sí, y también había una manada de búfalos.

—Escucha —le indiqué—. Las oirás zumbar.

Orientó la oreja hacia la pared con fingida seriedad.

—Yo no oigo ningún zumbido —me espetó, mientras hacía girar la punta de su dedo índice en la sien—. Me imagino que habrán salido volando de ese reloj de cuco que llamas cerebro. Si vuelves a despertarme, Lily, sacaré el Martha White, ¿entendido?

El Martha White era una forma de castigo que sólo a T. Ray podría habérsele ocurrido. Cerré la boca al instante. Pero no podía dejar así las cosas y permitir que T. Ray creyera que estaba tan desesperada que me inventaba una invasión de abejas para llamar la atención. Por eso tuve la brillante idea de atrapar unas cuantas en un tarro para enseñárselas y replicarle: «¿Ves como no me invento nada?»

Mi primer y único recuerdo de mi madre era del día en que murió. Durante mucho tiempo intenté evocar una imagen anterior de ella, un simple retazo, como que me arropaba en la cama, me leía un cuento o colgaba mi ropa interior cerca del calentador en las mañanas frías. Incluso habría agradecido recordar que ella arrancaba un pincho de una forsitia y me lo clavaba en las piernas.

Murió el 3 de diciembre de 1954. La calefacción había caldeado tanto el ambiente que se había quitado el jersey y se había quedado en manga corta, y tiraba de la ventana del dormitorio, peleándose por desenganchar la pintura.

—Bueno, supongo que tendremos que achicharrarnos —exclamó por fin, dándose por vencida.

Tenía el cabello negro y abundante, y los densos rizos le enmarcaban el rostro, un rostro que jamás lograba ver, a pesar de la claridad con la que percibía todo lo demás.

Tendí los brazos hacia ella y me alzó, explicándome que yo ya era demasiado mayor, pero haciéndolo de todos modos. En cuanto me levantó, su aroma me envolvió.

Olía a canela, y aquella fragancia se fijó en mí ya para siempre. Solía ir con regularidad a Sylvan Mercantile para oler todos los frascos de perfume que allí había y así tratar de identificarla. Cada vez que aparecía, la señora de la perfumería fingía sorprenderse.

—Dios mío, mira quién está aquí —exclamaba, como si no hubiera ido la semana anterior para comprobar todos los frascos. Shalimar, Chanel N.º 5, White Shoulders.

—¿Tiene alguno nuevo? —preguntaba yo.

Pero nunca lo tenía.

De manera que me quedé estupefacta cuando percibí aquel olor en mi profesora de quinto y ésta me explicó que no llevaba sino crema hidratante Ponds.

Recuerdo que la tarde que mi madre murió había una maleta abierta en el suelo, cerca de la ventana que se había atascado. Mi madre iba y venía del vestidor, y cada vez dejaba caer dentro de ella alguna prenda, sin molestarse en doblarla.

Yo la seguí al vestidor y me oculté bajo los dobladillos de los vestidos y las perneras de los pantalones, en la oscuridad, entre polvo y polillas muertas, junto a las botas de T. Ray, con restos de barro del huerto e intenso olor mohoso a melocotón. Metí las manos en un par de zapatos de salón y repiqueteé con ellos.

El suelo del vestidor vibraba cuando alguien subía las escaleras que había debajo: fue así como supe que T. Ray se aproximaba. Por encima de mi cabeza oía que mi madre retiraba cosas de las perchas; escuchaba el frufrú de las telas, el roce del metal.

Cuando los zapatos de T. Ray resonaron en la habitación, mi madre dejó escapar un suspiro, como si de repente algo oprimiese sus pulmones. Eso es lo último que recuerdo con toda claridad: la respiración de mi madre suspendida en el aire, descendiendo hacia mí como un paracaídas, para luego perderse sin dejar rastro entre los montones de zapatos.

No recuerdo qué se dijeron, sólo la furia de las palabras que enrareció el ambiente y lo llenó de dardos. Después aquello habría de recordarme a unos pájaros atrapados en una habitación cerrada que se lanzaban contra las ventanas y las paredes, chocando entre sí. Retrocedí para adentrarme todavía más en el vestidor y noté en la boca el sabor a zapatos, a pies, de mis dedos.

No sé qué manos tiraron de mí y me sacaron de allí, pero de pronto me encontré en los brazos de mi madre, respirando su olor.

—No te preocupes —me susurró mientras me acariciaba el cabello.

Apenas había pronunciado aquellas palabras cuando T. Ray me arrancó de ella. Me condujo a la puerta y me dejó en el pasillo.

—Ve a tu habitación —ordenó.

—No quiero —grité. Traté de apartarlo de un empujón; quería regresar a la habitación, junto a mamá.

—¡Vete a tu cuarto, joder! —gritó, empujándome. Choqué contra la pared y luego caí hacia delante, de modo que quedé a gatas. Levanté la cabeza y vi a mi madre detrás: cruzaba corriendo la habitación en dirección a él.

—Déjala en paz —vociferó.

Me acurruqué en el suelo junto a la puerta y contemplé la escena, pero el aire que nos envolvía me pareció un vidrio rayado. Aun así, entreví cómo la agarraba por los hombros y la zarandeaba, y la cabeza de ella se sacudía. Los labios de T. Ray estaban blancos.

A pesar de la confusión que nubla mis recuerdos a partir de aquel momento, sé que entonces mi madre se alejó de él y se metió en el vestidor, lejos de su alcance, para buscar algo en un estante alto.

Cuando vi el arma en su mano, me abalancé hacia ella, con tanta determinación como torpeza, de modo que me caí. Quería salvarla. Quería salvarnos a todos.

Y a partir de ahí el tiempo se confunde, los hechos se entremezclan y no conservo en mi mente sino retazos, nítidos pero inconexos. La pistola, que resplandecía en su mano como un juguete nuevo. Él, que se la arrebató y la blandió. El arma en el suelo. Yo, que me agaché para recogerla. El ruido de la detonación, apoderándose de todo a nuestro alrededor.

Eso es lo que sé sobre mí. Ella era lo único que quería y la alejé de mí para siempre.

T. Ray y yo vivíamos en las afueras de Sylvan, una población de 3.100 habitantes en Carolina del Sur. Lo más destacado del lugar eran sus puestos de venta de melocotones y sus iglesias baptistas.

Presidía la entrada de la granja un gran cartel de madera que decía «Empresa melocotonera Owens», pintado con el color naranja más horrible que uno pueda imaginarse. Yo lo detestaba. Claro que no era nada comparado con el melocotón gigante colocado sobre un poste de dieciocho metros que flanqueaba el portalón. Todos en la escuela lo llamaban el Gran Trasero, y utilizo un eufemismo. Su color carnoso, por no mencionar la ranura en el centro, le otorgaba el aspecto inconfundible de unas posaderas. Rosaleen aseguraba que era un truco de T. Ray para enseñar el trasero a todo el mundo. Así era él.

No era partidario de fiestas ni de bailes, lo que, de todos modos, carecía de importancia porque jamás me invitaban a ninguno. También se negaba a llevarme a los partidos de fútbol y a otros acontecimientos deportivos organizados por el Beta Club, que tenían lugar los sábados en el pueblo. No le importaba que me pusiera la ropa que yo misma me confeccionaba en la clase de economía doméstica: vestidos camiseros de algodón con la cremallera torcida y faldas que me colgaban por debajo de las rodillas, prendas que sólo llevaban las chicas de la comunidad pentecostal. Para el caso, era como si me hubiera colgado un cartel a la espalda que anunciase a todos: «No soy popular y nunca lo seré.»

Necesitaba toda la ayuda que la moda pudiera ofrecerme porque nadie, ni una sola persona, comentó nunca: «Lily, eres una niña preciosa», salvo la señorita Jennings, pero ella, además de pertenecer a la Iglesia, era oficialmente ciega.

Si no tenía un espejo cerca, solía observar mi imagen reflejada en los escaparates o en la pantalla del televisor, cuando estaba apagado, para ver mi aspecto. Tenía el cabello negro como mi madre, pero el mío era un nido de remolinos. Me preocupaba también que mi mentón estuviese retraído. Pensaba que mi barbilla me crecería a la vez que los senos, pero estaba equivocada. Sin embargo, tenía los ojos bonitos, podría decirse que parecidos a los de Sofía Loren. Aun así, no parecía atraer ni siquiera a los chicos que lucían el típico tupé rockero engominado y un peine en el bolsillo de la camisa, y eso que se suponía que estaban necesitados.

Por debajo de mi cuello se descubrían nuevas formas, aunque

debía ocultarlas. Estaba de moda llevar conjuntos de cachemir y minifaldas escocesas, pero T. Ray aseguró que el Infierno se convertiría en una pista de hielo antes de que yo saliera así a la calle. ¿Acaso quería acabar embarazada como Bitsy Johnson, cuya falda apenas le cubría el culo? Cómo había averiguado lo de Bitsy me parecía todo un misterio, aunque era cierto lo de su falda y también lo del niño. De todos modos, no era más que una desafortunada coincidencia.

Rosaleen todavía sabía menos de moda que T. Ray. Yo rezaba para que no hiciese frío porque entonces me obligaba a ir al colegio con pantalones bajo mis vestidos de la comunidad pentecostal.

No había nada que detestara más que los grupos de chicas que interrumpían sus chismorreos a mi paso. Empecé a arrancarme costras del cuerpo y, cuando no tenía ninguna, a morderme la piel alrededor de las uñas hasta que me sangraban los dedos. Me preocupaba tanto mi aspecto y mostrarme correcta que la mitad del tiempo me parecía fingir que era una chica en lugar de serlo de verdad.

Creí que mi verdadera oportunidad llegaría cuando asistiese a la escuela para señoritas del Club Femenino la última primavera, los viernes por la tarde durante seis semanas, pero no me admitieron porque no tenía madre ni abuela, ni siquiera una simple tía que me apadrinase portando una rosa blanca en la ceremonia de clausura. Y Rosaleen no podía hacerlo porque iba en contra de las normas. Lloré tanto que al final devolví en el fregadero.

—Ya eres educada —afirmó Rosaleen mientras limpiaba el vómito de la pila—. No te hace falta ir a esa escuela.

—Sí —repliqué—. Lo enseñan todo: cómo caminar y volverte; qué hacer con los tobillos cuando estás sentada; a subirte en un coche, a servir té, a quitarte los guantes...

—¡Dios mío! —exclamó Rosaleen, suspirando.

—A colocar flores en un jarrón, a hablar con chicos, a depilarte las cejas y las piernas, a pintarte los labios...

—¿Y a vomitar en el fregadero? ¿Te enseñan una forma educada de hacer eso? —preguntó.

A veces la odiaba de todo corazón.

La mañana después de haber despertado a T. Ray, Rosaleen estaba en la puerta de mi habitación mirándome capturar una abeja con un tarro de cristal. Le colgaba tanto el labio que podía verle el rosado interior de la boca.

—¿Qué estás haciendo con ese tarro? —preguntó.

—Estoy capturando abejas para enseñárselas a T. Ray. Cree que me lo invento.

—Dios mío, dame fuerzas. —Había estado pelando guisantes en el porche y algunas gotitas de sudor relucían en el cabello que le enmarcaba la frente. Se despegó del cuerpo la parte delantera del vestido y el aire subió hacia sus senos, grandes y mullidos como cojines.

La abeja aterrizó en el mapa del Estado que tenía colgado en la pared. La observé recorrer la costa de Carolina del Sur por la pintoresca carretera 17. Pegué la boca del tarro a la pared y la atrapé entre Charleston y Georgetown. Cuando enrosqué la tapa, cayó en picado y se lanzó contra el cristal una y otra vez, y aquel sinfín de golpecitos me recordó el granizo que en ocasiones repiqueteaba en las ventanas.

Había procurado que el tarro le resultase lo más agradable posible, poniendo en él suaves pétalos cargados de polen y practicando en la tapa más agujeritos de los necesarios para evitar que las abejas se muriesen, porque había oído que las personas podían volver un día al mundo reencarnados en el animalito que había matado.

Me acerqué el tarro a la nariz.

—Ven a ver cómo pelea —pedí a Rosaleen.

Cuando entró en la habitación, percibí su fragancia, densa y aromática como el tabaco que tenía en uno de sus carrillos. Sujetaba una jarrita que tenía la boca del tamaño de una moneda y un asa para pasar el dedo. Vi cómo se la apoyaba en el mentón, juntaba los labios en forma de flor y escupía un chorro de líquido negruzco en su interior.

Observó la abeja y sacudió la cabeza.

—Si te pican, no me vengas lloriqueando, porque no te haré caso —comentó.

Pero era mentira.

Ella era la única persona que conocía que, a pesar de sus modales bruscos, tenía el corazón más tierno que una flor y me quería con locura.

Lo desconocía hasta que, cuando tenía ocho años, me compró en Sylvan Mercantile una gallinita de Pascua teñida. La encontré temblando en un rincón de la jaula. Tenía el color de las uvas negras y unos ojitos tristes que buscaban a su madre. Rosaleen permitió, sin protestar lo más mínimo, que la llevara a casa y la dejase en el salón, en cuyo suelo esparcí una caja de copos de avena Quaker para que comiera.

El polluelo dejó montones de excrementos violáceos por todas partes, debido, supongo, a que el tinte penetraba en su frágil organismo. Antes de que pudiera limpiarlos, T. Ray irrumpió en el salón y amenazó con guisarlo para cenar y con despedir a Rosaleen por imbécil. Justo comenzaba a alargar las manos sucias de grasa de tractor hacia el animalito, cuando Rosaleen se plantó frente a él.

—En esta casa hay cosas peores que unas cagadas de pollo —le espetó y lo miró de arriba abajo—. No toque a ese animal.

Sus botas fueron susurrando *chasco* mientras se alejaba por el pasillo.

«Rosaleen me quiere», pensé, y por primera vez se me ocurría una idea tan poco verosímil.

Su edad era un misterio, ya que no tenía certificado de nacimiento. Decía que había nacido en 1909 o en 1919, según lo vieja que se sintiese en ese momento. Del lugar sí estaba segura: McClellanville, en Carolina del Sur, donde su madre confeccionaba unas preciosas cestas de paja que vendía en la carretera.

—Como yo vendiendo melocotones —le comenté.

—No se parecía en nada a ti vendiendo melocotones —me replicó—. Tú no tienes siete hijos a los que alimentar.

—¿Tienes seis hermanos? —Creía que sólo me tenía a mí en este mundo.

—Los tenía, pero no sé dónde están.

Había echado a su marido de casa por juerguista tres años después de haberse casado.

—Si le pusieras su cerebro a un pájaro, volaría hacia atrás —le gustaba decir.

A menudo me preguntaba qué haría un pájaro con el cerebro de Rosaleen. Decidí que la mitad del tiempo defecaría sobre la cabeza de alguien y la otra se acomodaría en nidos abandonados con las alas bien extendidas.

Solía soñar despierta que Rosaleen era blanca y se casaba con T. Ray, y se convertía en mi madre de verdad. En ocasiones, fantaseaba que yo era una negrita huérfana que Rosaleen encontraba en un campo de maíz y a la que adoptaba. De vez en cuando, nos imaginaba viviendo fuera de nuestro mundo, en Nueva York quizá, donde podría adoptarme y sin que ninguna de las dos tuviera que cambiar su color natural.

Mi madre se llamaba Deborah. Me parecía el nombre más bonito que había oído nunca, incluso a pesar de que T. Ray se negaba a pronunciarlo y de que si yo lo hacía reaccionaba como si pudiera ir directo a la cocina y acuchillar algo. Una vez, al preguntarle cuándo era su cumpleaños y cuáles eran sus pasteles favoritos, me ordenó que me callara; cuando insistí, tomó un tarro de jalea de mora y lo lanzó contra uno de los armarios de la cocina. Todavía ahora pueden distinguirse las manchas azules.

Aun así, logré sonsacarle algunos retazos de información, por ejemplo, que mi madre estaba enterrada en Virginia, de donde procedía su familia. Aquello me animó mucho porque pensé que quizá tendría allí a una abuela. Pero me indicó que no, que había muerto hacía muchos años, como era de esperar, y que además mi madre era hija única. En otra ocasión, una vez que pisó una cucaracha en la cocina, me contó que mi madre se había pasado horas alejando las cucarachas de la casa con trocitos de malvavisco y de galletas integrales, y que su obsesión por salvar la vida a los bichos era enfermiza.

La echaba de menos por las razones más extrañas. Como los sujetadores. ¿A quién iba a preguntar sobre ese tema? ¿Y quién si no mi madre habría comprendido la importancia de llevarme a las pruebas de animadoras del equipo del instituto? Os aseguro que T. Ray se desentendía por completo. Pero cuando de verdad añoré más a mi madre fue el día en que cumplí doce años y me desperté con una mancha rosada en las braguitas. Estaba muy orgullosa de aquella flor y no tenía a quién enseñársela, salvo a Rosaleen.

Poco después, encontré en el desván una bolsa de papel grapada por la parte superior, en cuyo interior descubrí los últimos vestigios de mi madre.

Había una fotografía de una mujer que sonreía delante de un coche viejo. Llevaba un vestido de colores alegres con hombreras y, por su expresión, intuí que pensaba: «No te atrevas a tomarme esta foto», pero estaba claro que deseaba lo contrario. Fabulé innumerables historias a partir de aquella imagen, entre otras que esperaba junto al guardabarros del automóvil que le llegara el amor, y sin demasiada paciencia.

Puse esa fotografía junto a la que me habían hecho en segundo de secundaria y traté de descubrir cualquier posible parecido. Mi madre tenía el mentón tan retraído como el mío pero, aun así, era hermosa, más de lo normal, lo que me hizo albergar esperanzas de cara al futuro.

La bolsa contenía también un par de guantes de algodón blanco, amarillentos por el paso del tiempo.

«Sus manos estuvieron aquí dentro», pensé cuando los saqué. Ahora me parece ridículo, pero una vez llené los guantes con bolitas de algodón y me aferré a ellos durante toda una noche.

El mayor misterio de la bolsa lo constituía una imagen de madera de la Virgen María, la madre de Jesús. La reconocí a pesar de que tenía la piel negra, tan sólo un poquito más clara que la de Rosaleen. Me pareció que alguien había recortado de algún libro la imagen de la Virgen negra, la había pegado a un madero pulido de unos cinco centímetros de grosor y la había barnizado. En la parte posterior, una mano anónima había escrito: «Tiburon, Carolina del Sur.»

Durante dos años guardé todos aquellos recuerdos dentro de una caja de hojalata que enterré en el melocotonar. Había un lugar especial en el largo pasillo arbolado que nadie conocía, ni siquiera Rosaleen. Empecé a ir allí antes de haber aprendido a atarme los cordones de los zapatos. Al principio, sólo era un lugar en el que ocultarme de T. Ray y de su maldad, o del recuerdo de aquella aciaga tarde en que la pistola se disparó, pero después se convirtió en mi parcela, en mi refugio, al que acudía cada noche, después de que T. Ray se hubiese acostado, para echarme bajo los árboles y estar tranquila. Era mi parcela de tierra, mi refugio.

Recuerdo que metí los objetos de mi madre en la caja de hojalata y la enterré allí una noche, a la luz de una linterna. Estaba demasiado asustada para dejarla en mi habitación, ni siquiera en el fondo de un cajón, pues T. Ray era capaz de registrar mis cosas. Me angustiaba pensar qué haría si averiguaba que me había llevado todo aquello del desván.

De vez en cuando iba y desenterraba la caja. Me estiraba sobre la tierra, bajo los árboles que parecían inclinarse hacia mí, me ponía sus guantes y sonreía mientras contemplaba su fotografía. Me recreaba en el «Tiburon, Carolina del Sur» que había en el reverso de la imagen de la Virgen negra, en la curiosa inclinación de aquellas letras, y me preguntaba qué clase de lugar sería. Una vez lo busqué en el mapa y estaba a unas dos horas de distancia. ¿Había ido allí mi madre y comprado la imagen? Me prometí que algún día, cuando fuera lo bastante mayor, tomaría el autobús para ir a aquel lugar. Quería conocer todos los sitios que había visitado ella.

Después de haber estado toda la mañana capturando abejas, me pasé la tarde en el puesto de la carretera para vender los melocotones de T. Ray. Era el trabajo veraniego más solitario que podía tener una chica: parapetada entre tres paredes y un techo metálico junto a la carretera.

Desde allí, sentada en una caja de refrescos de cola, vi pasar furgonetas a toda velocidad hasta acabar casi asfixiada por culpa de los gases de los tubos de escape y también a causa del aburrimiento. A pesar de que los jueves por la tarde los melocotones solían venderse bien porque las mujeres empezaban a preparar el pastel de frutas típico de los domingos, aquel día no se paró nadie.

T. Ray no permitía que me llevase libros, y si en alguna ocasión lograba ocultar alguno, como *Horizontes perdidos*, bajo la camisa, alguien, como la señora Watson de la granja de al lado, le comentaba al encontrárselo en la iglesia: «Vi a su hija en el puesto de melocotones, enfrascada en su lectura. Debe de estar orgulloso de ella.» Y él me daba una paliza.

¿Qué clase de persona se opone a la lectura? Creo que estaba convencido de que leer me incitaría a ir a la universidad, lo que, según él, era un derroche de dinero para una chica, aunque sacara la nota más alta en expresión oral, como era mi caso. Las matemáticas eran otra cuestión, pero no es necesario destacar en todo.

Yo era la única alumna que no protestaba cuando la señorita Henry nos asignaba otra obra de Shakespeare. He de reconocer que, en realidad, fingía quejarme, pero en mi interior estaba tan encantada como si me hubieran coronado Reina del Melocotón de Sylvan.

Hasta que la señorita Henry llegó, creía que lo máximo a lo que podría aspirar era a ser esteticista. Una vez, mientras observaba su rostro, le comenté que, si fuera clienta mía, le daría un toque francés que le iría de maravilla:

—Por favor, Lily, estás insultando tu inteligencia —me respondió ella—. ¿Tienes idea de lo lista que eres? Podrías ser profesora de universidad o escritora. Esteticista... ¡Por favor!

Tardé un mes en superar la impresión que me causó descubrir que tenía posibilidades en la vida. Odiaba que los adultos me preguntasen, como es su costumbre, qué quería ser de mayor. Pero, de pronto, empecé a explicar a todo el mundo, incluso a quienes no mostraban interés por saberlo, que iba a ser profesora de universidad o escritora de libros de verdad.

Tenía una recopilación de mis escritos. Durante cierto tiempo, aparecía un caballo en todo lo que escribía. Después de que leyéramos a Ralph Waldo Emerson en clase, escribí *Mi filosofía de la vida*, que pretendía ser el comienzo de un libro, aunque no conseguí pasar de las tres primeras páginas. La señorita Henry me explicó que necesitaba cumplir más de catorce años para tener una filosofía.

Me indicó que mi única esperanza de labrarme un porvenir era conseguir una beca y me prestó sus libros para que estudiase durante el verano. Siempre que abría uno, T. Ray comentaba:

—¿Quién te crees que eres, Julius Shakespeare?

Estaba convencido de que ése era el nombre de pila de Shakespeare, pero no iba a ser yo quien lo sacase de su error: me lo impedía mi instinto de conservación. También se refería a mí como a la señorita Sabihonda y, de vez en cuando, me llamaba Señorita Emily Cabezona Diction. Quería decir Dickinson, pero ésa era otra de las cosas que yo evitaba comentar.

Sin libros en el puesto de melocotones, solía pasar el rato escribiendo poemas, aunque aquella lánguida tarde mi paciencia no estaba para rimas. Sólo podía pensar en lo mucho, en lo muchísimo, que detestaba aquel puesto en la carretera.

El día antes de empezar primer curso, T. Ray me había descubierto allí, atravesando una de las frutas con un clavo.

Avanzó hacia mí con los pulgares metidos en los bolsillos y los ojos entornados debido al sol. Observé su sombra deslizarse sobre la tierra y los hierbajos, y pensé que se había acercado para castigarme por estropear un melocotón. Lo cierto es que ni siquiera sabía por qué lo había hecho.

—Lily —me dijo, en cambio—. Mañana empiezas el colegio, de modo que tienes que saber algunas cosas de tu madre.

Por un momento reinó el silencio y la quietud, como si el viento hubiese amainado y los pájaros cesado su vuelo. Cuando se agachó frente a mí, me sentí presa de un calor espeso del que no podía liberarme.

—Ha llegado la hora de que sepas lo que le pasó y has de escucharlo de mis labios. No quiero que te enteres por chismorreos.

Jamás habíamos abordado ese tema, por eso un escalofrío me recorrió el cuerpo. El recuerdo de ese día regresaba a mi cabeza en los momentos más extraños. La ventana atascada. El aroma de ella. El tintineo de las perchas. La maleta. El modo en que los dos discutían y gritaban. Y, sobre todo, el arma en el suelo y lo mucho que pesaba cuando la recogí.

Sabía que la detonación que había oído ese día la había matado. Me sorprendía la vivacidad con la que, en más de una ocasión, recordaba aquel sonido. Unas veces me parecía que mientras había sujetado el arma no se había oído ningún ruido, que eso había ocurrido después; pero otras veces, sentada sola en la escalera trasera, aburrida y deseando tener algo que hacer, o encerrada en mi habitación un día lluvioso, sentía que era yo quien lo había hecho, que cuando levanté la pistola aquel sonido había rasgado la habitación y nos había atravesado el corazón.

Era una certeza que me invadía en secreto, que me abrumaba. Entonces salía corriendo, incluso cuando llovía, directa colina abajo hacia mi rincón favorito. Y allí, tumbada bajo los melocotoneros, lograba recuperar la tranquilidad.

T. Ray tomó un puñado de tierra y dejó que se deslizase por entre sus dedos.

—El día en que murió, estaba limpiando el vestidor —comentó. Me extrañó su tono de voz, no era natural; parecía amable, pero no, no del todo.

«Limpiando el vestidor.»

Nunca me había planteado qué hacía durante esos últimos minutos de su vida, por qué estaba en el vestidor, cuál había sido el motivo de la discusión.

—Lo recuerdo —aseguré. Mi voz resultó tan débil y distante que parecía provenir de un hormiguero en el suelo.

—¿Qué? —exclamó, al tiempo que arqueaba las cejas. Su rostro estaba muy cerca de mí: vi que sólo sus ojos reflejaban confusión.

—Me acuerdo —insistí—. Estabais gritando.

—¿De verdad? —Su semblante denotaba tensión y sus labios se fueron tornando pálidos. Siempre me fijaba en ello... Retrocedí—. ¡No fastidies! Tenías cuatro años —gritó—. No sabes qué recuerdas.

Se produjo un silencio, y yo me planteé mentirle, decirle que tenía razón, que en realidad no recordaba nada. Quise pedirle que me contara lo ocurrido. Pero fui incapaz: pudo más la imperiosa necesidad, largo tiempo reprimida, de hablar sobre ello.

Bajé la vista y la fijé en mis zapatos y en el clavo que había dejado caer cuando vi que él se aproximaba.

—Había una pistola —afirmé.

—¡Dios mío! —exclamó.

Me miró un buen rato y después se incorporó para dirigir sus pasos hacia las cestas que había al fondo de la caseta. Lo observé: se quedó allí de pie, con los puños apretados, un minuto antes de darse la vuelta y regresar.

—¿Qué más? —inquirió—. Dime ahora mismo lo que sabes.

—La pistola estaba en el suelo.

—Y la recogiste —me interrumpió—. Supongo que lo recuerdas.

El estruendo de la detonación retumbaba en mi cabeza. Desvié la mirada hacia el melocotonar. Hubiera querido salir corriendo.

—Sí, recuerdo haberla recogido —aseguré—. Pero nada más.

Se inclinó y me sujetó por los hombros para zarandearme por un instante.

—¿No te acuerdas de nada más? ¿Seguro? Piénsalo bien.

Tardé tanto en responder que ladeó la cabeza para mirarme, receloso.

—No. De nada más.

—Escúchame —me ordenó, hincando sus dedos en mis brazos—. Discutíamos, tú lo has dicho. Al principio no te vimos y cuando nos dimos la vuelta allí estabas, sujetando el arma. La habías recogido del suelo. Y se disparó.

Me soltó y se metió las manos en los bolsillos. Oí cómo hacía sonar las llaves y las monedas. Deseaba agarrarle la pierna, ver que se agachaba y me tomaba en sus brazos, pero no podía moverme. Él tampoco. Miraba hacia algún lugar por encima de mi cabeza. Un lugar que reclamaba toda su atención.

—La policía hizo muchas preguntas, pero fue una de esas cosas terribles que pasan. No querías hacerlo —susurró—. Es asunto nuestro y de nadie más. Pero por si alguien te pregunta, eso fue lo que sucedió.

Acto seguido dio media vuelta y se encaminó a la casa. Sólo había avanzado unos metros cuando se giró de pronto.

—Y no vuelvas a atravesar mis melocotones con ese clavo —ordenó.

Pasadas las seis de la tarde, volví a la casa desde el puesto de melocotones sin haber vendido nada, ni una sola pieza, y me encontré a Rosaleen en el salón. Normalmente a esa hora ya se había ido, pero ese día se estaba peleando con las antenas en V del televisor, tratando de hacer desaparecer la nieve de la pantalla. El presidente Johnson aparecía y se desvanecía, perdido en la tormenta. Jamás había visto a Rosaleen tan interesada en un programa de televisión como para dedicarle parte de su energía física.

—¿Qué ha pasado? —quise saber—. ¿Han lanzado la bomba atómica?

Desde que habíamos empezado los simulacros de bomba en el colegio, no podía evitar pensar que tenía los días contados. Todo el mundo estaba construyendo refugios antiatómicos en el jardín y enlatando agua del grifo, preparándose para el fin del mundo. Trece alumnos de mi clase hicieron un modelo de refugio antiatómico como trabajo de ciencias, lo que demuestra que yo no era la única preocupada por el tema. Estábamos obsesionados por el señor Kruschev y sus misiles.

—No, no ha explotado la bomba —contestó—. Ven a ver si puedes arreglar la tele. —Tenía los puños tan hundidos en las caderas que parecían haber desaparecido.

Envolví las antenas con papel de aluminio. La imagen se aclaró lo suficiente para distinguir que el presidente Johnson, rodeado de gente, situaba su silla ante una mesa. No me gustaba demasiado debido al modo en que sujetaba a sus sabuesos por las orejas. Sin embargo, admiraba a su mujer, «Lady Bird»: siempre daba la impresión de estar deseando que le salieran alas para echar a volar.

Rosaleen dispuso el escabel delante del aparato y se arrellanó, de manera que todo el asiento desapareció bajo su cuerpo. Se inclinó hacia el televisor mientras se retorcía una punta de la falda con las manos.

—¿Qué ocurre? —pregunté, pero ella estaba tan absorta en lo que fuera que estuviera pasando que ni siquiera me contestó. En la pantalla, el presidente ponía su firma en un trozo de papel, y usó como diez bolígrafos para hacerlo.

—Rosaleen...

—¡Chsss! —advirtió a la vez que movía la mano.

Tuve que conocer la noticia de boca del locutor:

—Hoy, 2 de julio de 1964, el presidente de Estados Unidos ha firmado la Ley de Derechos Civiles en la sala Este de la Casa Blanca.

Miré a Rosaleen, que seguía sentada y sacudía la cabeza.

—Dios mío, ten misericordia —musitaba con el mismo aspecto incrédulo y feliz de las personas que contestaban la pregunta de los 64.000 dólares en televisión.

No sabía si debía alegrarme por ella o preocuparme. De lo único que hablaba la gente al salir de la iglesia era de los negros y de si conseguirían sus derechos civiles. ¿Quién ganaba, el equipo de los blancos o el de la gente de color? Como si se tratase de un enfrentamiento a muerte. Cuando el mes anterior detuvieron a ese pastor de Alabama, el reverendo Martin Luther King, por querer comer en un restaurante, los hombres de la iglesia se comportaron como si el equipo de los blancos hubiese ganado la competición. Sabía que la noticia no les sería indiferente. Ni mucho menos.

—¡Aleluya! —exclamaba Rosaleen desde su escabel, por completo abstraída.

Rosaleen nos había dejado la cena sobre los fogones: su famoso pollo asado. Mientras servía el plato de T. Ray, pensaba en cómo sacar a colación la delicada cuestión de mi cumpleaños. Él nunca había mostrado el menor interés, pero cada año, como una imbécil, esperaba que su actitud cambiase.

Lo celebraba el mismo día que el país festejaba el suyo, lo que dificultaba aún más que se notara. Cuando era pequeña, pensaba que la gente lanzaba cohetes y petardos porque, ¡hurra!, era el cumpleaños de Lily. Después la realidad se impuso, como siempre.

Deseaba explicar a T. Ray que a cualquier chica le encantaría tener una pulsera de dijes de plata, que, de hecho, el año anterior había sido la única del instituto de secundaria de Sylvan que no tenía una y que la hora del almuerzo consistía en hacer cola en la cafetería moviendo la muñeca para que todos escuchasen el tintín de tu colección de dijes.

—Bueno —comenté al ponerle el plato de pollo delante—, el sábado es mi cumpleaños.

Vi cómo separaba la carne del hueso con el tenedor.

—Estaba pensando que me encantaría tener una de esas pulseras de dijes de plata que venden en Sylvan Mercantile.

La casa crujió como hacía de vez en cuando. Al otro lado de la puerta, *Snout* soltó un ladrido grave y, después, reinó tal silencio que pude oír cómo T. Ray masticaba la comida.

Se comió la pechuga y empezó con el muslo, lanzándome de vez en cuando una de sus duras miradas.

Empecé a preguntarle qué le parecía lo de la pulsera, pero me detuve: comprendí que ya me había contestado. De repente me invadió un sentimiento de tristeza nuevo y doloroso, que, en realidad, nada tenía que ver con la pulsera. Ahora estoy segura de que no era sino lástima; pena por el sonido de su tenedor al rascar el plato, pesar por el modo en que aumentaba la distancia entre nosotros, tanto que él ni siquiera me veía en la habitación.

Esa noche, ya en la cama, escuchaba las sacudidas, los movimientos y los golpes del interior del tarro de las abejas mientras esperaba que fuera lo bastante tarde para ir a escondidas al melocotonar y desenterrar la caja de hojalata que contenía las cosas de mi madre. Para echarme en el suelo y dejar que ella me abrazara.

Cuando la oscuridad hubo empujado la luna hacia lo alto del cielo, me levanté, me puse los pantalones cortos y la blusa sin mangas y pasé ante la habitación de T. Ray en silencio deslizando los brazos y las piernas como un patinador en la pista de hielo. No vi sus botas, que había dejado en medio del pasillo, y tropecé con ellas.

Al caer, el ruido sacudió el aire con tal fuerza que el ronquido de T. Ray cambió de ritmo. Al principio se detuvo por completo, pero luego empezó de nuevo con tres gruñidos de cerdito.

Bajé las escaleras y crucé la cocina. Cuando la noche me golpeó la cara, me entraron ganas de reír. La luna formaba un círculo perfecto y su resplandor era tan intenso que difuminaba todas las siluetas y las teñía de ámbar. Los grillos iniciaron su canto y corrí descalza por la hierba.

Para llegar a mi escondrijo tenía que alcanzar la octava hilera de melocotoneros a la izquierda del cobertizo del tractor y recorrerla contando árboles hasta el número treinta y dos. La caja de hojalata estaba oculta bajo la tierra blanda de la base del tronco, a poca profundidad, de manera que me resultaba fácil desenterrarla con las manos.

Limpié la tierra de la tapa y abrí la caja. Lo primero que vi fue los guantes de mi madre, después, la fotografía envuelta en papel encerado, tal como la había dejado. Por último, la curiosa imagen de madera de la Virgen de rostro oscuro. Lo saqué todo y, tras echarme entre los melocotones caídos, lo apoyé sobre mi estómago.

Cuando alcé la vista y miré a través de la red que formaban las ramas de los árboles, la noche me cegó y, por un momento, perdí la noción de mi propio cuerpo: sentía que el firmamento era mi piel y la luna mi corazón, que latía allá arriba, en la penumbra. Poco a poco fui percibiendo la luz en suaves pinceladas doradas que procedían del cielo. Me desabroché la blusa y la abrí para que la noche se posase en mi cuerpo, y me quedé dormida, junto a los recuerdos de mi madre, con el aire humedeciéndome el pecho y el cielo acariciando mi piel con su luz.

Me despertaron los pasos de alguien que avanzaba entre los árboles.

«¡T. Ray!», pensé. Me incorporé, aterrorizada, y comencé a abotonarme la blusa. Oía sus pasos, su jadeo rápido y fuerte. Al bajar la mirada, descubrí las cosas de mi madre. Dejé de abrocharme y las agarré con torpeza, incapaz de decidir qué hacer o cómo esconderlas. Había dejado la caja de hojalata en el agujero, demasiado lejos de mi alcance.

—¡Lily! —gritó, y vi que su sombra se aproximaba a mí por el melocotonar.

Como pude, metí los objetos de mi madre bajo la cinturilla de mis pantalones cortos y seguí ajustando los últimos botones con dedos temblorosos.

Antes de que lograra terminar, una luz me iluminó. Era él, con el torso desnudo. El haz de su linterna, oscilante, zigzagueante, me deslumbró cuando me enfocó el rostro.

—¿Con quién estabas? —inquirió, mientras apuntaba con la luz la blusa medio desabrochada.

—Con nadie —titubeé, y me rodeé las rodillas con los brazos, sorprendida por lo que sugería. Era incapaz de mantener la mirada fija en su rostro; me parecía inmenso, imponente: la propia voz de Dios.

—¿Quién está ahí? —bramó, a la vez que dirigía la luz hacia la oscuridad.

—Por favor, T. Ray, estoy sola.

—Levántate —ordenó.

De regreso a casa, me mantuve tras él. Sus pies hollaban el suelo con tanta fuerza que sentí lástima de la tierra oscura. No habló hasta que llegamos a la cocina y sacó el maíz a medio moler Martha White de la despensa.

—Lily, hubiera esperado algo como esto de un chico: ellos son así y no se les puede culpar por ello. Pero de ti... Confiaba en que fueses mejor. Te comportas como una prostituta.

Echó el maíz sobre el entarimado hasta formar una pila del tamaño de un hormiguero.

—Ven aquí y arrodíllate.

Había recibido aquel castigo desde los seis años, pero jamás pude acostumbrarme a aquella sensación de cristales triturados bajo la piel. Avancé hacia ellos con pasitos de geisha y me arrodillé, decidida a no llorar, aunque el dolor ya formaba lágrimas en los ojos.

T. Ray se sentó en una silla y procedió a limpiarse las uñas con la punta de la navaja. Cambié el peso de una rodilla a otra, con la esperanza de procurarme uno o dos segundos de alivio, pero el dolor era tan punzante que me mordí el labio. Fue entonces cuando advertí la imagen de madera de la Virgen negra bajo la cinturilla de mi pantalón. Noté el papel encerado que envolvía la fotografía de mi madre y sus guantes pegados a mi vientre, y de repente me pareció que ella estaba allí, abrazando mi cuerpo, tratando de aislarme de la crueldad de T. Ray.

A la mañana siguiente me desperté tarde. En cuanto mis pies tocaron el suelo, comprobé que los recuerdos de mi madre seguían bajo el colchón, donde los había metido al acostarme; era un escondrijo temporal, hasta que pudiera volver a enterrarlos en el melocotonar.

Tras ver que estaban a salvo, me dirigí a la cocina, donde me encontré a Rosaleen, que barría el maíz.

Unté de mantequilla una rebanada de pan Sunbeam.

—¿Qué pasó? —preguntó Rosaleen, mientras el aire se removía con cada movimiento de la escoba.

—Ayer por la noche estuve en el melocotonar. T. Ray cree que fui para encontrarme con algún chico.

—¿Y es cierto?

—No —aseguré entornando los ojos.

—¿Cuánto rato te tuvo sobre este maíz?

—Puede que una hora —respondí tras encogerme de hombros.

Me miró las rodillas y dejó de barrer. Las tenía hinchadas, llenas de magulladuras rojas y salpicadas de pinchazos que ensombrecían de azul mi piel.

—Mira cómo estás, hija. Mira lo que te ha hecho —exclamó.

Mis rodillas habían pasado por aquella tortura en tantas ocasiones a lo largo de mi vida que ya no me parecía que fuese algo extraordinario: tenía que soportarlo de vez en cuando, como los resfriados. Pero, de repente, la expresión de Rosaleen me abrió los ojos: «Mira lo que te ha hecho.»

Y era eso lo que hacía, escudriñarme las rodillas, cuando T. Ray entró como una exhalación por la puerta trasera.

—¡Vaya! Mira quién decidió levantarse. —Me arrebató el pan de las manos y lo arrojó al comedero de *Snout*—. ¿Sería demasiado pedir que fueras al puesto de melocotones y trabajaras un poco? No eres reina por un día, ¿sabes?

Parecerá una locura, pero hasta ese momento creía que T. Ray quizá me quería un poco. Nunca olvidé que una vez me sonrió en la iglesia mientras yo cantaba con el cantoral del revés.

Entonces le miré la cara, y la descubrí llena de rabia y de desdén.

—Mientras vivas bajo mi techo, harás lo que yo diga —bramó.

«Pues me buscaré otro techo», pensé.

—¿Me has entendido? —preguntó.

—Sí señor, he entendido. —Y era cierto: había comprendido que otro techo sería mi salvación.

Esa tarde, a última hora, capturé dos abejas más. Echada de bruces en la cama, observaba cómo volaban en el interior del tarro, dando vueltas como si no atinasen con la salida.

—¿Estás bien? —me preguntó Rosaleen desde el umbral de mi habitación.

—Sí.

—Ya me marcho. Dile a tu padre que mañana iré a la ciudad en lugar de venir aquí.

—¿Irás a la ciudad? Llévame contigo —le pedí.

—¿Por qué quieres ir?

—Por favor, Rosaleen.

—Tendrás que caminar durante todo el día.

—No me importa.

—No habrá casi nada abierto, salvo los puestos de petardos y la tienda de comestibles.

—No me importa; sólo quiero salir de casa el día de mi cumpleaños.

Rosaleen me miró fijamente, apuntalada en sus anchas caderas.

—De acuerdo —respondió por fin—. Pero antes pídele permiso a tu padre. Estaré aquí a primera hora de la mañana.

—¿Para qué vas a ir a la ciudad? —quise saber cuando ya se marchaba.

Por un instante, permaneció inmóvil de espaldas a mí, antes de volverse con una dulce expresión en el rostro.

Me pareció otra Rosaleen. Introdujo la mano en el bolsillo y palpó algo. Sacó una hoja de papel doblada y se acercó para sentarse en la cama. Mientras ella alisaba el papel en su regazo, yo me froté las rodillas.

En la página había escrito su nombre, Rosaleen Daise, por lo menos veinticinco veces, con una cursiva cuidadosa y grande, como la que uno muestra en los primeros deberes del colegio.

—Es mi hoja de prácticas —explicó—. El cuatro de julio habrá una reunión de votantes en la iglesia de color. Voy a registrarme para votar.

Una sensación de inquietud me oprimió el estómago. La noche anterior habían dicho por televisión que habían matado a un hombre en Misisipí por haberse registrado para votar, y yo misma había oído al señor Bussey, uno de los diáconos, decirle a T. Ray:

—No se preocupe, les pedirán que escriban su nombre en una cursiva perfecta y luego les negarán la tarjeta, alegando que han olvidado poner un punto sobre una I o por no perfilar una Y.

Examiné las curvas de la R de Rosaleen.

—¿Sabe T. Ray lo que estás haciendo? —pregunté.

—T. Ray —me contestó—. T. Ray no sabe nada.

Se marchó al atardecer, empapada en sudor tras toda una jornada de trabajo. Me encontré con T. Ray en la puerta de la cocina y me crucé de brazos.

—Me gustaría acompañar a Rosaleen a la ciudad mañana. Tengo que comprar productos de higiene femenina.

Lo aceptó sin comentarios. T. Ray detestaba la pubertad de las chicas más que nada en el mundo.

Esa noche observé el tarro de abejas sobre la cómoda. Los pobres bichitos estaban en el fondo y apenas se movían, desconsolados sin duda porque no podían volar. Recordé entonces cómo se habían colado por las grietas de las paredes y volado por puro placer. Pensé en el modo en que mi madre preparaba caminos con trocitos de malvavisco y de galletas integrales para alejar a las cucarachas de la casa en lugar de pisarlas. Supuse que ella no hubiera aprobado que tuviera abejas en un tarro, de manera que desenrosqué la tapa y la aparté.

—Ya podéis salir —dije.

Pero las abejas permanecieron inmóviles, como aviones en una pista que no despegan porque desconocen que ya tienen autorización. Retorcían las antenas y recorrían con sus patitas esbeltas las paredes curvas del cristal, como si todo su mundo se hubiese reducido a aquel tarro. Di unos golpecitos en el bote, incluso lo tumbé de lado, pero ni una sola de aquellas abejas chifladas se decidió a volar.

Todavía seguían allí a la mañana siguiente cuando Rosaleen apareció. Llevaba un bizcocho con catorce velas.

—Aquí tienes. Felicidades —dijo. Nos sentamos y comimos dos trozos cada una con sendos vasos de leche antes de marcharnos. Rosaleen lucía sobre su labio superior una clara medialuna, el rastro del desayuno, que no se molestó en limpiar. Más tarde recordaría cómo salió de la casa: como una mujer marcada desde el principio.

Sylvan estaba a kilómetros de distancia. Avanzamos por la cuneta y Rosaleen, con la escupidera en el dedo, se movía a la velocidad de la puerta de una cámara acorazada. La neblina se había instalado bajo las copas de los árboles y cada partícula de aire contenía la esencia de los melocotones maduros.

—¿Cojeas? —me preguntó Rosaleen.

Lo cierto es que me dolían tanto las rodillas que me costaba seguirle el paso.

—Un poco.

—¿Y si nos sentamos un rato junto a la carretera? —sugirió.

—No hace falta —contesté—. Estoy bien.

Pasó un coche y levantó una nube de aire caliente y polvo. Rosaleen resplandecía por el sudor. Incluso su bigote de leche se había condensado de nuevo. Se secó la cara y percibí que respiraba con dificultad.

Nos acercábamos a la iglesia baptista Ebenezer, a la que acudíamos T. Ray y yo. Su campanario se elevaba por encima de los árboles cercanos; debajo, sus rojos ladrillos parecían ofrecer sombra y frescor.

—Vamos —propuse, y torcí por el camino.

—¿Adónde vas?

—Podemos descansar en la iglesia. Seguro que allí no hará tanto calor.

Dentro estaba oscuro. Un aire de tranquilidad, sesgado por la luz procedente de las ventanas laterales, lo invadía todo. No había bonitas vidrieras de colores en ellas, sino cristales de un matiz lechoso a través de los cuales nada podía verse.

La conduje hacia el interior y, al sentarme en el segundo banco, le dejé sitio. Tomó un abanico de papel del soporte del cantoral y observó la imagen de una iglesia blanca con una virgen blanca, sonriente, que salía por la puerta principal.

Mientras Rosaleen se abanicaba yo percibía la suave brisa que procedía de sus manos. Ella no iba nunca a la iglesia, pero las pocas veces que T. Ray me había dejado ir a su casa en el bosque, me había percatado de que en un estante había dispuesto un cabo de vela, unas piedrecitas de río, una pluma rojiza, un trozo de raíz de jalapa y, justo en medio, apoyada contra algo, la fotografía sin marco de una mujer.

—¿Eres tú? —le pregunté la primera vez que vi el retrato, porque la mujer se le parecía mucho: las mismas trencitas de lana, el mismo azabache azulado en la piel, los ojos entornados como ella y, también, idéntica silueta de berenjena oronda.

—Es mi madre —me respondió.

Los márgenes de la fotografía estaban deteriorados justo donde ella la había sujetado con los dedos. Aquel estante tenía que ver con una religión personal de Rosaleen, una especie de adoración a los antepasados mezclada con una veneración a distintos retazos de naturaleza. Había dejado de ir a la Iglesia Full Gospel Holiness hacía años, porque el servicio empezaba a las diez de la mañana y no terminaba hasta las tres de la tarde, lo que, a su juicio, era religión suficiente para matar a un adulto.

T. Ray opinaba que la religión de Rosaleen era por completo extravagante y que debía mantener las distancias. Pero me sentía cerca de ella porque amaba las piedras de río y las plumas de pájaro carpintero, y porque, como yo, conservaba una sola fotografía de su madre.

Una de las puertas de la iglesia se abrió y el hermano Gerald, nuestro pastor, entró en el santuario.

—Pero bueno, Lily, ¿qué haces aquí?

Cuando advirtió la presencia de Rosaleen empezó a frotarse la calva con tanto ahínco que creí que se quedaría con el cráneo al descubierto.

—Íbamos al pueblo y nos detuvimos para refrescarnos un poco.

Sus labios quisieron decir «oh» pero no llegaron a hacerlo, pues toda su atención se había concentrado en Rosaleen, que acababa de escupir en la jarrita del tabaco dentro de su iglesia.

Es curioso cómo puede uno olvidar las normas. Ella no debería de haber estado allí dentro. Cada vez que corría el rumor de que un grupo de negros acudiría a rezar con nosotros el domingo por la mañana, los diáconos se quedaban cruzados de brazos en la escalinata de la iglesia para impedirles el paso. El hermano Gerald solía comentar que había que amarlos porque también eran hijos de Dios, pero que tenían sus propios lugares de oración.

—Hoy es mi cumpleaños —comenté con la esperanza de cambiar el rumbo de sus pensamientos.

—¿Ah, sí? Felicidades, Lily. ¿Cuántos cumples?

—Catorce.

—Pregúntale si podemos quedarnos un par de abanicos como regalo de cumpleaños —sugirió Rosaleen.

El hermano Gerald emitió un sonido tenue, que pretendía ser un esbozo de carcajada.

—Si dejáramos que todo el mundo se llevase un abanico cuando quisiera, no quedaría uno solo en la iglesia.

—Sólo bromeaba —dije, y me levanté. Él sonrió aliviado y me acompañó hasta la puerta mientras Rosaleen nos seguía.

Cuando salimos, el cielo se había cubierto de nubes blancas y el mundo allí fuera resplandecía con tanto fulgor que vi una danza de pequeñas motas ante mis ojos.

Cruzamos el patio de la iglesia y regresamos a la carretera. Entonces, Rosaleen se sacó dos abanicos del escote del vestido e, imitándome, elevó la mirada con carita de inocencia y exclamó: «¡Oh, hermano Gerald, sólo bromeaba!»

Llegamos a Sylvan por la peor zona de la ciudad. Casas viejas situadas sobre bloques de hormigón, ventiladores en las ventanas, patios de tierra, mujeres con rulos, perros sin collar.

Anduvimos unas manzanas y nos acercamos a la gasolinera Esso que había en la esquina de West Market y Park Street. Todos sabíamos que allí se reunían hombres con demasiado tiempo libre.

No había ni un sólo coche repostando gasolina en aquel momento, pero junto al garaje descubrí tres hombres sentados en unas sillas de comedor con un tablero de madera contrachapada en equilibrio sobre sus rodillas. Jugaban a cartas.

—Una —dijo uno de ellos, y el que repartía, que llevaba un sombrero, le puso una carta delante. Levantó los ojos y me vio avanzar junto a Rosaleen, que se abanicaba al tiempo que arrastraba los pies—. Vaya, mirad quién viene por aquí —soltó—. ¿Adónde vas, negra?

Unos petardos sonaron a lo lejos.

—Sigue caminando —susurré—. No hagas caso.

Pero Rosaleen, que tenía menos sentido común del que había imaginado, comenzó a hablar, empleando la entonación que uno usaría para explicar algo muy complicado a un niño pequeño:

—Voy a registrar mi nombre para poder votar, a eso voy.

—Deberíamos darnos prisa —comenté, pero ella siguió andando lentamente.

El hombre que estaba sentado junto al que repartía, y que tenía los cabellos peinados hacia atrás, dejó las cartas.

—¿Habéis oído eso? —preguntó—. Tenemos delante a una ciudadana modélica.

El viento silbó despacio por la calle detrás de nosotras y luego se coló por la alcantarilla. Los hombres apartaron la mesa improvisada y se acercaron al bordillo para esperarnos, como si fueran espectadores en una cabalgata y nosotras, la carroza ganadora.

—¿Habíais visto nunca a una tan negra? —exclamó el repartidor de cartas.

—No, ni tampoco a una tan grande —respondió el hombre con los cabellos peinados hacia atrás.

Por supuesto, el tercer hombre se sintió obligado a decir algo, así que miró a Rosaleen, que avanzaba impertérrita sujetando el abanico con la Virgen blanca:

—¿De dónde has sacado ese abanico, negra?

—Lo he robado de una iglesia —soltó Rosaleen. Tal cual.

Me sentí como el día que descendí el río Chattooga en una balsa con el grupo de la iglesia: la corriente me arrastraba por un torbellino de acontecimientos y me conducía hacia un lugar para mí desconocido, que intuía cada vez más próximo por el fragor creciente de los rápidos.

Al llegar junto al trío, Rosaleen alzó la jarrita del tabaco, que estaba repleta de escupitajos negros, y la vació con calma sobre los zapatos de los hombres agitando la mano ligeramente, como si estuviera escribiendo su nombre, Rosaleen Daise, tal como lo había practicado.

Durante un segundo, observaron atónitos aquella mancha, negra y densa como aceite de automóvil, que les cubría el calzado. Parpadearon, todavía incapaces de dar crédito a sus ojos. Cuando por fin alzaron la vista, vi cómo sus caras pasaban de la sorpresa a la rabia y, después, a la pura furia. Se abalanzaron sobre ella y todo empezó a dar vueltas. A pesar de que la habían agarrado, Rosaleen golpeaba a diestro y siniestro, y agitaba los brazos con los hombres colgados de ellos como bolsos mientras gritaban que se disculpara y les limpiara los zapatos.

Lo único que oía era «límpialo», una y otra vez. Y también el piar penetrante de los pájaros, que se movían agitados entre las ramas bajas de los árboles y esparcían aroma de pino, un olor que, ya entonces, supe que habría de repugnarme toda la vida.

—Llama a la policía —gritó el que daba las cartas a otro hombre que estaba dentro.

Para entonces, Rosaleen yacía en el suelo, inmovilizada, y retorcía los dedos alrededor de briznas de hierba. Tenía una herida debajo del ojo y la sangre le bajaba por la mejilla como si se tratase de lágrimas.

Al poco llegó un agente y nos indicó que teníamos que subirnos a la parte trasera de su coche.

—Queda detenida —le dijo a Rosaleen—. Por agresión, robo y

alteración del orden público. —Después se dirigió a mí—: Cuando lleguemos a comisaría, llamaré a tu padre y dejaré que él se encargue de ti.

Una vez dentro del vehículo, Rosaleen se acomodó deslizándose por el asiento y yo la imité para sentarme como ella.

La puerta se cerró, pero no hizo ruido, tan sólo un chasquido, y me pareció extraño que un sonido tan leve pudiera retumbar en el mundo entero.

2

Cuando abandona la vieja colmena, el enjambre suele volar sólo unos metros y posarse. Las pecoreadoras buscan un lugar adecuado donde establecer la nueva colonia y, una vez aprobado, todo el enjambre emprende el vuelo.

Bees of the World

El policía que nos llevaba a la cárcel era el señor Avery Gaston, pero el hombre de la gasolinera Esso lo llamó Zapato. Un apodo desconcertante porque su calzado no tenía nada de excepcional, ni tampoco sus pies por lo que pude ver. Lo único que había de especial en él era el tamaño de sus orejas, tan pequeñas como las de un niño, que parecían albaricoques secos. Las miré con atención desde el asiento trasero y me pregunté por qué no lo apodarían, pues, Orejas.

Los tres hombres nos siguieron en una furgoneta verde, en cuyo interior había un soporte con armas. Iban muy pegados a nuestro maletero y no dejaban de hacer sonar el claxon. Yo me sobresaltaba con cada bocinazo y Rosaleen trataba de tranquilizarme dándome palmaditas en la pierna. Al llegar a la altura del Western Auto, los hombres, como si se tratase de un juego, empezaron a situarse en paralelo a nosotros y a proferir gritos, aunque lo cierto es que no sé qué decían, pues, a diferencia de ellos, llevábamos las ventanillas cerradas. Me di cuenta entonces de que los coches patrulla no disponen en la parte trasera de tiradores en las puertas ni de manivelas para las ventanillas, de modo que tuvimos que soportar camino de la cárcel un calor sofocante, pero, en contrapartida, nos alegramos de no escuchar lo que aquellos hombres gritaban.

Rosaleen miraba hacia delante y actuaba como si ellos fueran un simple trío de moscas insignificantes que zumbaban en la puerta mosquitera. A pesar de todo, me fijé en que le temblaban los muslos, de forma que el asiento trasero se fue pareciendo cada vez más a una cama vibratoria.

—¿No vendrán con nosotros esos hombres, verdad, señor Gaston? —pregunté.

Vi su sonrisa en el espejo retrovisor.

—Nadie puede saber qué harán unos hombres tan cabreados como éstos.

Antes de Main Street se cansaron de la diversión y se marcharon. Respiré más tranquila, pero cuando nos detuvimos en el estacionamiento vacío tras la comisaría estaban esperando en la escalera trasera. El hombre que antes daba las cartas se golpeaba la palma de una mano con una linterna. Los otros dos sostenían nuestros abanicos de la iglesia y los movían de un lado a otro. Se me revolvió el estómago.

Cuando bajamos del coche, el señor Gaston esposó a Rosaleen con las manos detrás de la espalda. Yo iba tan pegada a ella que notaba el sudor que se evaporaba de su piel.

Se detuvo a diez metros de los hombres y se negó a moverse.

—Mire, no me obligue a usar el arma —la amenazó el señor Gaston. Por lo general, la policía de Sylvan sólo utilizaba el arma cuando alguien llamaba porque había descubierto algún crótalo en el jardín.

—Vamos, Rosaleen —le pedí—. ¿Qué pueden hacerte en presencia de un policía?

En ese mismo instante, el que daba las cartas levantó la linterna y golpeó con ella la frente de Rosaleen, que cayó de rodillas.

No recuerdo haber chillado, pero antes de que me diera cuenta, el señor Gaston me tapó la boca con la mano.

—Chitón —me ordenó.

—Quizás ahora quieras disculparte —sugirió el que daba las cartas. Rosaleen intentó levantarse, pero fue inútil, ya que no podía ayudarse con las manos. El señor Gaston y yo tuvimos que tirar de ella.

—Te vas a disculpar de una forma o de otra, negra —amenazó el hombre y avanzó hacia Rosaleen.

—Tranquilo, Franklin —dijo el señor Gaston, a la vez que nos conducía hacia la puerta—. Ahora no es el momento.

—No pararé hasta que se disculpe.

Es lo último que le oí gritar antes de entrar en la cárcel, donde sentí un impulso irresistible de arrodillarme para besar el suelo.

La única imagen que tenía de una celda era de las películas del Oeste, y ésta no se le parecía en nada. Para empezar estaba pintada de rosa y en las ventanas había colgadas unas cortinas floreadas. Resultó que habíamos entrado por la vivienda del carcelero. Su mujer salió de la cocina untando una bandeja de horno con mantequilla.

—Te traigo dos bocas más que alimentar —anunció el señor Gaston, y su esposa regresó al trabajo sin una mísera sonrisa de compasión.

Cuando por fin llegamos a la parte delantera, comprobé que había dos filas de celdas y que todas ellas estaban vacías. El señor Gaston quitó las esposas a Rosaleen y le dio una toalla del lavabo. Mientras ella se la aplicaba con fuerza en la cabeza, él rellenó unos documentos sobre una mesa y dedicó un rato a buscar unas llaves en el cajón de un archivador.

Las celdas tenían el hedor del aliento de las personas borrachas. Nos asignó la primera de la primera fila, donde alguien había grabado las palabras «trono de mierda» en un banco pegado a una pared. Nada parecía real.

«Estamos en la cárcel —pensé—. Estamos en la cárcel.»

Cuando Rosaleen se apartó la toalla, vi que sobre una de sus cejas había una abultada brecha de casi tres centímetros.

—¿Te duele mucho? —pregunté.

—Un poco —contestó, y acto seguido dio dos o tres vueltas por la celda antes de dejarse caer en el banco.

—T. Ray nos sacará de aquí —aseguré.

—Ya.

No dijo nada más hasta que el señor Gaston abrió la puerta de la celda una media hora después.

—Fuera —ordenó. Rosaleen pareció recobrar la esperanza por un momento. De hecho, se disponía a levantarse, pero el señor Gaston sacudió la cabeza—. Usted no va a ninguna parte. Sólo la niña.

En la puerta, me agarré a un barrote como si fuera el brazo de Rosaleen.

—Volveré, ¿me oyes? ¿Me oyes, Rosaleen?

—Ve, ya me las apañaré.

Su expresión derrotada me partió el corazón.

La aguja del velocímetro del camión de T. Ray se movía tanto que no acertaba a ver si señalaba 120 o 130. Inclinado hacia el volante, pisaba a fondo el acelerador, lo soltaba y lo volvía a pisar. El pobre vehículo traqueteaba hasta tal punto que estaba convencida de que el capó saldría disparado y decapitaría un par de pinos.

Supuse que T. Ray corría de aquel modo para llegar cuanto antes a casa y hacer montículos de maíz a medio moler por todas partes. Me imaginaba la casa convertida en una sala de tortura de alimentos básicos y que tendría que arrodillarme durante horas y horas de manera alternativa sobre todos ellos, con algunas pausas para ir al cuarto de baño. Pero me daba igual. Sólo me preocupaba que Rosaleen seguía en la cárcel.

—¿Y Rosaleen? Has de sacarla —exclamé, con los ojos entornados.

—Tienes suerte de haber salido tú —gritó.

—Pero no puede quedarse ahí.

—¡Escupió a tres hombres blancos! ¿En qué rayos estaba pensando? Y nada menos que a Franklin Posey, por el amor de Dios. ¿No podría haber elegido a alguien normal? Es el peor racista de Sylvan. Preferiría matarla a mirarla.

—Pero no de verdad —objeté—. No me estarás diciendo que la mataría de verdad...

—Lo que estoy diciendo es que no me sorprendería que la matara.

Sentí una gran debilidad en los brazos. Franklin Posey era el hombre de la linterna, e iba a matar a Rosaleen. Pero ¿acaso no lo había sabido ya en mi interior, antes incluso de que T. Ray lo dijera?

Me siguió escaleras arriba y decidí ir despacio. Estaba cada vez más enfadada. ¿Cómo podía dejar así a Rosaleen en la cárcel?

Cuando entré en mi habitación, se detuvo en la puerta.

—Tengo que pagar a los recolectores —comentó—. No salgas de este cuarto. ¿Me has entendido? Siéntate y piensa que volveré y me ocuparé de ti. Piensa mucho en eso.

—No me das miedo —murmuré.

Ya se disponía a irse, pero se volvió de nuevo.

—¿Qué has dicho?

—Que no me das miedo —repetí, esta vez más alto. Una especie de insolencia se había desatado en mí; algo peligroso que se había ido acumulando en mi interior.

Se acercó a mí con la mano levantada como si fuera a abofetearme.

—Cuidado con lo que dices.

—¡Vamos, pégame! —grité.

Cuando bajó la mano, giré la cara. No acertó.

Corrí hacia la cama y me subí a ella, jadeante.

—Mi madre no dejará que vuelvas a tocarme nunca más.

—¿Tu madre? —La ira enrojecía su rostro—. ¿Crees que a esa maldita mujer le importabas un comino?

—Mi madre me quería —repuse tan alto como pude.

Echó la cabeza hacia atrás y dejó escapar una risa aguda, amarga, forzada.

—No tiene gracia —afirmé.

Entonces se abalanzó hacia la cama y, con los puños apoyados con fuerza en el colchón, acercó tanto su cara a la mía que pude ver con claridad hasta el menor de los poros de su labio superior. Me deslicé hacia atrás, hacia las almohadas, y apoyé la espalda en la cabecera.

—¿No tiene gracia? —bramó—. ¿No tiene gracia? Pero si lo más gracioso que he oído en toda mi vida es que pienses que tu madre pueda ser tu ángel guardián. —Soltó otra carcajada—. ¿Sabes?, no podrías haberle importado menos.

—Eso no es cierto —repliqué—. No lo es.

—¿Y tú que sabes? —repuso él, todavía inclinado hacia mí. El resto de una sonrisa le tiraba de las comisuras de los labios.

—Te odio —grité.

Aquello puso fin a su sonrisa. Se puso tenso.

—Eres una bruja —dijo. El color se había desvanecido de sus labios.

De repente, sentí un frío glacial, como si algo peligroso hubiese entrado en la habitación. Miré hacia la ventana y noté que un escalofrío me recorría la espalda.

—Escúchame bien —dijo en tono sosegado—. La verdad es que tu madre se marchó y te dejó aquí. El día en que murió, había regresado a buscar sus cosas, nada más.

En la habitación se hizo un silencio sepulcral.

Se sacudió algo de la pechera y se dirigió hacia la puerta.

—Puedes odiarme todo lo que quieras —añadió—. Pero ella te abandonó. ¿Y sabes qué? Ni siquiera volvió la vista atrás una sola vez.

Cuando se hubo ido, sólo me moví para reseguir con el dedo las cintas de luz sobre la cama. El sonido de sus botas al bajar las escaleras se alejó, y saqué las almohadas de debajo de la colcha y me las puse a mi alrededor como si construyera una cámara que pudiera mantenerme a flote. Entendía que ella lo hubiera abandonado. Pero ¿por qué a mí? Aquel peso me hundía para siempre.

El tarro de las abejas seguía en la mesilla de noche, pero ahora estaba vacío. En algún momento del día, las abejas por fin habían logrado salir volando. Tomé el tarro en mis manos y de repente brotaron de mis ojos todas las lágrimas que había estado conteniendo al parecer durante años.

«Tu madre se marchó y te dejó aquí. El día en que murió, había regresado a buscar sus cosas, nada más.»

«Dios mío —pensé—, haz que se trague sus palabras.»

El recuerdo de aquel día se apoderó de mí: la maleta en el suelo; el modo en que se habían peleado. Los hombros empezaron a temblarme de un modo extraño, descontrolado. Sujetaba el tarro con fuerza contra mi pecho con la esperanza de que eso me calmara pero no podía dejar de sacudirme, no podía parar de llorar, y eso me asustaba. Era como si me hubiese golpeado un coche que no había visto venir y yaciera en la cuneta tratando de comprender qué había ocurrido.

Me senté en la cama. Una y otra vez sus palabras volvían a mi mente, produciéndome un inmenso dolor.

No sé cuánto rato permanecí ahí sentada con el corazón hecho añicos. Por fin, me acerqué a la ventana y contemplé los melocotoneros que se extendían hacia Carolina del Norte. Creí ver un gesto de súplica en el modo en que sostenían las ramas. El resto era cielo, aire y espacio solitario.

Bajé la mirada hacia el tarro de las abejas, que seguía sujetando con la mano, y vi algunas de mis lágrimas en el fondo. Abrí la mosquitera de la ventana y las vertí fuera. El viento las recogió en su regazo y las esparció por la maltrecha hierba.

«¡Cómo pudo dejarme!», pensé. Estuve varios minutos observando el mundo mientras intentaba entenderlo. Los pajaritos cantaban; era perfecto.

Y entonces se me ocurrió: ¿Y si no era verdad? ¿Y si T. Ray se lo había inventado para castigarme?

Casi me sentí mareada de alivio. Era eso. Tenía que serlo. Porque mi padre a la hora de urdir castigos tenía la creatividad de Thomas Edison. Una vez, después de haberle contestado mal, me dijo que mi coneja, *Mademoiselle*, había muerto. Me pasé toda la noche llorando hasta que, a la mañana siguiente, vi que estaba tan sana como el resto de los animalitos de la jaula. Seguro que lo que acababa de decirme también era mentira. En el mundo hay algunas cosas imposibles, como que un niño no sea amado al menos por su padre o por su madre. Al menos uno de los padres ha de quererlo, por el amor de Dios.

Su primera versión tenía que ser la verdadera: el día del accidente mi madre estaba limpiando el vestidor. La gente lo hace con frecuencia.

Inspiré para tranquilizarme.

Podría decirse que nunca había tenido una experiencia mística, uno de esos momentos de clarividencia en los que tienes la certeza de que una voz distinta a la tuya se dirige a ti de un modo tan genuino que ves las palabras brillando en los árboles y en las nubes. Pero aquel día, de pie en mi habitación, sí que la tuve. Oí una voz que decía: «Lily Melissa Owens, tu tarro está abierto.»

En cuestión de segundos sentí que toda mi vida cambiaba de rumbo. Tenía que alejarme de T. Ray antes de que regresase para hacerme Dios sabía qué. Y, por encima de todo, tenía que sacar a Rosaleen de la cárcel.

El reloj marcaba las 2.40. Necesitaba un buen plan, pero no podía permitirme el lujo de sentarme a elaborar uno. Agarré la bolsa de viaje rosa que siempre tenía a mano por si alguien me pedía que fuese a pasar la noche a su casa. Tomé los treinta y ocho dólares que había ganado vendiendo melocotones y los guardé junto con mis siete mejores bragas, las que tenían los días de la semana estampados por detrás. Puse también calcetines, cinco pantalones cortos, camisas, un camisón, champú, un cepillo, pasta de dientes, un cepillo de dientes y cintas elásticas para sujetarme el pelo, y todo eso sin dejar de mirar por la ventana. ¿Qué más? Al ver el mapa pegado a la pared, lo arranqué sin molestarme en quitar las tachuelas.

Busqué bajo el colchón y saqué la fotografía de mi madre, sus guantes y la imagen de madera de la Virgen negra, y los añadí a mi equipaje.

Arranqué una hoja de papel del cuaderno de inglés del año anterior y escribí una nota, breve y directa:

«Querido T. Ray, no te molestes en buscarme. Lily. La gente que dice mentiras debería pudrirse en el Infierno.»

Cuando miré por la ventana, vi que T. Ray salía del melocotonar en dirección a la casa. Tenía los puños cerrados y avanzaba la cabeza como lo hacen los toros antes de cornear.

Dejé la nota sobre la cómoda y me quedé un momento en medio de la habitación, pensando si volvería a verla alguna vez. Pronuncié un lacónico «adiós» y un fino manto de tristeza me cubrió el corazón.

Una vez fuera, busqué un hueco en el entramado que rodeaba los cimientos de la casa, me colé por él y desaparecí en medio de la luz violácea y del denso aire.

Las botas de T. Ray resonaron en el porche.

—¡Lily! ¡Lilyyyy! —Su voz recorrió el entarimado de toda la casa.

De repente, vi que *Snout* olisqueaba el lugar por donde yo había salido. Traté de adentrarme más en la oscuridad, pero la muy sarnosa ya había detectado mi olor y comenzó a ladrar como una loca.

Al momento, T. Ray salió con mi nota arrugada en la mano, gritó a *Snout* que se callara y se marchó a toda velocidad en el camión, dejando tras de sí cálidas columnas de humo amarillento.

Mientras caminaba por la cuneta repleta de hierbajos por segunda vez ese día, pensaba que aquel cumpleaños me había hecho crecer de repente y que, en lugar de catorce, parecía haber cumplido cuarenta.

La carretera estaba vacía hasta donde alcanzaba mi vista y relucía de calor, de modo que el aire parecía vibrar en algunos sitios. Si lograba liberar a Rosaleen, y ese «si» era del tamaño del planeta Júpiter, ¿adónde iríamos?

De repente me quedé quieta. A Tiburon, en Carolina del Sur. Por supuesto. El pueblo cuyo nombre aparecía escrito en el reverso de la imagen de la Virgen negra. ¿Acaso no había planeado ir algún día? Tenía mucho sentido: mi madre había estado ahí. O, al menos, conocía a gente en aquel lugar a la que le importaba lo bastante como para enviarle una bonita imagen de la Madre de Jesús. Además, ¿a quién se le ocurriría buscarnos allí?

Me agaché en la cuneta y desplegué el mapa. Tiburon era un puntito a lápiz junto a la gran estrella negra de Columbia. Puesto que T. Ray acudiría a preguntar por mí a la estación de autobuses, Rosaleen y yo tendríamos que hacer autoestop. No podía ser demasiado difícil: bastaba con alzar el pulgar y alguien se apiadaba de ti.

Un poco después de la iglesia, el hermano Gerald pasó a toda velocidad en su Ford blanco. Vi que las luces del freno se encendían. Retrocedió.

—Me pareció que eras tú —dijo a través de la ventanilla—. ¿Adónde vas?

—Al pueblo.

—¿Otra vez? ¿Para qué es esa bolsa?

—Voy... Voy a llevarle unas cosas a Rosaleen. Está en la cárcel.

—Sí, ya lo sé —comentó, abriendo la puerta del pasajero—. Sube, yo también voy.

Jamás había estado en el coche de un predicador. No es que esperara encontrar un montón de Biblias en el asiento trasero, pero me sorprendió ver que, por dentro, era como el coche de cualquier otra persona.

—¿Va a ver a Rosaleen? —pregunté.

—Me llamó la policía para pedirme que la denunciara por el robo de propiedad de la iglesia. Dicen que se llevó unos abanicos. ¿Sabes tú algo de eso?

—Sólo eran dos.

—A los ojos de Dios no importa si son dos o doscientos. —De repente, había adoptado el tono de voz que empleaba en el púlpito—. Robar es robar. Me preguntó si podía llevarse los abanicos y le dije que no, muy clarito. Pero se los llevó de todos modos y eso es pecado, Lily.

La gente devota siempre me ha exasperado.

—Lo que sucede es que es sorda de un oído —solté—. Creo que no le entendió bien. Siempre le pasa. T. Ray le pide que le limpie el pantalón y ella limpia el canalón del patio.

—Un problema auditivo. Vaya, no lo sabía —comentó.

—Rosaleen es incapaz de robar.

—Dijeron que había agredido a unos hombres en la gasolinera Esso.

—No fue así —expliqué—. Verá, ella estaba cantando su himno favorito: «¿Estabas ahí cuando crucificaron al Señor?» Yo diría que esos hombres no son cristianos, hermano Gerald, porque le gritaron que dejara de cantar esa estúpida cancioncilla sobre Jesús.

Entonces Rosaleen replicó: «Podéis maldecirme a mí, pero no reneguéis de Jesús.» Pero ellos siguieron. Así que derramó sobre sus zapatos el líquido de la escupidera. Puede que obrara mal, pero lo hizo por Jesús.

Estaba empapada en sudor.

El hermano Gerald se mordisqueó el labio y entendí que estaba sopesando lo que le había contado.

Cuando el hermano Gerald y yo atravesamos el umbral de la puerta, nos encontramos al señor Gaston solo en la comisaría. Estaba sentado junto a la mesa y comía cacahuetes. Sabiendo cómo era, no nos extrañó que todo el suelo estuviese cubierto de cáscaras.

—Tu mujer de color no está aquí —exclamó mientras me miraba—. La llevé al hospital para que le dieran unos puntos. Se cayó y se golpeó la cabeza.

Y una mierda se cayó. Hubiese querido lanzarle los cacahuetes contra la pared.

—¿Qué quiere decir con eso de que se cayó y se golpeó la cabeza? —le dije casi gritando.

El señor Gaston lanzó al hermano Gerald una de esas miradas omniscientes que los hombres se dirigen cuando una mujer reacciona de modo algo histérico.

—Tranquilízate —me pidió.

—No voy a tranquilizarme hasta saber que está bien —exclamé en un tono más tranquilo, aunque todavía temblaba.

—Está bien. Sólo sufre una ligera conmoción. Espero que vuelva a estar aquí a última hora de la tarde. El médico quería tenerla en observación unas horas.

Mientras el hermano Gerald explicaba por qué no podía firmar la denuncia debido a que Rosaleen era medio sorda, me dirigí hacia la puerta.

El señor Gaston me lanzó una mirada de advertencia.

—Hay un guardia con ella en el hospital y no permite que nadie la vea, así que vete a casa. ¿Comprendido?

—Sí, señor. Me voy a casa.

—Hazlo —insistió—. Porque si me entero de que te has acercado a ese hospital, llamaré de nuevo a tu padre.

El Sylvan Memorial Hospital era un edificio bajo de ladrillos con un ala para blancos y otra para negros. Un coche fúnebre verde con el techo negro estaba aparcado a la puerta de la gente de color.

Me metí en un pasillo desierto, pero saturado de olores. Claveles, ancianos, alcohol, ambientador, gelatina roja. En la sección de los blancos había aparatos de aire acondicionado en las ventanas, en cambio allí sólo se veían ventiladores eléctricos que no hacían otra cosa que remover el aire caliente.

En el puesto de enfermería de planta, un policía estaba inclinado sobre el mostrador. Tenía el aspecto de un chico recién salido del instituto, con la educación física suspendida, fumando con sus amigos a la hora del almuerzo. Hablaba con una joven de blanco. Supuse que sería una enfermera, pero no parecía mucho mayor que yo.

—Salgo a las seis —oí que decía el policía. Ella le sonreía mientras se sujetaba un mechón de pelo tras la oreja.

Al otro lado del vestíbulo, vi una silla vacía junto a la puerta de una de las habitaciones. Había una gorra de policía debajo de ella. Me acerqué tan rápido como pude y, a pesar de que había un cartel en la puerta que prohibía las visitas, entré sin dudarlo.

Había seis camas, todas vacías excepto la más alejada, junto a la ventana. Las sábanas se movieron: su ocupante trataba de acomodarse. Dejé caer la bolsa al suelo.

—¿Rosaleen?

Tenía la cabeza envuelta con una venda del tamaño de unos pañales y las muñecas atadas a los barrotes de la cama.

Cuando me vio allí de pie, empezó a llorar. En todos los años que me había cuidado, jamás había visto una sola lágrima en sus mejillas. Ahora, el dique que las contenía se había desmoronado. Le di palmaditas en el brazo, en la pierna, en la cara, en la mano.

—¿Qué te ha pasado? —pregunté cuando por fin las lágrimas se le agotaron.

—Cuando te fuiste, ese policía al que llaman Zapato dejó que aquellos hombres entraran a por sus disculpas.

—¿Te pegaron de nuevo?

—Dos de ellos me sujetaron los brazos mientras el otro, el de la linterna, me atizaba. Me gritó: «Pide perdón, negra.» Como no lo hice, cerró el puño y se abalanzó sobre mí. Me pegó hasta que el policía le dijo que ya era suficiente. Pero se quedaron sin su disculpa.

Deseé con todas mis fuerzas que aquel trío se consumiera en el Infierno suplicando agua fría, aunque también estaba muy enfadada con Rosaleen. ¿Por qué no podía disculparse? Franklin Posey se hubiera contentado con pegarle. Lo único que había conseguido de este modo era asegurarse de que volvieran.

—Tienes que largarte de aquí —aseguré mientras le desataba las muñecas.

—No puedo irme así como así —comentó—. Todavía estoy detenida.

—Si te quedas, esos hombres regresarán y te matarán. Hablo en serio. Acabarás muerta como esa gente de color en Misisipí. Hasta T. Ray lo dijo.

Cuando se sentó, el camisón del hospital se le subió hasta los muslos. Se lo bajó hasta las rodillas, pero volvió a subírsele como si la tela fuera elástica. Encontré su vestido en el armario y se lo di.

—Esto es una locura —se quejó.

—Ponte el vestido. Hazlo y no digas nada, ¿de acuerdo?

Trató de pasarlo por la cabeza, pero el vendaje se lo impedía.

—Tienes que sacarte esa venda —dije. Al levantarla, vi que debajo había dos filas de puntos de sutura. Le indiqué que guardara silencio y abrí un poco la puerta para ver si el policía había vuelto a su silla.

En efecto, allí estaba. Era demasiado pedir que se hubiera quedado flirteando el tiempo suficiente para que nosotras pudiésemos salir. Permanecí un par de minutos pensando algún tipo de plan. Después, abrí la bolsa y saqué de ella un par de monedas de diez centavos del dinero de los melocotones.

—Voy a salir para ver si logro deshacerme de él. Métete en la cama por si se le ocurre echar un vistazo a la habitación.

Me miró con unos ojitos diminutos como puntos.

—¡Dios mío! —exclamó.

Cuando salí al vestíbulo, el policía se levantó de un brinco.

—No deberías estar ahí dentro.

—Ya me he dado cuenta —repliqué—. Estoy buscando a mi tía. Creo que me han dicho que estaba en la habitación 102, pero aquí dentro hay una mujer de color. —Sacudí la cabeza e intenté parecer desorientada.

—Te has perdido del todo. Tienes que ir al otro lado del edificio. Éste es el pabellón de la gente de color.

—¡Oh! —exclamé, dedicándole una sonrisa.

En el ala de los blancos, encontré una cabina junto a la sala de espera. Pregunté el número del hospital en información, lo marqué y pedí por enfermería de planta del ala de la gente de color.

—Soy la esposa del carcelero y llamo desde comisaría —dije, después de carraspear, a la joven que me contestó—. El señor Gaston quiere que diga al policía que tenemos ahí que regrese a comisaría. El predicador viene de camino a firmar unos documentos y el señor Gaston no estará porque ha tenido que salir ahora mismo. Así que, por favor, pídale que vuelva aquí enseguida.

Mientras una parte de mí pronunciaba estas palabras, la otra las escuchaba y pensaba a la vez que acabaría en el reformatorio o en la cárcel de menores para chicas, y muy pronto. La joven repitió cuanto le había dicho hasta estar segura de haberlo entendido bien. Me llegó un suspiro desde el otro lado de la línea.

—Se lo diré.

«Se lo diré.» No podía creerlo.

Regresé al otro pabellón y, agachada junto al surtidor, vi que la chica de blanco transmitía la información al policía gesticulando mucho con las manos. El policía se puso la gorra, recorrió el pasillo y se fue.

Cuando Rosaleen y yo salimos de su habitación, miré primero a derecha y luego a izquierda.

Teníamos que pasar frente al mostrador de la enfermera para

llegar a la puerta, pero la chica de blanco parecía absorta, tomando alguna nota.

—Camina como si estuvieses de visita —ordené a Rosaleen.

Cuando todavía no habíamos terminado de pasar por delante del mostrador, la chica dejó de escribir y levantó los ojos.

—Mierda —masacullé. Agarré del brazo a Rosaleen y la metí en la habitación de una paciente.

En la cama reposaba una mujer menuda, vieja y de tez oscura, que recordaba un pajarito. Cuando nos vio, abrió la boca y su lengua se enroscó como una coma.

—Necesito un poco de agua —pidió. Rosaleen, sirvió un vaso de una jarra y se lo dio a la mujer mientras yo sujetaba la bolsa contra mi pecho y me asomaba a la puerta.

Vi que la chica entraba en una habitación unas puertas más allá con una especie de botella de agua.

—Vamos —indiqué a Rosaleen.

—¿Ya te vas? —quiso saber la mujer menuda.

—Sí, pero seguramente volveré antes de que acabe el día —comentó Rosaleen, más para mis oídos que para los de la mujer.

Esta vez no caminamos como el resto de visitantes, sino que salimos pitando.

Fuera, cogí la mano de Rosaleen y tiré de ella por la acera.

—Como lo tienes todo calculado, supongo que sabrás adónde vamos —dijo, y su voz tenía una entonación especial.

—Nos dirigimos a la carretera 40. Haremos autoestop hasta Tiburon, en Carolina del Sur, o al menos lo intentaremos.

Tomamos por el camino de atrás. Atravesamos el parque y por un callejón llegamos hasta Lancaster Street. Luego, recorrimos tres manzanas hasta May Pond Road, y nos colamos en el aparcamiento vacío que había detrás de la tienda de comestibles de Glenn.

Pasamos entre zanahorias y flores rojas de tallo grueso, a través de libélulas y de un olor a gelsemio tan intenso que casi podía verlo suspendido en el aire como humo dorado. Rosaleen no me preguntó por qué íbamos a Tiburon y yo no se lo expliqué. En cambio, sí me hizo otra pregunta:

—¿Cuándo empezaste a decir «mierda»?

Jamás había dicho palabrotas, aunque había oído muchas a T. Ray y también había leído unas cuantas en los lavabos públicos.

—Ya tengo catorce años. Supongo que puedo decirlo si quiero. —Y en ese preciso instante, quería hacerlo—. Mierda —solté.

—Mierda, coño, joder e hijo de la gran puta —añadió Rosaleen, saboreando cada palabra con verdadero deleite.

Nos quedamos en la cuneta de la carretera 40, a la sombra de una destartalada valla publicitaria de cigarrillos Lucky Strike. Yo levantaba el pulgar, aunque en vano, pues todos los coches de la carretera aceleraban en cuanto nos veían.

Por fin, un hombre de color que conducía un tronado camión Chevy cargado de melones se apiadó de nosotras. Yo me subí primero y tuve que dejar espacio para que Rosaleen se sentara junto a la ventanilla.

El hombre nos explicó que iba a visitar a su hermana a Columbia y que llevaba los melones al mercado agrícola del Estado. Yo le comenté que iba a Tiburon a visitar a mi tía y que Rosaleen iba a trabajar en la casa para ella. No sonaba muy probable, pero lo aceptó.

—Puedo dejaros a unos cinco kilómetros de Tiburon —aseguró.

La luz tenue del ocaso es la más triste que existe. Durante un largo trecho nos acompañó el rubor del sol. Todo, salvo los grillos y las ranas, estaba en silencio, y a través del parabrisas contemplé las estrellas que iban ocupando el cielo.

El granjero puso la radio y las Supremes inundaron la cabina del camión con su *Baby, baby, where did our love go?* No hay nada como una canción sobre amores perdidos para recordarte que las cosas valiosas pueden soltarse de donde las prendiste con tanto cuidado. Recosté la cabeza en el brazo de Rosaleen. Deseaba que me diera unas palmaditas para que la vida volviera a la normalidad, pero sus manos permanecieron inmóviles en su regazo.

Ciento cincuenta kilómetros después de habernos recogido, el granjero se detuvo junto a un cartel que indicaba que nos quedaban cinco más para llegar a Tiburon. Señalaba a la izquierda, en dirección a una carretera que serpenteaba hacia la plateada oscuridad. Al bajar del camión, Rosaleen preguntó si podíamos quedarnos un melón para cenar.

—Quedaos dos —contestó el hombre.

Esperamos hasta que sus faros se convirtieron en unos puntos del tamaño de luciérnagas antes de hablar o de movernos siquiera. Yo intentaba no pensar en lo tristes y perdidas que estábamos en realidad. No estaba segura de que aquello fuera mejor que vivir con T. Ray o en la cárcel. No había nadie para ayudarnos. Sin embargo, me sentía dolorosamente viva, como si cada célula de mi cuerpo tuviera una luz interior tan brillante que resultaba dolorosa.

—Al menos hay luna llena —comenté a Rosaleen.

Empezamos a andar. El que piensa que el campo es un lugar tranquilo, es que nunca ha vivido en él. Pero lo cierto es que el simple croar de las ranitas de san Antón ya hace que desees tener tapones para los oídos.

Seguimos adelante, fingiendo que era un día como cualquier otro. Rosaleen observó que, al parecer, el agricultor que nos había llevado hasta allí había tenido una buena cosecha de melones. Aseguró que era sorprendente que no hubiera mosquitos.

Cuando llegamos a un puente que cruzaba un río, decidimos que bajaríamos hasta la orilla y pasaríamos allí la noche. Ese lugar era un mundo distinto: el agua estaba salpicada de brillantes puntitos de luz que se movían y unos kudzus se extendían entre los pinos como hamacas gigantes. Me recordaba un bosque de los hermanos Grimm y me suscitaba la misma sensación de inquietud que cuando me adentraba en las páginas de algún cuento en que las cosas inimaginables eran posibles, nunca se sabía.

Rosaleen partió los melones golpeándolos contra una piedra de la orilla. No dejamos más que la cáscara. Después de tomar agua con las manos para beber, sin preocuparnos por las algas ni por los renacuajos, o por si las vacas habrían usado el río como aseo, nos sentamos en la orilla y nos miramos.

—Sólo quiero saber por qué, de entre todos los lugares de este mundo, elegiste Tiburon —me preguntó Rosaleen—. Jamás había oído hablar de él.

A pesar de la oscuridad, saqué la imagen de la Virgen negra de la bolsa y se la acerqué.

—Era de mi madre. Detrás pone Tiburon, Carolina del Sur.

—A ver si lo entiendo bien: elegiste Tiburon porque tu madre tenía una imagen con el nombre de esa ciudad escrito detrás, ¿es eso?

—Piénsalo —contesté—. Seguro que si tenía esta imagen es porque alguna vez estuvo allí. Y, de ser así, alguien podría recordarla. Nunca se sabe.

Rosaleen la levantó para verla mejor a la luz de la luna.

—¿Quién es?

—La Virgen María —respondí.

—Bueno, por si no te has dado cuenta, es negra —replicó Rosaleen.

Noté que estaba impresionada por el modo en que seguía mirándola, con la boca abierta. Podía leer sus pensamientos: «Si la Madre de Jesús es negra, ¿cómo es que sólo conocemos a la Virgen blanca?» Sería como si las mujeres descubrieran de pronto que Jesús había tenido una hermana gemela con la mitad de los genes de Dios pero nada de su gloria.

Me la devolvió.

—Supongo que ya me puedo morir porque ahora ya lo he visto todo.

Me guardé la imagen en el bolsillo.

—¿Sabes qué me dijo T. Ray de mi madre? —pregunté, deseosa de contarle lo que había ocurrido—. Pues que nos había abandonado a los dos mucho antes de morir. Que el día del accidente sólo había vuelto a buscar sus cosas.

Esperé a que Rosaleen exclamara que aquello era ridículo, pero entornó los ojos con la mirada al frente, como valorando esa posibilidad.

—Pero sé que no es cierto —aseguré elevando el tono, incapaz de contener aquel torrente de voz—. Y si piensa que voy a creerme esa historia, es que le falta un tornillo. Estoy segura de que sólo quiso hacerme daño.

Podría haber añadido que las madres tienen instintos y hormonas que les impiden abandonar a sus hijos, que ni siquiera los cerdos o las zarigüeyas dejan a sus crías, pero Rosaleen, que había terminado de sopesar la cuestión, concluyó:

—Es probable que tengas razón. Tu padre es capaz de eso y más.

—Y mi madre nunca hubiera hecho lo que él me dijo —añadí.

—No conocí a tu madre —explicó Rosaleen—. Pero la vi algunas veces de lejos, cuando salía de recolectar en el melocotonar. Ella tendía la ropa o regaba las plantas y tú estabas a su lado, jugando. Sólo en una ocasión la vi sin ti.

No tenía ni idea de que Rosaleen hubiera visto a mi madre. De repente me sentí aturdida, sin saber si era por el hambre, por el cansancio o a causa de aquel sorprendente descubrimiento.

—¿Qué hacía esa vez que la viste sola? —quise saber.

—Estaba detrás del cobertizo del tractor, sentada en el suelo y con la mirada perdida. Cuando pasamos, ni siquiera nos vio. Recuerdo haber pensado que parecía un poco triste.

—¿Y quién no lo estaría viviendo con T. Ray? —dije.

Me parece que en aquel instante una bombilla se encendió en la cabeza de Rosaleen.

—¡Oh! —exclamó—. Ahora lo entiendo: huiste de casa por lo que tu padre dijo sobre tu madre. No tuvo nada que ver con el hecho de que yo estuviera en la cárcel. Con lo preocupada que yo estaba, pensando que te habías escapado y te estabas metiendo en un lío por mi culpa… Bueno, te agradezco que me hayas puesto al corriente.

Se quedó muy seria, mirando la carretera, lo que me llevó a pensar que tal vez estuviera tentada de volver por donde habíamos venido.

—¿Y qué planes tienes? —prosiguió—. ¿Ir de ciudad en ciudad preguntando a la gente por tu madre? ¿Es ésa tu brillante idea?

—Si quisiera que alguien me criticara sin cesar, me habría traído a T. Ray conmigo —protesté—. Y para tu información, no tengo ningún plan.

—Pues parecías tenerlo en el hospital cuando llegaste asegurando que íbamos a hacer esto y aquello. Y se supone que yo debo seguirte como un perrito. Te comportas como si fueras mi dueña y yo, una negra tonta a la que tienes que salvar. —Los ojos brillaban en su rostro como antorchas en la noche.

—¡Eso no es justo! —Me levanté, tan indignada que me faltaba el aire.

—La intención era buena y me alegro de haberme ido, pero ¿en algún momento se te ocurrió preguntar mi opinión? —comentó.

—Pues sí que eres tonta —repliqué—. Tienes que serlo para verter así el líquido de la escupidera en los zapatos de aquellos hombres. Y más tonta aún para no pedir después disculpas si con ello salvabas la vida. Iban a volver para matarte, o peor aún. Yo te saqué y es así como me lo agradeces. Muy bien, perfecto.

Me quité los zapatos, agarré la bolsa y me metí en el río. El frío me entumeció las pantorrillas. No quería estar en el mismo planeta que ella y mucho menos en la misma orilla del río.

—A partir de ahora, apáñatelas sola —le solté por encima del hombro.

Una vez en la otra orilla, me dejé caer sobre la tierra musgosa. Nuestras miradas se cruzaron en la distancia. Allí, a oscuras, Rosaleen parecía una roca erosionada por quinientos años de tormentas. Me eché hacia atrás y, al poco, me quedé dormida.

Soñé que estaba de vuelta en la granja de melocotones, sentada detrás del cobertizo del tractor y, aunque era de día, podía ver una inmensa y majestuosa luna llena en el cielo. La observé un rato, y después me apoyé en la pared del cobertizo y cerré los ojos. Me sobresaltó un chasquido como de hielo al partirse y, al levantar los ojos, vi que la luna se había resquebrajado de arriba abajo para romperse en un millón de pedazos. Grité: «La luna se está cayendo», pero nadie me oía.

Desperté de aquel sueño con un dolor oprimiéndome el pecho. Busqué la luna y la encontré entera, iluminando con su luz el río. Miré hacia la otra orilla para ver a Rosaleen. Se había ido.

Me dio un vuelco el corazón.

«Dios mío, por favor. No quería tratarla como a un perrito. Sólo quería salvarla. Nada más.»

Mientras me ponía los zapatos con torpeza, me embargó la

misma pena que todos los años se apoderaba de mí en la iglesia el Día de la Madre. «Perdona, mamá.»

¿Dónde estaría Rosaleen? Recogí la bolsa y corrí por el río en dirección al puente, apenas consciente de que estaba llorando. En la oscuridad tropecé con un tronco caído y di de bruces en el suelo. No me molesté en levantarme. Podía imaginarme a Rosaleen a kilómetros de allí, carretera abajo, murmurando: «Mierda, maldita muchacha.»

Al alzar los ojos descubrí que el árbol bajo el que había caído estaba prácticamente pelado. Sólo conservaba algunas pinceladas verdes aquí y allá, que destacaban sobre el gris uniforme del musgo que colgaba hasta el suelo. Incluso a oscuras, podía ver que se estaba muriendo y que lo hacía solo en medio de la indiferencia de los demás pinos. Era el inexorable destino de las cosas: tarde o temprano, la pérdida se apodera de todo y lo devora por completo.

Me llegó un murmullo a través de la noche. No puede decirse que fuera un gospel, pero me sonó como tal. Seguí sus notas y encontré a Rosaleen en medio del río, completamente desnuda. El agua le llegaba a los hombros y los salpicaba de brillantes gotitas de leche, mientras sus senos se mecían en la corriente. Era una visión de las que no se olvidan. Sentí el impulso irrefrenable de lamer aquellas gotas.

Abrí la boca. Quería decir algo, pero no sabía qué. «Perdona, mamá.» Eso era lo único que podía sentir. Aquel viejo anhelo me sostenía con fuerza en su regazo.

Me quité los zapatos, los pantalones cortos, la camisa. Al llegar a la ropa interior, dudé por un instante, pero también me la quité.

El agua parecía un glaciar que se fundía al entrar en contacto con mis piernas. Debí de soltar un grito ahogado cuando noté el frío, porque Rosaleen levantó la mirada y, al ver que me acercaba desnuda por el agua, empezó a reír.

—Mira qué ufana vienes. Con las tetas al aire y todo.

Me agaché a su lado y traté de contener el aliento para soportar el dolor que me producía el agua.

—Lo siento —exclamé.

—Lo sé —contestó—. Yo también. —Extendió el brazo y me

dio unas palmaditas en la rodilla, como si estuviera trabajando la masa de una galleta.

Gracias a la luna, distinguía el lecho del río, cubierto por una alfombra de guijarros. Recogí una piedrecita roja y redondeada. Me puse en la boca aquel corazón acuático para sorber su esencia.

Inclinada hacia atrás, me dejé caer poco a poco hasta que el agua me cubrió la cabeza. Contuve el aliento. Mientras escuchaba el rumor del río acariciando mis orejas, chupé la piedra que tenía en la boca y me sumergí cuanto pude en ese mundo reluciente y oscuro. Pero sólo era capaz de pensar en una maleta en el suelo, en un rostro que nunca acababa de ver, en su dulce olor a crema hidratante.

«No volvió la vista atrás ni una sola vez», había dicho T. Ray.

3

Se indica a los nuevos apicultores que el modo de encontrar a la esquiva reina es localizar antes su círculo de asistentes.

The Queen Must Die: And Other
Affairs of Bees and Men

Después de Shakespeare, quien más me gusta es Thoreau. En cierta ocasión, después de que la señorita Henry nos hiciera leer fragmentos de *Walden o la vida en los bosques*, fantaseé acerca de a un jardín oculto donde T. Ray nunca me encontrara. Empecé a valorar a la Madre Naturaleza, su gran labor en este mundo. A mí me recordaba a Eleanor Roosevelt.

Pensé en ella la mañana siguiente, cuando me desperté junto al río en un lecho de enredaderas kudzus. Una barcaza de niebla flotaba en el agua y algunas libélulas de un azul brillante volaban de acá para allá, como si cosieran el aire. Era una imagen tan bonita que, por un segundo, olvidé la terrible sensación que me oprimía el pecho desde que T. Ray me contó lo de mi madre. Pero ahora estaba en Walden.

«Es el primer día de mi nueva vida —pensé—. Eso es lo que es.»

Rosaleen dormía con la boca abierta y un hilillo de baba le colgaba del labio inferior. Por el modo en que movía los ojos bajo los párpados, supe que estaba mirando la pantalla en que los sueños van y vienen. Su herida tenía mejor aspecto, pero a la luz del día observé que también tenía cardenales en los brazos y las piernas.

Ninguna de las dos llevábamos reloj, pero por la posición del sol deduje que habíamos dormido hasta bien entrada la mañana.

No quería despertar a Rosaleen, así que saqué de mi bolsa la imagen de madera de la Virgen y la apoyé en el tronco de un árbol para examinarla. Una mariquita trepó por ella y descansó en su mejilla. Parecía un antojo perfecto. Me pregunté si la Virgen, como muchas personas, prefería el aire libre y estar rodeada de árboles e insectos a permanecer en una iglesia.

Me tumbé y traté de inventarme una historia que explicase por qué mi madre tenía una imagen como aquélla. Pero no se me ocurrió nada, quizá debido a mi ignorancia sobre la Virgen, a quien nuestra iglesia no prestaba demasiada atención. Según el hermano Gerald, en el fuego del Infierno sólo ardían los católicos. En Sylvan no había ninguno, pues todos éramos baptistas o metodistas, pero teníamos instrucciones por si alguna vez conocíamos alguno en nuestros viajes. Debíamos ofrecerles el plan de salvación en cinco partes, que ellos podían aceptar o rechazar. La iglesia nos dio un guante de plástico con cada paso escrito en un dedo diferente. Empezabas por el meñique y acababas por el pulgar. Había mujeres que llevaban el guante de la salvación en el bolso por si se topaban casualmente con algún católico.

La única historia sobre la Virgen que comentábamos era la de la boda, la vez que convenció a su hijo, prácticamente en contra de su voluntad, para que transformara en la cocina el agua en vino. Aquello me había impresionado porque nuestra Iglesia no creía en el vino. Lo cierto es que tampoco creía que las mujeres pudieran opinar demasiado al respecto de nada. Para justificar lo de la imagen, lo único que se me ocurría era que mi madre se había visto mezclada de algún modo con los católicos, lo cual, he de reconocerlo, me encantaba.

Me guardé la imagen en el bolsillo. Rosaleen seguía dormida, soltando bocanadas de aire que vibraban en sus labios. Supuse que era capaz de dormir hasta el día siguiente, así que le zarandeé el brazo hasta que abrió los ojos.

—Dios mío, estoy entumecida —musitó—. Me siento como si me hubieran golpeado con un palo.

—Te golpearon, ¿recuerdas?

—Pero no con un palo —replicó.

Esperé a que se levantara. Fue un largo proceso repleto de gruñidos, quejidos y crujidos de extremidades que volvían a la vida.

—¿Qué soñabas? —le pregunté cuando estuvo de pie.

Entornó los ojos y los alzó hacia las copas de los árboles mientras se frotaba los codos.

—Vamos a ver. Soñé que el reverendo Martin Luther King hijo se arrodillaba y me pintaba las uñas de los pies con sus propios escupitajos y las uñas me quedaban rojas como si hubiera estado comiendo frambuesas.

Reflexioné sobre ello mientras partíamos hacia Tiburon. Junto a mí, Rosaleen caminaba como si tuviera los pies ungidos, como si sus dedos de rubí fueran lo más destacado de todo el paisaje.

Pasamos junto a graneros grises, campos de maíz que necesitan agua y rebaños de vacas de Hereford que rumiaban a cámara lenta y parecían muy satisfechas con su vida. Escruté la distancia y en el horizonte divisé granjas de amplios porches, con columpios formados por neumáticos de tractores que pendían de cuerdas en ramas cercanas; junto a ellos se elevaban molinos de viento, cuyos gigantescos pétalos plateados emitían un suave crujido cuando se levantaba la brisa. El sol lo había cocido todo a la perfección, hasta las grosellas de una cerca se habían achicharrado hasta convertirse en pasas.

El asfalto se acabó y dio paso a la grava. Escuché el sonido que producían sobre ella mis zapatos. Hacía tanto calor que a Rosaleen el sudor se le encharcaba en los huecos que se forman sobre las clavículas. No sabía qué tripas gorgoteaban con más intensidad debido al hambre, si las mías o las suyas. Para colmo de males, cuando habíamos empezado a caminar había caído en la cuenta de que era domingo, de manera que las tiendas estaban cerradas. Temí que terminaríamos comiendo diente de león y desenterrando nabos silvestres y gusanos para seguir vivas.

El olor a estiércol fresco que emanaba de los campos puso fin a mi apetito de inmediato, pero Rosaleen comentó:

—Me comería una vaca.

—Si encontramos algún sitio abierto cuando lleguemos a la ciudad, entraré y compraré algo de comer —afirmé.

—¿Y dónde vamos a dormir? —quiso saber.

—Si no hay ningún hotel, tendremos que alquilar una habitación.

—Lily, pequeña —sonrió—, en ninguna parte aceptarán una mujer de color. Aunque fuera la mismísima Virgen María.

—Entonces, ¿para qué sirve la ley de los derechos civiles? —solté, parándome en seco en medio de la carretera—. ¿No se supone que la gente tiene que permitirte ahora dormir en los hoteles y comer en los restaurantes si quieres?

—Se supone... Pero a muchos habrá que obligarlos y, aun así, patalearán y gritarán.

Me pasé el kilómetro siguiente muy preocupada. No tenía ningún plan, ni siquiera en perspectiva. Hasta entonces, había creído que en algún sitio encontraríamos una ventana para acceder a una vida nueva. Rosaleen, por otra parte, se limitaba a pasar el rato mientras no la atraparan. Lo consideraba unas vacaciones de la cárcel.

Lo que yo necesitaba era una señal. Necesitaba una voz que me hablara, como la que el día antes en mi habitación me había dicho: «Vuela, Lily, tu tarro está abierto.»

«Daré nueve pasos y miraré hacia arriba. Lo que vean mis ojos será mi señal.» Al levantar la vista, vi una avioneta que sobrevolaba un campo sembrado. Dejaba tras de sí una nube de pesticida que, poco a poco, se dispersaba. No sabía qué parte de la escena representaba yo: las plantas, liberadas del azote de los insectos, o los insectos, que iban a perecer. También cabía la posibilidad de que, en realidad, fuera la avioneta que sobrevolaba la tierra causando tanto salvación como fatalidad.

Me sentí abatida.

El calor se había intensificado a medida que caminábamos, y el sudor resbalaba por la cara de Rosaleen.

—Lástima que no haya por aquí una iglesia donde podamos robar más abanicos —aseveró.

De lejos, la tienda situada en el extremo de la ciudad parecía tener cien años, pero cuando llegamos vi que era aún más antigua. Un cartel en la parte delantera anunciaba: «Tienda y Restaurante Frogmore Stew. Desde 1854.»

Era probable que el general Sherman hubiera pasado por allí y hubiera decidido perdonarle la vida porque le había gustado el nombre, porque estoy segura de que no había sido por su aspecto. La fachada era un tablón de anuncios caduco: Servicio Oficial Studebaker, Cebo vivo, Torneo de pesca de Buddy, Fábrica de hielo de los hermanos Rayford, Rifles de caza a 45 dólares y una imagen de una chica que llevaba un tapón de Coca-Cola en la cabeza. Un cartel anunciaba una actuación de gospel en la iglesia baptista Monte Sión que había tenido lugar en 1957, por si podía interesar a alguien.

Lo más interesante era la exposición de matrículas de automóvil de distintos estados que había clavadas. De haber tenido más tiempo, me hubiera encantado recrearme en ellas.

En el jardín lateral, un hombre de color levantaba la parte superior de una barbacoa hecha con un bidón de aceite, y el olor a cerdo empapado en vinagre y pimienta que desprendía me hizo la boca agua.

Había unos cuantos coches y camiones aparcados delante, sin duda de personas que no asistían a misa e iban allí directas después de la catequesis.

—Iré a ver si puedo comprar algo de comida —dije.

—Y tabaco. Necesito algo de tabaco —pidió Rosaleen.

Mientras se dejaba caer en un banco cerca del bidón barbacoa, crucé la puerta y me sumergí en la mezcla de olores a huevos en vinagre, a serrín y a montones de jamones en dulce que colgaban del techo. El restaurante estaba situado en la trastienda, mientras que la parte delantera estaba reservada a la venta de todo tipo de artículos, desde caña de azúcar hasta aguarrás.

—¿En qué puedo servirte, jovencita? —resonó la voz de un hombre desde el otro lado del mostrador. Era un tipo menudo que lucía una pajarita, casi oculto tras una barricada de jaleas y conservas. Tenía la voz aguda y un aspecto suave y delicado. Resultaba imposible imaginarlo vendiendo rifles—. Me parece que es la primera vez que te veo por aquí.

—Soy forastera. He venido a ver a mi abuela.

—Me gusta que los niños visiten a sus abuelos —dijo—. Puedes aprender muchas cosas de las personas mayores.

—Sí, señor —asentí—. He aprendido más de mi abuela que en todo el curso.

El hombre soltó una carcajada aguda, como si fuera lo más cómico que había oído en años.

—¿Has venido a comer? Tenemos un especial del domingo: cerdo a la barbacoa.

—Póngame dos raciones para llevarme —pedí—. Y dos Coca-Colas, por favor.

Mientras esperaba nuestro almuerzo, me paseé por los pasillos de la tienda dispuesta a elegir la cena. Paquetes de cacahuetes salados, galletas de mantequilla, dos bocadillos de queso envueltos en plástico, bombones rellenos y una lata de tabaco Red Rose. Lo dejé todo en el mostrador.

Cuando el hombre regresó con los platos y las bebidas, sacudió la cabeza.

—Lo siento. Es domingo y no puedo vender nada de la tienda, sólo del restaurante. Tu abuela debería saberlo. Por cierto, ¿cómo se llama?

—Rose —exclamé, inspirada por la lata de tabaco.

—¿Rose Campbell?

—Sí, señor. Rose Campbell.

—Creía que sólo tenía nietos varones.

—No señor. También me tiene a mí.

El hombre tocó la bolsa de bombones y comentó:

—Déjalo todo aquí. Yo lo pondré en su sitio.

La caja registradora sonó y el cajón salió de golpe. Busqué el dinero en la bolsa y le pagué.

—¿Podría abrirme las botellas de cola? —pregunté. Aproveché que regresaba a la cocina para meter el tabaco Red Rose en la bolsa y cerrar la cremallera. Rosaleen había sido apaleada, había pasado hambre, había dormido en el suelo y era imposible saber si pasaría mucho tiempo antes de que volviera a la cárcel o, incluso, de que la mataran. Se merecía su tabaco.

Imaginaba que algún día, años después, enviaría a la tienda un dólar en un sobre para pagar el tabaco, con una nota que explicaría que la culpa me había perseguido toda la vida, cuando de pronto me encontré observando una imagen de la Virgen negra, pero no una cualquiera, sino una igual, exacta, idéntica a la de mi madre. Me miraba desde las etiquetas de una docena de tarros de miel, en los que podía leerse: «MIEL DE LA VIRGEN NEGRA.»

La puerta se abrió y una familia entró, al parecer recién llegada de la iglesia. La madre y la hija lucían un vestido parecido, en azul marino y con un cuello plano blanco tipo Peter Pan. Por la puerta se filtraba una luz neblinosa, distorsionada, salpicada de motas amarillas. La niña estornudó.

—Ven que te limpie la nariz —le indicó su madre.

Volví a mirar los tarros de miel, con esos destellos ámbar que flotaban en su interior, y me obligué a respirar despacio.

Por primera vez en la vida comprendí que hay en el mundo un misterio oculto que todo lo domina, que ilumina y prende el tejido de nuestros pobres y aciagos días, y que trenza las hebras de nuestros destinos sin que nosotros lo sepamos siquiera.

Pensé en las abejas que habían entrado de noche en mi habitación, en cómo habían formado parte de todo ello. Y la voz que el día antes me había susurrado: «Lily, tu tarro está abierto», con la misma claridad con que la mujer de azul marino hablaba poco antes con su hija.

—Aquí tienes las Coca-Colas —dijo el hombre de la pajarita.

—¿De dónde los saca? —Señalé los tarros de miel.

Creyó que el tono de sorpresa de mi voz era, en realidad, de consternación.

—Sí, te entiendo. Mucha gente no la compra porque la Virgen María aparece como si fuera de color, pero eso es porque la mujer que prepara la miel también lo es.

—¿Cómo se llama?

—August Boatwright —respondió—. Cría abejas en todo el condado.

«Sigue respirando —pensé—. Sigue respirando.»

—¿Sabe dónde vive?

—Claro. Es la casa más increíble que hayas visto jamás: está toda pintada de rosa. Seguro que tu abuela la conoce. Tienes que seguir Main Street hasta llegar a la carretera que conduce a Florence.

—Gracias.

Me dirigí hacia la puerta.

—Saluda a tu abuela de mi parte —pidió.

Los ronquidos de Rosaleen hacían que las tablillas del banco temblaran. La zarandeé.

—Despierta. Aquí tienes tu tabaco, pero métetelo en el bolsillo porque la verdad es que no lo he pagado.

—¿Lo robaste? —preguntó.

—No me quedó más remedio. No venden nada de la tienda los domingos.

—Irás directa al Infierno —comentó.

Dispuse el almuerzo en el banco, como si fuera un pícnic, pero no pude probar bocado hasta haberle contado lo de la Virgen negra que había visto en el tarro de miel y lo de la apicultora llamada August Boatwright.

—¿Crees que mi madre la conocía? —exclamé—. Es imposible que sea una coincidencia.

No respondió, así que insistí, elevando el tono de voz:

—¿No crees, Rosaleen?

—No sé qué pensar —contestó—. No quiero que te hagas demasiadas ilusiones. —Alargó la mano para tocarme la mejilla—. Oh, Lily, ¿qué hemos hecho?

Tiburon era como Sylvan, pero sin melocotones. Delante del edificio con cúpula del juzgado, alguien había colocado una bandera confederada en la boca del cañón público. Carolina del Sur era por encima de todo sureña y, después, estadounidense. Nuestro orgullo confederado es inquebrantable.

Bajamos por Main Street y cruzamos las largas sombras azules que proyectaban los edificios de dos plantas que la flanqueaban. Al pasar junto a una tienda, vi por el escaparate un surtidor de refrescos con los acabados cromados, y pensé que pronto no sería sólo para los blancos.

Dejamos atrás la compañía de seguros Worth, las oficinas de la Compañía Eléctrica del Condado de Tiburon y los almacenes Amen Dollar, que ofrecía *hula hoops*, gafas de natación y cajas de bengalas en un escaparate donde habían escrito: «Diversión para el verano.» En algunos lugares, como en el banco Farmers Trust, había carteles que proclamaban «Goldwater, presidente», a veces con un pegatina debajo a favor de la guerra del Vietnam.

Nos detuvimos frente a la oficina de correos de Tiburon. Mientras Rosaleen permanecía en la acera, entré donde estaban los buzones personales y los periódicos dominicales. Por lo que vi, no había carteles que nos reclamasen a ninguna de las dos. Además, la primera plana del periódico de Columbia la ocupaba la noticia de que la hermana de Castro espiaba para la CIA y ni una sola palabra hacía alusión a que una niña blanca había ayudado a escapar a una negra de la cárcel de Sylvan.

Puse una moneda en la ranura de la máquina expendedora y saqué uno de los periódicos para comprobar si nuestra historia aparecía en alguna página interior. Rosaleen y yo nos agachamos en un callejón, dispuestas a leerlo hasta la última línea. Contenía información de Malcolm X, de Saigón, de los Beatles, del torneo de tenis de Wimbledon y de un hotel en Jackson, Misisipí, que había cerrado antes que admitir clientes negros, pero no había nada acerca de nosotras.

A veces te dan ganas de arrodillarte y dar gracias a Dios por la mala información que hay en el mundo.

4

Las abejas son insectos sociales que viven en colonias.
Cada colonia es una unidad familiar que consta de una única hembra ponedora, o reina, y de sus muchas hijas estéri-
les, llamadas obreras. Éstas colaboran en la obtención de
alimento, la construcción de la colmena y la cría de la descendencia. Los machos sólo crecen en los momentos del
año en que su presencia es necesaria.

Bees of the World

La mujer caminó junto a una hilera de cajas blancas que linda-
ban con el bosque anejo a la casa pintada de un rosa tan intenso
que el color se fijó en mi retina. Era alta, iba vestida de blanco y
llevaba un sombrero con un velo que le flotaba alrededor de la cara y de los hombros, descendiendo por su espalda. Parecía una novia africana.

Iba levantando la tapa de cada caja para asomarse a su interior,
mientras hacía oscilar un cubo metálico lleno de humo. Nubes de
abejas se elevaban y volaban en torno a su cabeza. Por dos veces
desapareció en medio de aquel tumulto de insectos para, al momento, surgir como lo hacen los sueños en la noche.

Rosaleen y yo nos quedamos al otro lado de la carretera, incapaces de pronunciar palabra alguna. Yo, sobrecogida por el misterio que se estaba representando ante mis ojos y Rosaleen, porque
tenía los labios sellados con tabaco Red Rose.

—Es la mujer que prepara la miel de la Virgen negra —dije. No podía apartar los ojos de ella, la Señora de las Abejas, la puerta a la vida de mi madre: August.

Rosaleen, desfallecida, escupió un hilo de líquido negro y se secó el bigote de sudor que brillaba sobre sus labios.

—Espero que haga la miel mejor que elige la pintura.

—A mí me gusta —puntualicé.

Esperamos a que entrara para cruzar la carretera. Abrimos la valla, que estaba a punto de hundirse bajo el peso del gelsemio. La mezcla de aquella fragancia con la del eneldo y la melisa que crecían en el porche, producía un efecto mareante.

Estábamos frente a la casa, envueltas en la luz rosada que desprendía y rodeadas de escarabajos sanjuaneros. Unas notas musicales nos llegaron del interior. Parecía el sonido de un violín, sólo que mucho más triste. El corazón me latía con tanta fuerza que quise saber si Rosaleen podía oírlo palpitar.

—Lo único que oigo es a Nuestro Señor que me pregunta qué hago aquí. —Escupió lo que yo esperaba que fuera la última porción de tabaco.

Llamé a la puerta mientras Rosaleen murmuraba toda una retahíla de palabras encadenadas: «Dame fuerzas, Jesús... Nos hemos vuelto locas.»

La música se detuvo. De soslayo pude entrever un ligero movimiento en la ventana, una persiana veneciana se abrió, para cerrarse de nuevo.

Cuando se abrió la puerta, no vimos a la mujer de blanco, sino a otra que iba vestida de rojo y tenía los cabellos tan cortos que parecía llevar puesto un gorrito de baño gris ajustado a la cabeza. Se nos quedó mirando, recelosa y adusta. Observé que llevaba un arco bajo el brazo, una especie de fusta de montar. Se me ocurrió que podía usarlo contra nosotras.

—¿Sí?

—¿Es usted August Boatwright?

—No. Yo soy June Boatwright —respondió, mientras sus ojos recorrían los puntos de la herida de la frente de Rosaleen—. August es mi hermana. ¿Han venido a verla?

Asentí, al tiempo que aparecía otra mujer. Iba descalza y llevaba un vestido de algodón sin mangas verde y blanco. Llevaba muchas trencitas cortas.

—Yo soy May Boatwright —anunció—. También soy hermana de August.

Nos dirigió una de esas extrañas sonrisas que te indican que esa persona no es del todo normal.

Deseaba que June, la de la fusta, también sonriera, pero ella sólo parecía enojada.

—¿Las está esperando August? —preguntó, dirigiéndose a Rosaleen.

Como era de esperar, Rosaleen no tardó en dar inicio a nuestra historia.

—No. Verá, Lily tiene esta imagen...

—Vi un tarro de miel en la tienda y el hombre me dijo... —la interrumpí.

—Oh, han venido a por miel. ¿Por qué no lo habían dicho antes? Pasen al salón. Avisaré a August.

Lancé una mirada a Rosaleen para indicarle: «¿Estás loca? No les cuentes lo de la imagen.» Era evidente que debíamos ponernos de acuerdo sobre nuestra versión de los hechos.

Algunas personas tienen un sexto sentido y otras son negadas en ese aspecto. Supongo que yo lo tengo porque, en cuanto entré en la casa, noté un escalofrío, una corriente que me recorrió la espalda y me bajó por los brazos para desaparecer por fin al llegar a mis dedos. Casi podría decirse que irradiaba energía. El cuerpo sabe cosas mucho antes de que la mente las capte. Me pregunté qué sabría mi cuerpo que yo desconocía.

Me llegó un fuerte olor a cera de muebles. Alguien debía de haberla aplicado por todo el salón, una habitación grande con alfombras, un viejo piano con un tapete de encaje y mecedoras con el asiento de mimbre cubierto con una manta de punto. Cada una de ellas tenía su propio escabel de terciopelo delante. Terciopelo... Me acerqué y pasé la mano por uno de aquellos pequeños taburetes.

Después, me dirigí a una mesa de alas abatibles y olisqueé una vela que olía exactamente igual que la cera de los muebles. Descansaba en una palmatoria en forma de estrella junto a un puzzle a medio hacer, aunque todavía era imposible deducir qué imagen iba a mostrar. En otra mesa, bajo la ventana, había una botella de leche de boca ancha llena de gladiolos. Las cortinas eran de organdí, pero no del blanco, sino de un tono gris plateado, de modo que el aire entraba con un ligero brillo ahumado.

Para decorar las paredes, sólo había espejos. Conté cinco, y todos tenían un gran marco dorado a su alrededor.

Luego, me volví y miré la puerta por donde habíamos entrado. Allí, en el rincón, había una talla femenina de casi un metro de altura. Era una de esas figuras que había sobresalido de la proa de un barco en tiempos remotos. Era tan vieja que igual podría haber sido el mascarón de proa de la *Santa María* de Colón.

No podía ser más negra ni estar más deslucida, tanto como esos maderos que traen a veces las olas del mar. Su cara era un mapa en el que estaban representadas todas las tormentas y viajes que había vivido. Tenía el brazo derecho extendido y en alto, como si señalara algún camino. Pero su puño estaba cerrado, lo cual le confería un aspecto severo. Parecía capaz de enderezarte en caso necesario.

Aunque no iba vestida como la Virgen y no se asemejaba a la imagen del tarro de miel, supe que era ella. Tenía un corazón rojo descolorido pintado en el pecho y una amarillenta y torcida luna creciente pintada allí donde su cuerpo se había unido a la madera del barco. Una vela dentro de un vaso alto y colorado salpicaba de destellos todo su cuerpo. Era una mezcla de poder y de humildad a la vez. No sabía qué pensar, pero lo que sentía era tan magnético y tan intenso que me producía dolor, como si la luna hubiera entrado en mi pecho y lo hubiera llenado.

Aquella sensación sólo era comparable a la que experimenté una tarde cuando, de regreso del puesto de melocotones, vi que el sol crepuscular prendía fuego a las copas de los melocotoneros, mientras la oscuridad cubría sus troncos. El silencio gravitaba sobre mi cabeza, la belleza se había multiplicado en el aire y los objetos se habían tornado tan transparentes que me pareció ver a través de ellos algo puro en su interior. También aquella tarde el pecho me había dolido del mismo modo.

Los labios de la estatua esbozaban una hermosa y autoritaria sonrisa. Al contemplarla, me llevé ambas manos a la garganta, pues entendí que con aquel gesto me decía: «Lily Owens, te conozco por completo.»

Sentí que sabía lo mentirosa, horrible y detestable que yo era en realidad, que conocía el odio que profesaba a T. Ray y a las niñas del instituto, y, sobre todo, hasta qué punto me detestaba a mí misma por haber acabado con la vida de mi madre.

Quise llorar y, acto seguido, deseé reír, porque la estatua también hacía que me sintiese muy afortunada, como si también descubriera bondad y belleza en mí, al igual que un día hizo la señorita Henry.

Ahí de pie, sentí amor y odio por mí misma. La Virgen negra hizo que experimentase mi gloria y mi vergüenza a la vez.

Me acerqué a ella y percibí un tenue aroma a miel, procedente de la madera. May se situó a mi lado y entonces sólo fui capaz de oler la mixtura grasienta que cubría sus cabellos, la cebolla que impregnaba sus manos y la vainilla que flotaba en su aliento. Tenía las palmas rosadas, como las plantas de los pies, y los codos más oscuros que el resto del cuerpo. Por algún motivo, su visión me llenó de ternura.

August Boatwright entró en el salón. Llevaba unas gafas sin montura prendidas en la nariz y un pañuelo de gasa verde lima anudado al cinturón.

—¿Quién ha venido a vernos? —preguntó, y el sonido de su voz me devolvió al mundo real.

Su aspecto era casi mantecoso, debido al sudor y al sol. Surcaban su rostro miles de arrugas color caramelo y tenía los cabellos blanquecinos, como si les hubieran espolvoreado harina, pero el resto de su cuerpo parecía décadas más joven.

—Yo soy Lily y ella es Rosaleen —dije cuando June apareció en la puerta tras ella. Abrí la boca, aunque no tenía ni la menor idea de qué pensaba añadir. Mis siguientes palabras no podían haberme sorprendido más—: Hemos huido de casa y no tenemos adónde ir.

Era una experta mentirosa y lo único que se me había ocurrido era contar la triste y patética verdad. Observé sus caras, en especial la de August. Se quitó las gafas y se frotó la nariz. Era tal el silencio, que pude oír el tictac de un reloj en la habitación contigua.

August volvió a ponerse las gafas, se acercó a Rosaleen y le examinó la herida de la frente, el corte bajo el ojo, los cardenales en la sien y los brazos.

—Parece que le hayan pegado.

—Se cayó en la escalera de casa cuando nos íbamos —apunté, recuperando mi costumbre de mentir.

August y June intercambiaron una mirada mientras Rosaleen entornaba los ojos, para indicarme que había vuelto a hacerlo, que otra vez había hablado por ella, como si ni siquiera estuviera presente.

—En fin, os quedaréis aquí hasta que decidáis qué hacer. No podemos permitir que viváis en la carretera —aseveró August.

June inspiró con tal ímpetu que casi absorbió todo el aire de la habitación.

—Pero, August...

—Se quedarán aquí —repitió ésta de un modo que me indicó quién era la hermana mayor y quién la menor—. No pasará nada. Tenemos los catres de la mielería.

June salió indignada de la habitación y su falda revoloteó alrededor de la puerta.

—Gracias —dije a August.

—De nada. Sentaos. Os traeré un poco de naranjada.

Nos situamos en las mecedoras con el asiento de mimbre, mientras May hacía guardia luciendo su sonrisa de loca. Me percaté de que tenía los músculos de los brazos muy desarrollados.

—¿Cómo es que tenéis nombres de meses? —le preguntó Rosaleen.

—A nuestra madre le encantaba la primavera y el verano —explicó May—. También había una April pero... —Guardó silencio y su sonrisa se desvaneció. De repente empezó a tararear *Oh, Susana* como si en ello le fuera la vida.

—¿Qué fue de April? —inquirió Rosaleen, frunciendo el ceño.

—Murió cuando era pequeña —contestó May, y de pronto se echó a llorar como si acabara de ocurrir en ese instante.

La observamos llorar hasta que August regresó con una bandeja en la que había cuatro vasos con unas rodajas de naranja colocadas con mucho arte en el borde.

—Oh, May, ve al muro y desahógate —exclamó, y le señaló la puerta a la vez que le daba un empujoncito.

August actuó como si ése fuera el comportamiento normal en todas las casas de Carolina del Sur.

—Aquí tenéis, naranjada.

Di un sorbo. Rosaleen, sin embargo, se bebió la suya tan deprisa que soltó un eructo que habrían envidiado los chicos de mi instituto. Fue increíble.

August fingió no haberlo oído mientras yo contemplaba el escabel de terciopelo, deseando que Rosaleen se comportara de forma más educada.

—Así que sois Lily y Rosaleen —comentó August—. ¿Tenéis apellidos?

—Rosaleen... Smith y Lily... Williams —mentí. Fue como si me dieran la salida—: Verá, mi madre falleció cuando yo era pequeña y el mes pasado mi padre murió en un accidente de tractor en nuestra granja, en el condado de Spartanburg. No tengo más familia allí, de modo que iban a enviarme a un orfanato.

August sacudió la cabeza. Rosaleen hizo lo mismo, pero por otra razón.

—Rosaleen era nuestra ama de llaves —proseguí—. Yo soy su única familia, así que decidimos viajar a Virginia para buscar a mi tía. Pero no tenemos dinero, de modo que si puede ofrecernos algún trabajo mientras estemos aquí, quizá podamos ganar algo antes de seguir adelante. No tenemos prisa por llegar a Virginia.

Rosaleen me miró perpleja. Por un minuto sólo se oyó el tintineo del hielo en los vasos. No me había dado cuenta de lo sofocante que era la habitación, de cómo había estimulado mis glándulas sudoríparas. De hecho, hasta percibía mi propio olor. Por un momento dirigí los ojos hacia la Virgen negra del rincón, pero volví a posarlos en August.

Ésta dejó el vaso. Jamás había visto unos ojos como los suyos, del mismo color que el jengibre.

—Yo soy de Virginia —afirmó, y por alguna razón aquellas palabras reanudaron la corriente que me había recorrido las extremidades al entrar en la habitación—. De acuerdo. Rosaleen puede ayudar a May en la casa y tú nos echarás una mano a mí y a Zach con las abejas. Zach ya es mi ayudante, así que no puedo pagarte nada, pero por lo menos tendrás una habitación y algo de comida hasta que telefoneemos a tu tía y le pidamos que mande dinero para el autobús.

—Es que no sé su nombre completo —repliqué—. Mi padre la llamaba sólo tía Bernie. No la conozco.

—¿Y qué pensabas hacer? ¿Ir de puerta en puerta por toda Virginia?

—No, señora. Sólo por Richmond.

—Entiendo —concluyó August. Y el caso es que era cierto: lo entendió perfectamente.

Esa tarde el calor se había acumulado en el cielo de Tiburon. Por fin, se desató una tormenta. August, Rosaleen y yo estábamos en el porche con mosquitera que había en la parte posterior de la cocina, observando las manchas parduscas que las nubes producían en las copas de los árboles y contemplando el viento, que azotaba las ramas. Esperábamos que hubiera una pausa para que August pudiera enseñarnos nuestro nuevo alojamiento en el almacén de la miel, un garaje reformado en un alejado rincón del jardín y pintado del mismo color rosa flamenco que el resto de la casa.

De vez en cuando, el viento traía pequeñas gotas de lluvia que nos humedecían la cara. No quería secármelas, pues temía que al hacerlo el mundo dejase de parecerme tan vivo. Siempre he envidiado la forma en que una buena tormenta capta la atención de todo el mundo.

August regresó a la cocina. Al poco, salió con tres bandejas de aluminio y nos las tendió.

—Venga. Iremos corriendo. Al menos con esto no nos mojaremos la cabeza.

August y yo corrimos bajo el aguacero, sujetando las bandejas sobre nuestras cabezas. Miré atrás y vi que Rosaleen llevaba la suya en la mano, sin entender nada.

Cuando August y yo llegamos al almacén de la miel, tuvimos que acurrucarnos junto a la puerta y esperarla. Conforme se acercaba, observé que Rosaleen iba recogiendo agua de lluvia en la bandeja y sacudiéndola, como haría un niño. Pisaba los charcos como si fueran alfombras persas. De repente, sonó un trueno y levantó la mirada hacia el cielo plomizo, abrió la boca y dejó que el agua le entrara en ella. Desde que esos hombres la pegaron, su cara reflejaba amargura y cansancio, y sus ojos estaban apagados, como si los golpes los hubieran dejado sin luz. En aquel momento me di cuenta de que volvía a ser ella misma y que su aspecto era el de una reina del tiempo. Parecía que nada pudiera afectarla.

Ojalá fuera más educada.

El almacén era una gran sala repleta de máquinas extrañas para producir la miel, quemadores de gas, recipientes, palancas, colmenas blancas y rejillas cargadas de panales cerosos. Un olor dulzón saturó mi nariz.

Rosaleen fue dejando a su paso unos charcos gigantescos en el suelo mientras August iba a buscar toallas. Observé que una de las paredes estaba cubierta desde el suelo hasta el techo con estantes llenos de tarros de cristal. De unos clavos cercanos a la puerta de entrada, colgaban unos sombreros con velo, herramientas y velas de cera. Por todas partes había una fina capa de miel; incluso las suelas de los zapatos se pegaban al suelo de hormigón.

August nos condujo a una pequeña habitación trasera con un lavabo, un espejo de cuerpo entero, una ventana sin cortinas y dos catres de madera preparados con unas sábanas blancas limpias. Dejé la bolsa junto a la primera cama.

—May y yo dormimos aquí a veces, cuando recolectamos miel día y noche —comentó August—. No hay aire acondicionado, de modo que tendréis que poner el ventilador.

Rosaleen alargó la mano hacia donde estaba el aparato, en un estante en la pared trasera, y accionó el interruptor. Al instante, se desprendieron las telarañas de sus aspas y volaron por toda la habitación. Tuvo que quitárselas de las mejillas.

—Necesitará ropa seca —le sugirió August.

—Ya se secará —aseguró Rosaleen, y se echó en el catre, cuyas patas cedieron de forma visible bajo su peso.

—Para ir al cuarto de baño, tendréis que entrar en la casa —comentó August—. No cerramos con llave, así que podéis venir cuando queráis.

Rosaleen tenía los ojos cerrados; ya se había dormido: sus resoplidos la delataban.

—¿Y dices que se cayó por las escaleras? —August había bajado el tono de voz.

—Sí, señora. De cabeza. Tropezó con la alfombra que mi madre había colocado en lo alto de las escaleras.

El secreto de una buena mentira es no dar demasiadas explicaciones y aportar un buen detalle.

—Bueno, señorita Williams, puedes empezar a trabajar mañana —exclamó.

No contesté: me preguntaba con quién estaría hablando, quién sería la tal señorita Williams, cuando de pronto me acordé de que era yo. El otro secreto de mentir es recordar lo que has inventado.

—Zach estará fuera toda la semana —prosiguió August—. Su familia se ha ido a Pawley's Island a visitar a la hermana de su madre.

—Si no le importa que se lo pregunte, ¿podría decirme qué haré?

—Trabajarás con Zach y conmigo preparando la miel, ayudándonos en lo que haga falta. Ven, te lo enseñaré todo.

Salió a la sala grande, en la que estaba la maquinaria, y señaló con el dedo.

—Ésa es la desoperculadora, donde quitamos la cera del panal. Después, pasa por el fundidor de opérculos, que está ahí.

La seguí y, al hacerlo, pisé trocitos de panal, que es lo que había en lugar de virutas. Se detuvo junto al gran depósito metálico del centro de la habitación.

—Esto es el extractor —indicó mientras le daba palmaditas como si fuera un buen perro—. Sube por aquí y mira dentro.

Subí la escalera de dos peldaños y me asomé por el borde, mientras August le daba a un interruptor. Un viejo motor que estaba a ras del suelo empezó a renquear y a traquetear. El extractor se puso en marcha despacio y poco a poco fue ganando velocidad. Me recordó las máquinas de algodón dulce de las ferias. También ésta esparcía una fragancia celestial por todo el ambiente.

—Separa la miel —explicó August—. Elimina la parte mala y deja la buena. Siempre he pensado que sería estupendo tener extractores como éste para los seres humanos. Los meteríamos adentro y el extractor haría su trabajo.

La miré y vi que sus ojos color jengibre me observaban. ¿Estaba loca al pensar que, cuando había dicho seres humanos, en realidad se había referido a mí?

Apagó el motor y el zumbido se detuvo con una serie de chasquidos.

—De aquí va al filtro —indicó, inclinada sobre el conducto marrón que salía del extractor—. Después, a la bandeja calefactora y, por último, al decantador. Ése es el grifo por donde sale la miel. Ya lo irás aprendiendo.

Lo dudaba. Jamás había visto una instalación tan complicada.

—Bueno, me imagino que querrás descansar, como Rosaleen. La cena se sirve a las seis. ¿Te gustan los bollos de boniato? Son la especialidad de May.

Cuando se marchó, me eché en la cama vacía, mientras la lluvia repiqueteaba sobre el tejado de cinc. Me sentía como si hubiese viajado durante semanas, como si hubiese tenido que zafarme de leones y tigres en un safari por la selva para intentar llegar a la ciudad perdida de Zinj y sus minas de diamantes en el Congo, que había sido el tema de la última función que había visto en Sylvan antes de irme. Por algún motivo, me sentía en mi casa, de verdad, pero todo me resultaba tan extraño como si estuviera en África. No tenía nada en contra de vivir en una casa con mujeres de color, comer sus platos y dormir entre sus sábanas, aunque nunca antes lo había hecho. Jamás había sentido que mi piel fuera tan blanca.

T. Ray no creía que las mujeres de color fueran inteligentes. Por mi parte, y dado que me he propuesto ser sincera y explicar toda la verdad, he de decir que opinaba que podían serlo, pero no tanto como yo, que era blanca.

Sin embargo allí, echada en el catre del almacén, sólo podía pensar en lo inteligente y culta que era August. Estaba muy sorprendida, lo que me hizo comprender que ciertos prejuicios habían arraigado en mí.

En cuanto Rosaleen se despertó de su cabezadita, antes de que pudiera levantar la cabeza de la almohada, le pregunté:

—¿Te gusta estar aquí?

—Supongo que sí —contestó mientras trataba de incorporarse—. Hasta ahora.

—A mí también —afirmé—. Así que no quiero que digas nada que complique las cosas, ¿de acuerdo?

—¿Cómo qué? —Se cruzó de brazos con el ceño fruncido.

—No digas nada sobre la imagen de la Virgen negra que llevo en la bolsa, ¿entendido? Y no menciones a mi madre.

Alargó la mano y empezó a retocarse varias de las trenzas que se le habían deshecho.

—¿Por qué quieres mantener eso en secreto?

No había tenido tiempo de pensar en las razones. Quise responder que quería ser normal por el momento y no una refugiada que buscaba a su madre; que deseaba ser tan sólo una chica corriente que visitaba Tiburon, en Carolina del Sur, en verano. Que precisaba tiempo para ganarme el cariño de August, para que ella no me echara cuando descubriera lo que yo había hecho. Y, aunque esas cosas eran ciertas, cuando me pasaron por la cabeza, supe que no explicaban por completo por qué me incomodaba tanto hablar con August acerca de mi madre. Me senté junto a Rosaleen para ayudarla con las trenzas. Noté que las manos me temblaban un poco.

—Dime que no comentarás nada —le pedí.

—Es tu secreto —me contestó—. Haz con él lo que quieras.

A la mañana siguiente, me desperté temprano y salí. Amanecía y el sol brillaba por detrás de un grupo de persistentes nubes, rodeándolas con una aureola roja.

Había dejado de llover y la tierra margosa olía bien, como la resina y la corteza mojada.

Los pinares se extendían más allá del almacén de la miel en todas direcciones. A lo lejos, distinguí unas catorce colmenas bajo los árboles, cubiertas por una especie de enormes sellos de correos de un blanco reluciente.

La noche anterior, durante la cena, August había explicado que era la propietaria de once hectáreas de tierra que había heredado de su abuelo. Pensé que aquél era un espacio inmenso para un pueblo tan pequeño, que una chica como yo podría abrir una trampilla y desaparecer en él.

La luz se filtraba a través de una de las nubes de orla rojiza. Desde el almacén, me dirigí hacia ella por un camino que conducía al bosque. Pasé al lado de un carretón rojo cargado de herramientas de jardín que estaba junto a un terreno en el que crecían tomates atados a estacas con trozos de medias de nailon. Entre ellos, zinnias de color naranja y lavandas que se inclinaban hacia el suelo.

Descubrí que a las hermanas Boatwright les gustaban mucho los pájaros, pues había una pequeña pila de hormigón con agua y muchos comederos, en su mayoría calabazas vacías. Lo que no entendí fue por qué había hileras de piñas por todas partes, untadas con mantequilla de cacahuete.

Donde la hierba daba paso a los árboles, encontré un rudimentario muro de piedras y cemento. Apenas me llegaba a la altura de la rodilla, pero medía casi cincuenta metros de longitud. Se extendía por los lindes de la propiedad y después, de repente, se acababa. No parecía tener ninguna finalidad. Entonces observé que en las hendiduras del muro había pedacitos de papel doblados. Estaban por todas partes; había centenares de ellos.

Saqué uno al azar y lo desdoblé, pero la lluvia había emborronado la escritura y era imposible descifrarla. Tomé otro: «Birmingham, 15 de septiembre, cuatro angelitos muertos.»

Lo doblé y volví a colocarlo donde estaba, con la sensación de haber hecho algo indebido.

Salté el muro para adentrarme entre los árboles y avancé sobre helechos de frondas verde azulado, procurando no romper las telas en las que las arañas tanto se habían esforzado durante toda la mañana. Sentí que de verdad Rosaleen y yo habíamos descubierto allí la ciudad perdida de Zinj.

Mientras caminaba, me sorprendió el murmullo de una corriente de agua. Es imposible escuchar ese ruido y no buscar su origen, de manera que me adentré más en el bosque. La vegetación se volvió frondosa y llena de zarzas que me arañaban las piernas, pero al fin la encontré: era un riachuelo no mucho mayor que el río donde Rosaleen y yo nos habíamos bañado. Contemplé el serpenteo del agua y las perezosas ondas que, de vez en cuando, se formaban en la superficie.

Me quité los zapatos y metí los pies en él. El fondo era blando y parecía deshacerse entre mis dedos. Justo delante de mí, una tortuga saltó al agua desde una piedra. Me dio un susto de muerte. Era imposible saber qué otros animales había a mi alrededor, puesto que no los veía. A buen seguro habría serpientes, ranas, peces... Todo un micromundo fluvial habitado por bichos que podían morderme. Aunque no me importaba en absoluto.

Cuando me puse de nuevo los zapatos y regresé, los rayos de luz alcanzaban el suelo. Deseé que todo fuera siempre así: sin T. Ray, sin el señor Gaston, sin nadie que quisiera pegar a Rosaleen hasta dejarla inconsciente. Sólo árboles limpios tras la lluvia y luz de amanecer.

5

Imaginemos por un momento que somos lo bastante pequeños para seguir a una abeja al interior de una colmena. Antes que nada tendríamos que acostumbrarnos a la oscuridad...

Exploring the World
of Social Insects

La primera semana en casa de August fue un consuelo, un verdadero alivio. El mundo sólo te concede de vez en cuando un descanso breve, como si en el cuadrilátero de tu vida sonase la campana y, por un momento, alguien en el rincón ungiese de compasión tus magulladuras.

En toda la semana nadie sacó el tema de mi padre, supuestamente muerto en un accidente de tractor; tampoco se habló de mi tía Bernie de Virginia, largo tiempo olvidada. Las hermanas del calendario se limitaron a ofrecernos su hospitalidad.

Lo primero que hicieron fue encargarse de la ropa de Rosaleen. August la metió en el camión y la llevó a los almacenes Amen Dollar, donde le compró cuatro bragas, un camisón de algodón azul celeste, tres vestidos acampanados de aspecto hawaiano y unos sujetadores que parecían capazos para melones.

—No es caridad —subrayó Rosaleen, cuando August extendió las prendas de vestir sobre la mesa de la cocina—. Te devolveré el dinero.

—Puedes pagar tu ropa trabajando —sugirió August.

May entró con solución de hamamélide de Virginia y unas bolitas de algodón, y empezó a limpiar los puntos de Rosaleen.

—Te dieron una buena paliza —exclamó de pronto y a continuación comenzó a tararear *Oh, Susana* con la misma velocidad frenética que la otra vez.

June levantó la cabeza de la mesa donde estaba examinando las compras.

—Estás tarareando esa canción de nuevo —indicó a May—. ¿Por qué no te excusas?

May dejó la bolita de algodón en la mesa y salió de la habitación.

Miré a Rosaleen y ésta se encogió de hombros. June terminó de limpiar los puntos; noté que la tarea le resultaba desagradable por el modo en que fruncía la boca.

Salí para buscar a May. Iba a decirle que cantaría con ella *Oh, Susana* de principio a fin, pero no la encontré.

Fue May quien me enseñó la canción de la miel:

> *Pon una colmena en mi tumba*
> *y deja que la miel rezume por ella.*
> *Pon una colmena en mi tumba,*
> *es lo único que te pido.*
> *La caña de azúcar es mejor que el dinero,*
> *pero no hay nada más dulce que la miel.*
> *Pon una colmena en mi tumba*
> *y deja que la miel rezume por ella.*

Me gustaba tararearla por lo tonta que era. Además, cantar hacía que de nuevo me sintiese como una persona corriente. May la entonaba en la cocina mientras amasaba o pelaba tomates, y August la tarareaba cuando ponía etiquetas en los tarros de miel. Aquella canción era la esencia de lo que significaba la vida allí.

Vivíamos para la miel. Tomábamos una cucharada por la mañana para despertarnos y una por la noche para dormirnos. La añadíamos a las comidas para calmar la mente, ganar resistencia y prevenir enfermedades mortales. Nos untábamos con ella para desinfectar heridas o curar los labios agrietados. La diluíamos en el agua del baño, en la loción corporal, incluso en el té de frambuesa con galletas. Nada escapaba a su influjo. En sólo una semana, mis escuálidos brazos y piernas se tornaron vigorosos y los apretados rizos de mi cabello mudaron en sedosas ondas. August aseguraba que la miel era la ambrosía de los dioses y el champú de las diosas.

Me pasaba el tiempo en el almacén con August, mientras Rosaleen ayudaba a May en la casa. Aprendí a pasar un cuchillo caliente por el alza para cortar los opérculos de los panales, a cargarlos así en el extractor. Regulaba las llamas bajo el generador de vapor y cambiaba las medias de nailon que August usaba para filtrar la miel en el tanque de decantación. Lo aprendí todo tan rápido que dijo que yo era una maravilla. Ésas fueron sus palabras exactas: «Lily, eres una maravilla.»

Lo que más me gustaba era verter la cera en los moldes de las velas. August utilizaba unos cuatrocientos gramos de cera por vela y le introducía violetas que yo recogía en el bosque. Las vendía por correo a comercios de lugares tan alejados como Maine o Vermont. La gente le compraba tantas velas y tarros de miel que no daba abasto. También envasaba en latas cera de abejas multiuso de la Virgen negra para sus clientes especiales. August garantizaba que podía hacer flotar un sedal, fortalecer el hilo, brillar los muebles, desatascar una ventana y lograr que la piel irritada reluciera como el culito de un bebé. La cera era un curalotodo milagroso.

May y Rosaleen congeniaron enseguida. May era simple. No digo que fuese retrasada, porque era lista para según qué y leía libros de cocina a todas horas. Me refiero a que era una persona ingenua y sencilla, una adulta con alma de niña que, además, estaba un poco loca. Rosaleen solía comentar que a pesar de que May podría estar en un manicomio le caía bien. Muchas veces, cuando entraba en la cocina me las encontraba muy juntas delante del fregadero, sujetando mazorcas que no conseguían pelar de tanto como hablaban, o embadurnando piñas con mantequilla de cacahuete, que resultó ser la forma en que May alimentaba a los pájaros, aunque yo me preguntaba si aquello no actuaría en sus picos a modo de pegamento.

Fue Rosaleen quien averiguó el misterio de *Oh, Susana*. Me contó que si las cosas iban bien May estaba contenta, pero que si surgía un tema desagradable, como las heridas de la cabeza de Rosaleen o los tomates con podredumbre apical, May empezaba a tararear esa canción. Parecía ser su forma personal de evitar el llanto. Servía para cosas como la podredumbre del tomate, aunque no para mucho más.

Unas cuantas veces lloró tanto, desvariando y mesándose el cabello, que Rosaleen tuvo que ir a buscar a August al almacén. Entonces, August enviaba con calma a May al muro de piedra, pues ir ahí era lo único que lograba apaciguarla.

May no permitía que hubiera rateras en la casa porque ni siquiera podía soportar la idea de ver sufrir a una alimaña. Pero lo que de verdad exasperaba a Rosaleen era que atrapaba arañas y las sacaba de la casa en el recogedor. A mí eso me gustaba, pues me recordaba el cariño que mi madre sentía por los bichos. Ayudaba a May a capturarlas, no sólo porque un animalito aplastado pudiera trastornarla, sino porque estaba segura de que con ello era leal a los deseos de mi madre.

May tenía que comer un plátano cada mañana, y ese plátano no podía tener la menor magulladura. Una mañana la vi pelar siete plátanos seguidos antes de que encontrara uno del todo impoluto. Tenía montones de plátanos en la cocina; cuencos de cerámica de gres a rebosar. Después de la miel, era lo que más abundaba en la casa. May podía revisar cinco o más cada mañana hasta dar con el plátano ideal, perfecto, el que no hubiera recibido ni un solo golpe en su paso por la tienda.

Rosaleen preparaba pudín de plátano, pastel de plátano, gelatina de plátano y ensalada de plátano, hasta que August le indicó que no se preocupara, que podía tirarlos.

A June, en cambio, costaba entenderla. Enseñaba historia e inglés en el instituto para gente de color, pero lo que de verdad le gustaba era la música.

En cuanto terminaba mis tareas en el almacén, me dirigía a la cocina para ver a May y a Rosaleen, aunque en realidad a lo que iba era a escuchar a June tocar el violonchelo.

Regalaba su música a los enfermos terminales; iba a sus casas, incluso al hospital para acompañarlos en su paso a su siguiente vida. August afirmaba que era una intérprete para los agonizantes. Yo jamás había oído nada semejante y muchas veces pensaba en ello mientras me sentaba a la mesa para tomar té helado. Quizás aquél fuese el motivo de que June sonriera tan poco: se rodeaba de demasiada gente moribunda.

Notaba que todavía le incomodaba que Rosaleen y yo viviéramos en su casa; era la única nota negativa de estar allí.

Una noche la oí hablar con August en el porche trasero cuando atravesaba el jardín para ir al lavabo de la casa rosa. Sus voces hicieron que me detuviese junto a las hortensias.

—Sabes que miente —decía June.

—Sí —contestó August—. Pero está claro que tienen un problema y que necesitan un lugar donde vivir. ¿Quién, si no nosotras, acogerá por aquí a una niña blanca y una mujer negra? Nadie.

Durante un instante ninguna de las dos habló y pude oír los chasquidos que producían las polillas al chocar contra la bombilla del porche.

—No podemos dar cobijo a una chica fugitiva sin decírselo a nadie —replicó June.

August se volvió hacia la mosquitera y miró fuera, lo que me llevó a tratar de ocultarme aún más en la oscuridad y a pegarme al muro de la casa.

—¿Decírselo a quién? —preguntó—. ¿A la policía? Se limitarían a llevársela a algún sitio. Quizá sea cierto que su padre murió, y en ese caso ¿con quién iba a estar mejor de momento que con nosotras?

—¿Y esa tía que ha mencionado?

—No existe ninguna tía y tú lo sabes —afirmó August.

—¿Y si su padre no murió en el supuesto accidente de tractor? —La voz de June sonaba crispada—. ¿No la estará buscando?

Hubo una pausa. Me acerqué más al porche sin hacer ruido.

—Tengo una corazonada, June. Algo me dice que no la envíe

de vuelta a un lugar en el que no quiere estar. Al menos no por ahora. Algún motivo debió tener para marcharse. Puede que su padre la tratara mal. Creo que podemos ayudarla.

—¿Por qué no le preguntas, sin más contemplaciones, en qué clase de lío está metida?

—Todo a su debido tiempo —contestó August—. Lo último que quiero es asustarla con muchas preguntas. Nos lo dirá cuando esté preparada. Tengamos paciencia.

—Pero es blanca, August.

Eso fue toda una revelación. No que yo fuera blanca, sino que, al parecer, June no me quería en su casa debido al color de mi piel. No sabía que era posible rechazar a alguien por ser blanco. Una oleada de calor me recorrió el cuerpo. Indignación justificada es como el hermano Gerald lo llamaba. Jesús sentía una indignación justificada cuando volcó las mesas en el templo y expulsó de él a los vendedores. Quería dirigirme hacia ella con resolución, tumbar un par de mesas y decir: «Perdona, June Boatwright, pero ni siquiera me conoces.»

—Tratemos de ayudarla —propuso August mientras June desaparecía de mi campo visual—. Se lo debemos.

—No me parece que le debamos nada —comentó June. Una puerta se cerró de golpe y August apagó la luz, al tiempo que un suspiro suyo quedaba flotando en la oscuridad.

Regresé al almacén de la miel, avergonzada porque August sabía que la engañaba, pero también aliviada. Por ahora, no tenía intención de llamar a la policía ni de echarme. Eso había dicho. Pero, por encima de todo, estaba resentida por la actitud de June. Me puse en cuclillas sobre la hierba que había junto a los árboles y noté el pipí caliente fluir entre mis muslos. Observé el charco en la tierra, su olor que se elevaba hacia la noche. No había diferencia entre mi pipí y el de June, pensé cuando contemplé el círculo oscuro en el suelo. El pipí era pipí.

Cada noche después de cenar nos acomodábamos en el salón en torno al televisor. Sobre él había una maceta de cerámica en forma de abeja de la que pendían suficientes filodendros como para dificultar la visión de las imágenes de las noticias.

Me gustaba el aspecto que tenía el locutor Walter Cronkite, con sus gafas negras y aquel tono de voz que te conminaba a creer que él sabía todo lo que valía la pena saber. Era evidente que no estaba en contra de los libros. De hecho, si se tomaba todo lo que T. Ray no era y se le daba forma humana, el resultado era Walter Cronkite.

Nos informó de que un nutrido grupo de blancos había atacado a unos manifestantes en pro de la integración en Saint Augustine; habló de grupos de vigilantes blancos, de mangueras de incendio y de gas lacrimógeno. Nos enteramos de todas las cifras: tres activistas a favor de los derechos civiles muertos, dos explosiones de bombas y tres estudiantes negros contusionados con mangos de hacha.

Desde que el señor Johnson había firmado la ley, era como si la vida norteamericana se hubiera resquebrajado. Observamos la fila de gobernadores que aparecían en televisión pidiendo «calma y sensatez». August comentó que temía que sólo fuera cuestión de tiempo que en Tiburon sucediesen cosas como aquéllas.

Me sentí blanca y cohibida allí sentada, en especial con June en la habitación. Cohibida y avergonzada.

Por lo general, May no miraba la televisión, pero una noche se unió a nosotras y, al rato, empezó a tararear *Oh, Susana*. Daban la noticia de un hombre negro, un tal señor Raines, que había muerto en Georgia cuando alguien le disparó desde un coche en marcha. Mostraban una fotografía de su viuda y sus niños cuando, de repente, May rompió a sollozar. Por supuesto, todas nos incorporamos de un brinco como si nos hubieran lanzado una granada sin espoleta, e intentamos calmarla, pero era demasiado tarde.

May se mecía, se golpeaba los brazos y se arañaba la cara. Se rasgó la blusa, de modo que los botones amarillo pálido salieron disparados cual palomitas de maíz. Nunca la había visto así y me asusté.

August y June tomaron a May cada una por un codo y la ayudaron a cruzar la puerta con tal delicadeza que me pareció evidente que no era la primera vez que lo hacían. Al poco, oí que llenaban de agua la bañera con patas de león en la que en un par de ocasiones me había bañado con aguamiel. Después vi que una de las hermanas había puesto unos calcetines rojos en dos de las patas de la bañera, vete a saber por qué. Supuse que había sido cosa de May, que no necesitaba tener motivo alguno para nada.

Rosaleen y yo nos acercamos al cuarto de baño para asegurarnos de que May se encontraba bien. La puerta estaba entornada, pero alcanzamos a verla sentada en la bañera en medio de una nubecita de vaho y rodeándose las rodillas con los brazos. June recogía agua en el cuenco de sus manos y la dejaba caer despacio por la espalda de May. Por entonces, su llanto se había reducido a un gimoteo.

La voz de August nos llegó desde detrás de la puerta.

—Tranquila, May. Deja que todo el sufrimiento te abandone. Desahógate.

Todas las noches, después de las noticias, nos arrodillábamos en la alfombra del salón ante la Virgen negra y le rezábamos, o más bien, las tres hermanas y yo nos arrodillábamos, mientras Rosaleen permanecía en una silla. Para August, June y May la figura era Nuestra Señora de las Cadenas; desconozco por qué.

—Dios te salve, María; llena eres de gracia; el Señor es contigo; bendita Tú eres entre todas las mujeres...

Las hermanas sujetaban unos hilos con cuentas de madera y las movían entre los dedos. Al principio, Rosaleen se negó a participar pero pronto se unió a todas nosotras. Yo había memorizado las palabras desde la primera noche, supongo que porque decíamos lo mismo una y otra vez hasta que se repetían solas en mi cabeza mucho después de que hubiera dejado de pronunciarlas.

Era algún tipo de oración católica, pero cuando le pregunté a August si profesaban esa religión, me contestó:

—Bueno, sí y no. Mi madre era una buena católica: iba a misa dos veces por semana a Saint Mary, en Richmond. Aunque mi padre era ortodoxo ecléctico.

No tenía idea de qué significaba ser «ortodoxo ecléctico», pero asentí como si en Sylvan tuviéramos muchos.

—May, June y yo tomamos el catolicismo de nuestra madre y le añadimos nuestros propios ingredientes —explicó August—. No sé cómo denominarlo, pero nos va bien.

Después de repetir unas trescientas veces aquella oración, rezábamos nuestras plegarias personales en silencio, aunque las reducíamos a la mínima expresión porque, para entonces, ya no sentíamos nuestras rodillas. De todos modos, no podía quejarme, porque aquello no era nada en comparación con el maíz Martha White. Por último, las hermanas se hacían la señal de la cruz desde la frente hasta el ombligo y así terminaba todo.

Una noche, después de que se hubieran santiguado y de que todas, salvo August, se hubieran ido a dormir, ésta habló conmigo.

—Lily —dijo—, si pides ayuda a la Virgen, te la dará.

No supe qué responder, así que me encogí de hombros.

Me indicó que me sentara junto a ella en una mecedora.

—Quiero contarte una historia —prosiguió—. Es una historia que nuestra madre solía contarnos cuando nos cansábamos de nuestras tareas o nos sentíamos mal con nuestras vidas.

—Yo no estoy cansada de mis tareas —aseguré.

—Lo sé, pero es una buena historia. Escucha.

Me acomodé en el asiento y me mecí, acunada por los crujidos por los que las mecedoras son famosas.

—Hace mucho tiempo, al otro lado del mundo, en Alemania, había una joven monja llamada Beatrix que amaba a la Virgen. Pero se hartó de ser monja, debido a todos los trabajos que tenía que hacer y las normas que tenía que seguir. Así que una noche, cuando ya no podía más, se quitó el hábito, lo dobló y lo dejó sobre la cama. Después, se escabulló por la ventana del convento y se marchó.

Empezaba a comprender dónde habríamos de llegar con aquella historia.

—Creyó que le esperaba algo maravilloso —continuó August—. Pero la vida de una monja fugitiva no era la que ella había esperado. Deambuló sintiéndose perdida, mendigando por las calles. Pasado un tiempo, incluso deseó regresar al convento, pero sabía que no volverían a admitirla.

Estaba claro que en realidad no hablábamos de la monja Beatrix, sino de mí.

—¿Qué le pasó? —pregunté, procurando parecer muy interesada.

—Un día, después de años de andanzas y de sufrimiento, se disfrazó y regresó a su antiguo convento. Quería visitarlo por última vez. Entró en la capilla y preguntó a una de las hermanas de mayor edad: «¿Recuerda a la monja Beatrix, la que se escapó?» Y la hermana le contestó: «¿Qué está diciendo? La hermana Beatrix no se escapó. Está ahí, cerca del altar, barriendo.» Como puedes suponer, la verdadera Beatrix se quedó helada. Se acercó a la mujer que barría para mirarla y vio que no era otra que la Virgen, quien le sonrió, la condujo a su habitación y le devolvió el hábito. La Virgen la había estado sustituyendo durante todo aquel tiempo.

Conforme dejaba de mecerme, los crujidos se fueron apagando hasta cesar. ¿Qué intentaba decirme August? ¿Que la Virgen me sustituiría en mi casa de Sylvan para que T. Ray no se diera cuenta de que me había ido? Incluso para un católico, parecía una idea descabellada. Creo que en realidad me estaba diciendo: «Sé que te has escapado. A todo el mundo le entran ganas de hacerlo alguna vez, pero tarde o temprano desearás volver a casa. Pide ayuda a la Virgen.»

Me excusé, contenta de dejar de ser el centro de atención. Después de eso, empecé a rogar a la Virgen que me ayudase, pero no para regresar a casa, como la pobre monja Beatrix. No. Lo que yo pedía era que se asegurara de que no habría de volver nunca. Le rezaba a diario para que corriera una cortina alrededor de la casa rosa, de modo que nadie nos encontrara jamás, y al parecer funcionaba, pese a mi perplejidad, pues nadie llamó a la puerta para llevarnos a la cárcel. La Virgen nos había envuelto en su manto protector.

El primer viernes por la noche que pasamos allí, después de nuestras oraciones, cuando todavía pendía del cielo el arrebol crepuscular de las nubes, fui con August al colmenar.

No había estado nunca en las colmenas, de modo que primero

me dio una lección de lo que ella llamaba «protocolo de las abejas». Me dijo que el mundo era en realidad un gran colmenar y que también había normas de conducta en él; que no debía tener miedo, ya que ninguna abeja que amase su vida querría picarme pero que, aun así, no fuese tonta y me pusiese manga larga y pantalones largos; que no hiciese aspavientos, que ni siquiera pensase en hacerlos; que silbase si estaba enfadada, pues el enfado agitaba a las abejas y los silbidos las apaciguaban; que en todo momento actuase con determinación y seguridad, aunque dudase, y que, sobre todo, transmitiese amor a las abejas, pues a todos nos gusta que nos amen.

August había recibido tantas picaduras que era inmune a ellas. Apenas la lastimaban. De hecho, afirmaba que las picaduras iban bien para su artritis, pero como yo no tenía artritis, debería taparme. Me hizo poner una de sus camisas blancas de manga larga y, después, un sombrero con el velo ajustado sobre mis hombros.

Si bien aquél era un mundo de hombres, el velo les restaba aspereza a sus barbas. Con él puesto, todo parecía más suave, más agradable. Al andar detrás de August con mi velo para abejas, me sentí como la luna flotando tras una nube nocturna.

Tenía cuarenta y ocho colmenas diseminadas por el bosque que rodeaba la casa rosa y otras doscientas ochenta más repartidas en varias granjas, en zonas fluviales y en pantanos de las tierras altas. A los granjeros les encantaban las abejas, ya que gracias a su polinización las sandías eran más rojas y los pepinos más grandes. Habrían aceptado tener abejas gratis, pero August pagaba a cada uno de ellos con veinte litros de miel.

Comprobaba las colmenas sin descanso, y para ello conducía su viejo camión de plataforma, al que llamaba con afecto el camión de la miel, de un extremo a otro del condado. De hecho, lo que hacía era patrullar entre las abejas.

Observé cómo cargaba el carretón rojo, el que había visto en el jardín trasero, con cuadros de cría, esas tablillas que se metían en las colmenas para que las abejas depositaran en ellas la miel.

—Hemos de asegurarnos de que la reina disponga de mucho espacio para procrear o tendremos un enjambre —me explicó.

—¿Qué es un enjambre?

—Es un grupo de abejas que junto a su reina sale de la colmena y busca otro lugar donde vivir. Suelen ir a establecerse en la rama de algún árbol.

Era evidente que no le gustaban los enjambres.

—Así que lo que tenemos que hacer es sacar los paneles llenos de miel y sustituirlos por otros vacíos —aclaró, tratando de ser concisa.

August tiró del carretón mientras yo andaba tras ella con el ahumador cargado con borrajo y hojas de tabaco. Zach había colocado un ladrillo sobre el témpano de cada colmena para indicar a August qué tenía que hacer. Si el ladrillo estaba en la parte delantera, significaba que la colonia casi había llenado los panales y necesitaba otra alza. Si estaba en la parte posterior, es que había problemas, como polillas de las colmenas o una reina enferma. Vuelto de lado, anunciaba una familia de abejas felices, sin papás, sólo con mamá y sus diez mil hermanas.

August encendió una cerilla y prendió fuego a la hierba del ahumador. Por un momento, su rostro se iluminó para, poco después, regresar a la penumbra. Movió el cubo de un lado a otro en el aire e hizo que el humo penetrase en la colmena, lo que calmó por completo a las abejas. Me explicó que el humo era para ellas el mejor de los sedantes.

Cuando August retiró el témpano que cubría la colmena, las abejas salieron en compactos grupos negros que se dividieron en varios ramales, mientras unas alitas se movían alrededor de nuestras caras. Parecía que del cielo llovieran abejas y yo les transmití a todas amor, como August me había indicado.

Extrajo un cuadro de cría: un lienzo de remolinos negros y grises con relieves plateados.

—Aquí está, Lily. ¿La ves? —exclamó August—. Ésa es la reina; la grande.

Hice una reverencia como si se tratase de la mismísima reina de Inglaterra y August soltó una carcajada.

Deseaba que August me quisiera para que se quedara conmigo para siempre. Si lograba que me tomase afecto, quizá llegaría a olvidar el regreso a casa de la monja Beatrix y dejaría que me quedase allí.

Cuando regresamos a la casa ya había oscurecido y las luciérnagas brillaban a nuestro alrededor. Por la ventana de la cocina, vi que Rosaleen y May terminaban de fregar los platos.

August y yo nos sentamos en unas sillas de jardín plegables junto a un árbol de Júpiter del que no paraban de caer flores al suelo. De la casa salía música de violonchelo que se elevaba más y más hasta dejar la Tierra y dirigirse a Venus.

Pude entender que esa música alejara los fantasmas de las personas que agonizaban y las transportara a la otra vida. Deseaba que la música de June hubiera acompañado a mi madre en su muerte.

Miré fijamente el muro que delimitaba el jardín trasero.

—En ese muro hay trocitos de papel —anuncié, como si August lo desconociera.

—Sí, ya lo sé. Es el muro de May. Lo construyó ella misma.

—¿Lo hizo May? —Intenté imaginarla mezclando el cemento y cargando piedras en el delantal.

—Saca muchas de las piedras del río que recorre el bosque. Lleva trabajando en ello más de diez años.

De modo que así había desarrollado los músculos: levantando piedras.

—¿Y todos esos trozos de papel qué son?

—Oh, es una larga historia —comentó August—. Supongo que ya te has dado cuenta de que May es especial.

—Se altera con facilidad, desde luego —dije.

—Eso es porque May percibe el mundo sin todos los filtros que la gente corriente utiliza para aislarse de él. Ella lo capta todo, el sufrimiento ajeno en especial, y lo siente como si le ocurriera a ella. Es incapaz de distinguir la diferencia.

¿Cómo podía sucederle algo así a una persona? Todo el mundo merecía tener el corazón protegido por un foso que impidiera que el dolor de los demás llegase a él o, de lo contrario, cualquiera podía acabar peor que una ciudad saqueada a perpetuidad. No quería ser como May, aunque tampoco como T. Ray, inmune a todo salvo a su egoísmo. No sabía qué era peor.

—¿Es de nacimiento? —pregunté.

—No, al principio era una niña feliz.

—¿Qué le pasó?

Fijó la mirada en el muro de piedra.

—May tenía una hermana gemela: April. Las dos eran como una sola alma que compartiera dos cuerpos. Jamás vi nada igual. Si April tenía dolor de muelas, las encías de May se hinchaban y enrojecían también. Nuestro padre sólo usó una vez el cinturón con April, y te juro que a May le salieron los mismos verdugones en las piernas. No existía ninguna separación entre las dos.

—El día que llegamos, May nos dijo que teníais una hermana que había muerto.

—Sí... Fue entonces cuando empezó lo de May —afirmó, y me miró como si estuviera decidiendo si debía continuar—. No es una historia agradable.

—La mía tampoco lo es —dije, y August sonrió.

—Bueno, cuando April y May tenían once años, fueron al mercado con cinco centavos cada una para comprarse un helado. Habían visto que los niños blancos lamían cucuruchos y leían cómics. El propietario les vendió los cucuruchos, pero les indicó que tenían que comérselos fuera. April, que era testaruda, insistió en que quería ver los cómics. Discutió para lograr lo que quería, como solía hacer con nuestro padre, hasta que al final el hombre la agarró por el brazo y la empujó hacia la puerta, de modo que el helado se le cayó al suelo. Volvió a casa gritando que no era justo. Nuestro padre, que era el único dentista de color de Richmond y había visto muchísimas injusticias, explicó a April que en este mundo nada era justo y que sería mejor para ella que lo entendiera cuanto antes.

Pensé que yo misma lo había comprendido mucho antes de cumplir once años. Me mandé un soplido a la cara y eché la cabeza hacia atrás para contemplar la Osa Mayor. La música de June flotaba en el aire y nos acompañaba.

—Creo que la mayoría de niños no le habría dado importancia, pero aquello afectó a April de verdad —prosiguió August—. Podría decirse que se desilusionó de la vida. Le abrió los ojos a cosas que, por su edad, no debería haber visto aún. Algunas veces no quería ir al colegio ni hacer nada. Cuando cumplió trece años sufría unas depresiones terribles y, por supuesto, todo el tiempo May sentía lo mismo que ella. Finalmente, cuando tenía quince años, April tomó la escopeta de nuestro padre y se mató.

No me lo esperaba. Contuve el aliento y advertí que me tapaba la boca con la mano.

—Lo sé —repuso August—. Es terrible oír algo así. —Se detuvo un momento—. El día de la muerte de April, también murió una parte de May. Desde entonces, no ha vuelto a ser normal. Muchas veces me da la impresión de que todo el mundo se ha convertido en su hermana gemela.

La cara de August se fundía con las sombras del árbol. Me erguí en la silla para poder seguir viéndola.

—Nuestra madre aseguraba que era como la Virgen, con el corazón fuera del pecho. Ella sabía cuidarla bien pero, tras su muerte, esa responsabilidad recayó en mí y en June. Durante años intentamos que May recibiera ayuda. Vimos a médicos, pero no tenían idea de qué hacer con ella salvo encerrarla. Así que a June y a mí se nos ocurrió la idea de construir un muro de las lamentaciones.

—¿Un muro de qué?

—Un muro de las lamentaciones —repitió—. Como el que hay en Jerusalén. Los judíos van allí a lamentarse. Es su forma de superar el sufrimiento. Verás, escriben sus oraciones en pedazos de papel y los introducen en las grietas de la pared.

—¿Y es eso lo que hace May?

—Todos esos trocitos de papel que ves metidos entre las piedras son cosas que May ha escrito —asintió August—. Todos los sentimientos intensos que experimenta. Parece que es lo único que la ayuda.

Miré en dirección al muro, ya invisible en la penumbra. «Birmingham, 15 de septiembre, cuatro angelitos muertos.»

¿Significaba eso que si contaba a May lo de los montículos de maíz a medio moler de T. Ray, sus decenas de pequeñas crueldades o lo de haber matado a mi madre, sentiría al oírlo lo mismo que yo? Quería saber qué ocurriría si dos personas lo sentían. ¿Se dividiría el dolor y sería más fácil de soportar, lo mismo que sentir la alegría de otra persona parecía duplicarla? Sin embargo, no podía hablar con May sobre mi madre. No podía hablar de ello con nadie.

—Pobre May —exclamé.

—Sí —corroboró August—. Pobre May. —Y permanecimos ahí sentadas durante un rato, tristes, hasta que los mosquitos hicieron acto de presencia y nos obligaron a entrar en la casa.

Cuando llegué al amacén, Rosaleen ya estaba en la cama, con las luces apagadas y el ventilador a toda máquina. Me quedé en ropa interior, pero el calor seguía siendo sofocante.

Los sentimientos me resultaban físicamente dolorosos. Me preguntaba si T. Ray caminaría arriba y abajo sintiéndose tan herido como yo esperaba. Quizá se decía a sí mismo que era un mal padre por no haberme tratado mejor, aunque lo dudaba. Era más probable que estuviera maquinando formas de matarme.

Le di vueltas y más vueltas a la almohada para buscar algo de frescor mientras pensaba en May y en su muro, y en lo que el mundo había llegado a ser para que una persona necesitara algo así. Se me erizaba el vello sólo de imaginar lo que podría haber entre aquellas piedras. El muro me llevó a pensar en los trozos de carne sanguinolenta que Rosaleen solía cocinar, los cortes que hacía en ellos para mecharlos con trocitos de ajo.

Lo peor era estar allí echada anhelando la compañía de mi madre. Siempre había sido así: su ausencia casi siempre me abrumaba de noche, cuando bajaba la guardia. Daba vueltas bajo las sábanas deseando poder estar en la cama con ella y oler su piel. Me hubiera gustado saber si llevaba finos camisones de nailon o si se ponía horquillas en el pelo. Podía imaginarla, acostada. Torcía el gesto al pensar que me tumbaba a su lado y apoyaba la cabeza en su pecho, justo sobre su corazón, para escuchar sus latidos.

—Mamá —le decía.

—Estoy aquí, cariño —contestaba ella mirándome.

Oí que Rosaleen se rebullía en el catre.

—¿Estás despierta? —pregunté.

—¿Quién puede dormir en este horno? —masculló.

Me hubiera gustado responder que ella, ya que ese mismo día la había visto dormir frente a la tienda y restaurante Frogmore Stew, y hacía tanto calor como entonces. Rosaleen llevaba una venda nueva en la frente, pues August había hervido sus pinzas y tijeras de manicura y le había quitado los puntos.

—¿Qué tal la cabeza?

—La cabeza está bien. —Sus palabras me llegaron como dardos punzantes que rasgaban el aire.

—¿Estás enfadada o algo?

—¿Por qué lo dices? Que ahora pases todo el tiempo con August no es asunto mío. Eres libre de hablar con quien quieras y yo no tengo por qué meterme.

No podía creerlo: Rosaleen parecía celosa.

—No paso todo el tiempo con August.

—La mayoría —insistió.

—¿Y qué esperabas? Trabajo con ella en el almacén, es normal que andemos juntas.

—¿Y esta noche qué? ¿Estabais trabajando en la miel sentadas en el jardín?

—Sólo hablábamos.

—Sí, ya lo sé —apuntó, y se volvió hacia la pared para darme la espalda en medio de un profundo silencio.

—No seas así, Rosaleen. August podría saber cosas sobre mi madre.

—Tu madre murió, Lily —susurró, tras apoyarse sobre un codo para mirarme—. Y no volverá.

Me incorporé.

—¿Cómo sabes que no está viva en esta misma ciudad? T. Ray podría haber mentido en lo de su muerte, como hizo al decirme que me había abandonado.

—Oh, Lily. Pequeña. Tienes que olvidar todo eso.

—La presiento aquí —aseguré—. Ha estado aquí, estoy segura.

—Es posible. Pero hay cosas que es mejor no remover.

—¿Qué quieres decir? ¿Que no debería averiguar todo lo que pueda acerca de mi madre?

—¿Y si...? —Se interrumpió y se frotó la nuca—. ¿Y si averiguas algo que no quieres saber?

Lo que le oí decir era: «Tu madre te abandonó, Lily. Olvídalo.»

Quería gritarle que era tonta, pero las palabras se me atragantaron y, en vez de hablar, me dio hipo.

—No crees que T. Ray mintiera al asegurar que mi madre me había abandonado, ¿verdad?

—No tengo ni idea —objetó Rosaleen—. Pero no quiero que sufras.

Volví a echarme en la cama. En medio del silencio, mis hipidos retumbaban en la habitación.

—Contén el aliento, date palmaditas en la cabeza y frótate la barriga —me aconsejó Rosaleen.

No le hice caso. Al final, oí que su respiración se hacía más profunda.

Me puse los pantalones cortos y las sandalias, y me acerqué a la mesa donde August atendía los pedidos de miel. Arranqué un pedazo de papel de una libreta y anoté el nombre de mi madre: Deborah Owens.

Cuando miré fuera, supe que tendría que recorrer el trayecto a la luz de las estrellas. Caminé por entre la hierba y llegué de nuevo junto a los árboles, donde estaba el muro de May. El hipo me acompañaba. Puse las manos en las piedras; lo único que deseaba era no sufrir tanto.

Quería liberar mis sentimientos un rato, bajar el puente levadizo sobre el foso. Metí el papel con su nombre en una hendidura que parecía adecuada y lo encomendé al muro de las lamentaciones. El hipo había desaparecido.

Me senté en el suelo con la espalda apoyada en las piedras y la cabeza echada hacia atrás de modo que podía ver las estrellas e incluso los satélites espía que había entre ellas. Quizás alguno me estaba sacando una fotografía en aquel mismo instante. Podían detectarme incluso en la oscuridad. Nada estaba a salvo. Tendría que recordarlo.

Empecé a pensar que tal vez debería averiguar cuanto pudiera sobre mi madre antes de que vinieran a buscarnos. Pero no sabía por dónde empezar. No podía sacar sin más la imagen de la Virgen negra para mostrársela a August sin que la verdad lo arruinara todo. August podría decidir, mejor dicho, decidiría que no podía quedarme y que tenía que llamar a T. Ray para que viniera a buscarme. Y si sabía que Rosaleen era una verdadera prófuga, quizá también decidiría llamar a la policía.

La noche parecía una mancha de tinta que tenía que descifrar, de manera que permanecí sentada y agucé la vista en la penumbra, tratando de percibir el menor resquicio de luz.

6

La reina produce una sustancia que atrae a las obreras y que sólo pueden obtener de ella a través del contacto directo. Es evidente que dicha sustancia, denominada «sustancia reina», es una especie de mensajero químico que estimula el comportamiento obrero normal en la colmena. Se ha demostrado mediante experimentos que las abejas lo obtienen directamente del cuerpo de la reina.

Man and Insects

Me despertaron unos golpes en el jardín. Cuando me levanté de la cama y salí, me encontré con el hombre negro más alto que había visto en mi vida. Estaba trabajando en el camión, inclinado sobre el motor con un montón de herramientas esparcidas a sus pies. June le pasaba llaves inglesas y lo que fuera ladeando la cabeza y sonriéndole encantada.

En la cocina, May y Rosaleen preparaban la masa de una crep. No me gustaban demasiado las creps, pero no lo dije. Me alegraba que no fueran maíz a medio moler. Después de haberme pasado media vida arrodillada sobre él, era incapaz de comerlo.

El cubo de la basura estaba lleno de pieles de plátano y la cafetera eléctrica borbotaba en el recipiente de cristal de su parte superior. Blup, blup... Me encantaba aquel ruido, aquel olor.

—¿Quién es el hombre que está fuera? —pregunté.

—Es Neil —dijo May—. Le gusta June.

—Yo diría que a June también le gusta él.

—Sí, pero no lo admite —comentó May—. Lleva años dando largas al pobre hombre. No se casa con él, pero tampoco lo suelta.

May vertió masa en la plancha, dibujando una gran L.

—Ésta es tuya —exclamó. Era la L de Lily.

Rosaleen puso la mesa y calentó miel en un pote lleno de agua caliente. Yo serví zumo de naranja en los vasos.

—¿Por qué no se casa June con él? —pregunté.

—Tenía que haberse casado con otro hombre hace mucho tiempo —explicó May—. Pero la dejó plantada en el altar.

Miré a Rosaleen, temerosa de que este relato de amor desdichado pudiera provocar que May tuviera uno de sus episodios, pero estaba concentrada en mi crep. Por primera vez se me ocurrió lo raro que era que ninguna de ellas se hubiera casado, lo extraño que resultaba que tres hermanas solteras vivieran juntas de aquel modo.

Oí que Rosaleen soltaba un gruñido y deduje que estaba pensando en su lamentable marido, deseando que él no se hubiera presentado a su boda.

—June se juró no confiar nunca más en los hombres. Después conoció a Neil, cuando él se convirtió en el nuevo director de su colegio. No sé qué le ocurrió a su esposa, pero ya no la tenía cuando se trasladó aquí. Ha intentado por todos los medios conseguir que se case con él, pero ella no quiere. August y yo tampoco hemos logrado convencerla.

Un resuello brotó del pecho de May y, tras él, el temido *Oh, Susana*.

—Otra vez no, por favor —rogó Rosaleen.

—Lo siento —se disculpó May—. No puedo evitarlo.

—¿Por qué no vas al muro? —sugerí, arrebatándole la paleta—. No pasa nada.

—Sí —corroboró Rosaleen—. Haz lo que tengas que hacer.

Observamos a través de la puerta mosquitera a May, que pasaba junto a June y a Neil.

Al poco, June entró en la cocina. Neil la seguía, y temí que su cabeza golpeara el dintel.

—¿Qué ha trastornado a May? —quiso saber June. Sus ojos siguieron una cucaracha que se refugiaba a toda velocidad bajo el frigorífico—. Espero que no hayáis pisado una cucaracha delante de ella.

—No —contesté—. Ni siquiera la habíamos visto.

Abrió el armario que había debajo de la pila y sacó del fondo una lata de insecticida. Pensé en explicarle el ingenioso método de mi madre para librarse de las cucarachas de la casa: trocitos de malvavisco y de galletas; pero recordé que se trataba de June y lo dejé correr.

—Entonces, ¿qué la ha disgustado? —preguntó June.

Me incomodó hablar del tema estando Neil presente, pero, como era de esperar, a Rosaleen no.

—Se ha disgustado porque no quieres casarte con Neil.

Hasta entonces jamás había pensado que la gente de color pudiera sonrojarse, aunque puede que fuera el enojo lo que tiñó de color ciruela intenso la cara y las orejas de June.

—¿Lo ves? —exclamó entre risas Neil—. Deberías casarte conmigo, así no disgustarías a tu hermana.

—Oh, márchate —replicó, y le dio un empujón.

—Me prometiste creps y pienso comérmelas —aseguró. Llevaba unos vaqueros, una camiseta con manchas de grasa y unas gafas con montura de concha, que le daban la apariencia de un mecánico muy estudioso. Me gustaba aquel efecto.

Sonrió en dirección a Rosaleen y a mí.

—¿Vas a presentarme o harás como si no estuviera?

Me he dado cuenta de que si escudriñas los ojos de alguien los primeros cinco segundos que te mira, puedes ver aflorar sus auténticos sentimientos por un instante. Los ojos de June se volvieron apagados y duros cuando me miraron.

—Son Lily y Rosaleen —respondió—. Estarán un tiempo con nosotras.

—¿De dónde eres? —Neil acababa de hacerme la pregunta más habitual en Carolina del Sur. Queremos saber si la otra persona es uno de nosotros, si su primo conoce al nuestro, si su hermana pequeña fue al colegio con nuestro hermano mayor, si va a la misma iglesia baptista que nuestro antiguo jefe. Siempre tratamos de que, de alguna forma, nuestras historias encajen. Era curioso, sin embargo, que un negro preguntara a un blanco de dónde era, porque cualquiera que fuese la respuesta lo más probable es que sus historias no se conectaran.

—Del condado de Spartanburg —contesté tras reflexionar un momento para recordar qué había dicho antes.

—¿Y tú, Rosaleen?

Ella fijó la mirada en los moldes de cobre que colgaban a cada lado de la ventana, sobre el fregadero.

—Del mismo sitio que Lily.

—¿Qué se está quemando? —intervino de pronto June.

La plancha humeaba: la crep en forma de L se había chamuscado. June me arrebató la paleta de la mano, y rascó con ella la crep y la echó a la basura.

—¿Cuánto tiempo pensáis quedaros aquí? —quiso saber Neil.

June me miró y se mordisqueó el labio. Esperaba oír mi respuesta.

—Un poco más —contesté, y miré en el cubo de la basura. L de Lily.

Presentía que quería seguir con sus preguntas, pero yo no podía afrontarlas.

—No tengo apetito —aseguré, y salí por la puerta trasera.

Mientras cruzaba el porche de atrás, oí que Rosaleen le decía:

—¿Te has registrado para votar?

Estaba convencida de que el domingo iríamos a la iglesia, pero no fue así. Las hermanas celebraron un oficio especial en el salón de la casa rosa al que acudió un grupo llamado las Hijas de María, que August había organizado.

Las Hijas de María empezaron a llegar antes de las diez de la mañana. Las primeras fueron una anciana llamada Queenie y su hija mayor, Violet. Iban vestidas igual, con una falda de un amarillo muy vivo y una blusa blanca, aunque llevaban un sombrero distinto. Después aparecieron Lunelle, Mabelee y Cressie, que lucían los sombreros más extremados que había visto en mi vida.

Resultó que Lunelle era una sombrerera sin un ápice de recato: su sombrero, grande como el de un mexicano, era de fieltro púrpura con frutas falsas en la parte posterior. Lunelle era así.

Mabelee lucía una creación en piel de tigre envuelta en un fleco dorado, pero era Cressie la que más destacaba con una especie de chimenea tocada con un velo negro y plumas de avestruz.

Por si eso no era suficiente, llevaban pendientes de clip con falsos diamantes de distintos colores y colorete en las mejillas morenas. Me parecieron muy hermosas.

Resultó que la Virgen María, además de aquellas Hijas, tenía un hijo —que no era Jesús— llamado Otis Hill, un hombre con los dientes diminutos y vestido con un traje azul marino que le quedaba grande. Así pues, para ser exactos, el grupo consistía en las Hijas y el Hijo de María. Otis acompañaba a su mujer, a la que todo el mundo conocía como Sugar, que llevaba un vestido blanco, unos guantes de algodón color turquesa y un turbante verde esmeralda.

August y June a su lado, sin sombrero, sin pendientes y sin guantes parecían indigentes; pero May, la buena de May, se había puesto un sombrero azul oscuro con el ala levantada de un lado y bajada en el otro.

August había llevado sillas y las había dispuesto formando un semicírculo frente a la talla de la Virgen negra. Cuando estuvimos todos sentados, encendió la vela y June tocó el violonchelo. Rezamos juntas el *Ave María*, y Queenie y Violet movían un cordón con cuentas de madera entre sus dedos.

August se incorporó y exclamó que se alegraba de que Rosaleen y yo estuviéramos con ellas. Después, abrió una Biblia y leyó:

—Y María dijo: «Por eso desde ahora todas las generaciones me llamarán Bienaventurada, porque ha hecho en mi favor maravillas el Poderoso. Dispersó a los que son soberbios. Derribó a los potentados de sus tronos y exaltó a los humildes. A los hambrientos colmó de bienes y despidió a los ricos sin otorgarles nada.»

Depositó la Biblia sobre la silla y prosiguió.

—Hace tiempo que no contamos la historia de Nuestra Señora de las Cadenas y, puesto que tenemos visitas que nunca la han oído, creo que deberíamos explicarla de nuevo.

Empezaba a comprender que a August le encantaba contar una buena historia.

—En realidad, nos hará bien volver a escucharla —aseguró—. Las historias tienen que contarse o de lo contrario mueren, y cuando lo hacen no podemos recordar quiénes somos o por qué estamos aquí.

Cressie asintió y sus plumas de avestruz ondearon en el aire, de tal manera que tuve la impresión de que había un pájaro revoloteando en la habitación.

—¡Es verdad! —exclamó—. Cuenta la historia.

August acercó la silla a la talla de la Virgen negra y se sentó de cara a nosotros. Desde que comenzó a hablar, me dio la impresión de que alguien, de otra época y otro lugar, se expresaba a través de ella. En ningún momento apartó los ojos de la ventana, como si en verdad estuviera viendo la representación de aquel drama en el Cielo.

—Pues bien —empezó—, en tiempos, cuando había esclavos y se los poseía y apaleaba como si fueran objetos, éstos rezaban día y noche por su liberación. En las islas próximas a Charleston, iban a la casa de oración y cantaban y rezaban para rogar al Señor que les enviara la salvación. Que les enviara consuelo. Que les enviara la libertad.

Me di cuenta de que había repetido la misma introducción miles de veces, que la decía tal cual la había oído de labios de alguna anciana, quien, a su vez, la había sabido por otra mujer aún más vieja. Recordaba una canción y su ritmo nos meció hasta que abandonamos aquel salón para ir, también nosotros, a las islas de Charleston a pedir la salvación.

—Un día —continuó August—, un esclavo llamado Obadiah cargaba ladrillos en un barco que iba a zarpar corriente abajo por el río Ashley, cuando vio que algo llegaba a la orilla. Se acercó y vio que era una talla de mujer. Su cuerpo surgía de un madero. Era una mujer negra, con el brazo levantado y el puño cerrado.

En aquel momento, August se levantó y adoptó la pose. Tenía el mismo aspecto que la estatua que había en la habitación, con el brazo en alto y el puño cerrado. Se quedó así unos segundos, mientras los demás seguíamos sentados, embelesados.

—Obadiah sacó la figura del agua —prosiguió—. Y, con esfuerzo, la puso de pie. Después, recordó que habían pedido al Señor que les enviara la salvación. Que les enviara consuelo. Que les enviara la libertad. Obadiah supo que el Señor les había enviado la figura, pero no sabía quién era.

»Se arrodilló en el barro ante ella y oyó en el interior de su alma que ésta le hablaba con la claridad del día. Le dijo: "No pasa nada. Estoy aquí. A partir de ahora, cuidaré de vosotros."

Esta historia era diez veces mejor que la de la monja Beatrix. August iba de un lado a otro de la habitación mientras hablaba.

—Obadiah intentó recoger la mujer empapada que Dios había enviado para que los cuidara, pero pesaba demasiado, así que fue a buscar a dos esclavos más y entre los tres la llevaron a la casa de oración y la pusieron junto al hogar.

»Cuando llegó el domingo, todo el mundo había oído hablar de la estatua que el río había dejado en la orilla y que había hablado a Obadiah. La casa de oración estaba tan llena de gente que algunos tuvieron que quedarse en la puerta y otros se sentaron en los alféizares de las ventanas. Obadiah les contó que sabía que el Señor la había enviado, pero que no sabía quién era.

—No sabía quién era —gritó Sugar, interrumpiendo el relato. Y todas las Hijas de María la imitaron, repitiendo una y otra vez: «Ninguno de ellos lo sabía.»

Miré a Rosaleen, y casi no la reconocí por el modo en que se inclinaba hacia delante en la silla y coreaba con ellas.

—El más anciano de los esclavos era una mujer llamada Pearl —continuó August cuando cesaron las voces—. Se apoyaba en su bastón para caminar y, cuando hablaba, todo el mundo la escuchaba. Pearl se puso de pie y exclamó: «Es la madre de Jesús.»

»Todo el mundo sabía que la madre de Jesús se llamaba María y que había conocido toda clase de sufrimientos. Que era fuerte y constante, y que tenía el corazón de una madre. Y allí estaba: las mismas aguas que los habían traído encadenados, les enviaban ahora a la Virgen. Les pareció que Ella sabía todo lo que habían sufrido.

Contemplé la estatua y sentí el lugar donde mi corazón estaba partido.

—Y así —relataba August—, gritaron, bailaron y dieron palmadas. Se acercaron de uno en uno para poner las manos sobre su pecho, porque querían obtener consuelo de su corazón.

»Cada domingo en la casa de oración bailaban y tocaban su pecho, hasta que, al final, le pintaron un corazón rojo para que todos pudieran acariciarlo.

»Nuestra Señora les llenó el corazón de audacia y les susurró planes de huida. Los más osados escaparon y se dirigieron al norte. Los que no lo hicieron vivieron con un puño levantado en su interior. Y, si alguna vez flaqueaban, sólo tenían que tocar de nuevo el corazón de la Virgen.

»Se volvió tan poderosa que incluso el amo se enteró de su existencia. Un día se la llevó en una carreta y la encadenó en la cochera. Pero resultó que, sin ayuda de nadie, se zafó de las cadenas durante la noche y regresó a la casa de oración. El amo la encadenó cincuenta veces en el granero y ella se liberó otras tantas. Por fin, el amo se rindió y dejó que se quedara en la casa de oración.

El silencio se hizo en la habitación y August aguardó un minuto a que lo asimiláramos todo. Cuando habló de nuevo, abrió los brazos en cruz.

—La gente la llamó Nuestra Señora de las Cadenas —concluyó—. Y no porque llevara cadenas...

—No fue porque llevara cadenas —corearon las Hijas.

—La llamaron Nuestra Señora de las Cadenas porque era capaz de romperlas.

June se puso el violonchelo entre las piernas y tocó *Amazing Grace*, y las Hijas de María se pusieron de pie y se balancearon juntas como algas de colores en el fondo del océano.

Pensé que aquél sería el broche de oro, pero no, pues June cambió de instrumento y aporreó el piano con una animada versión de *Go Tell it on the Mountain*. Entonces, August dio inicio a una conga. Bailó hacia Lunelle, que se agarró a su cintura. Cressie se aferró a ésta, seguida de Mabelee, y en fila empezaron a recorrer la habitación a un ritmo tal que Cressie tuvo que sujetarse el sombrero. Cuando pasaron junto a Queenie y Violet, éstas se les unieron. Luego se sumó Sugar. A mí me hubiera encantado hacerlo, pero me limité a mirarlas, lo mismo que Rosaleen y Otis.

June parecía tocar cada vez más deprisa. Me abaniqué la cara. Necesitaba un poco más de aire, pues empezaba a sentirme mareada.

Cuando la danza tocó a su fin, las Hijas se dispusieron en semicírculo frente a Nuestra Señora de las Cadenas. Jadeaban de cansancio. Lo que hicieron a continuación me pilló por sorpresa: una a una, se acercaron a tocar el descolorido corazón rojo de la estatua.

Queenie y su hija fueron juntas y frotaron la madera con la palma de sus manos. Lunelle oprimió el corazón de la Virgen con los dedos y, después, se los besó uno a uno, muy despacio, con tal devoción que se me saltaron las lágrimas.

Otis apoyó la frente en el corazón y permaneció así durante más tiempo que nadie. Parecía estar llenando su vacío interior.

June, por su parte, siguió tocando mientras todos se acercaban a la Virgen, hasta que sólo quedamos Rosaleen y yo. Entonces paró. May le indicó con la cabeza que continuara la música y tomó de la mano a Rosaleen para conducirla hacia Nuestra Señora de las Cadenas. También ella tocó el corazón de la Virgen.

Yo también quería, más que nada en el mundo, acariciar aquel corazón rojo que se desvanecía. Cuando me levanté de la silla, la cabeza todavía me daba vueltas. Avancé hacia la Virgen negra con el brazo tendido. Pero cuando estaba a punto de alcanzarla, June dejó de tocar la canción. Yo me quedé con la mano en alto, en medio del silencio.

La bajé y miré a mi alrededor. Era como si lo viera todo a través del grueso vidrio de la ventanilla de un tren. La imagen se nubló ante mí y noté el avance de una onda de calor.

«No soy una de los vuestros», pensé.

Tenía el cuerpo paralizado. Imaginé lo bonito que sería volverme cada vez más pequeña, hasta ser un punto insignificante.

Oí que August reñía a June.

—¿Qué te pasa, June? —Su voz me sonó muy lejana.

Llamé a Nuestra Señora de las Cadenas, pero es posible que no llegara a pronunciar su nombre y que sólo oyera mi voz interior.

Eso es lo último que recuerdo: su nombre, resonando en el vacío.

Cuando recobré el sentido, estaba echada en la cama de August, en la habitación contigua al salón, con una toallita fría doblada sobre la frente. August y Rosaleen me miraban. Rosaleen se había levantado la falda del vestido y me abanicaba con ella, de manera que podía verle buena parte de los muslos.

—¿Desde cuándo te desmayas? —me preguntó, y se sentó en el borde de la cama, lo que hizo que rodase hacia su lado. Me rodeó con un brazo. Por algún motivo, su gesto hizo que el pecho se me anegara de tristeza. No podía soportarlo y me zafé con la excusa de que necesitaba beber un poco de agua.

—Quizá fuera el calor —sugirió August—. Tendría que haber encendido los ventiladores. Debíamos de estar a treinta y cinco grados ahí dentro.

—Estoy bien —les dije, pero la verdad era que estaba desconcertada.

Sentía que acababa de descubrir algo sorprendente: era posible cerrar los ojos y abandonar la vida sin morirse. Sólo había que desmayarse. Pero no sabía cómo hacerlo, cómo lograr desvanecerme cuando quisiera.

Mi desmayo había puesto fin a la reunión de las Hijas de María y enviado a May al muro de las lamentaciones. June había subido a su habitación y se había encerrado con llave, mientras que las Hijas se apiñaban al otro lado de la puerta de la habitación de August.

Achacamos el desmayo al calor, pues éste provoca comportamientos extraños.

August y Rosaleen me mimaron el resto de la tarde. «¿Quieres un refresco, Lily? ¿Una almohada de plumas? Ten, toma un poquito de miel.»

Nos sentamos en el salón, donde cené de una bandeja, lo que en sí ya era un privilegio. June seguía en su habitación, sin responder cuando August llamaba a la puerta, y May tenía prohibido acercarse al televisor porque por aquel día ya había pasado demasiado tiempo en el muro.

Mi locutor favorito, el señor Cronkite dio la noticia de que se iba a enviar un cohete a la Luna.

—El 28 de julio, Estados Unidos de América lanzará el *Ranger VII* desde el cabo Kennedy, en Florida —anunció.

Aquel artefacto iba a recorrer más de 400.000 kilómetros antes de alunizar. El objetivo era sacar fotografías de la superficie y enviarlas a la Tierra.

—¡Dios mío! —exclamó Rosaleen—. ¡Un cohete a la Luna!

—Lo siguiente será que caminen por ella —comentó August, sacudiendo la cabeza.

Todos habíamos pensado que el presidente Kennedy se había vuelto loco cuando declaró que enviaríamos un hombre a la Luna. El periódico de Sylvan lo había calificado de «Visión lunática». Yo había llevado el artículo a clase para el tablón de anuncios de actualidad y todos coincidimos en que era imposible enviar un hombre a la Luna.

Pero jamás debe subestimarse el poder de la competencia encarnizada. Queríamos ganar a los rusos; eso era lo que hacía que el mundo girara para nosotros. Y parecía que íbamos a lograrlo.

August apagó el televisor.

—Necesito un poco de aire.

Salimos las tres, y Rosaleen y August me sujetaron por los codos por si me desplomaba de nuevo.

Era esa extraña hora final del día que precede a la noche, un momento que nunca me ha gustado debido a la tristeza que lo llena. August elevó la vista hacia el firmamento. La Luna ofrecía un fantasmagórico aspecto plateado y solitario.

—Mírala —comentó—. Mírala bien, Lily, porque estás viendo el final de algo.

—¿Ah, sí?

—Sí, porque desde que el ser humano está en este planeta, la Luna ha sido un misterio para él. Piénsalo. Es lo bastante fuerte para mover los océanos y, aunque periódicamente desaparece, siempre vuelve a aparecer. Mi madre me contaba que Nuestra Señora vivía en la Luna, y yo tenía que bailar cuando su cara estaba brillante e hibernar cuando estaba oscura.

August contempló el cielo un buen rato, y después volvió hacia la casa.

—No será nunca igual, no después de que se hayan posado y caminado por ella. Sólo será otro gran proyecto científico.

Pensé en el sueño que había tenido la noche que Rosaleen y yo habíamos dormido junto al río. En él, la Luna se rompía en pedazos.

August entró en la casa y Rosaleen se fue a dormir al almacén de la miel, pero yo me quedé. Contemplé el cielo e imaginé que el *Ranger VII* surcaba raudo el firmamento en dirección a la Luna.

Sabía que, algún día, entraría en el salón cuando no hubiera nadie y tocaría el corazón de la Virgen. Después, enseñaría a August la fotografía de mi madre y vería si la Luna se caía del cielo.

7

¿Cómo fue que se llegó a relacionar a las abejas con el sexo? Su actividad sexual no es desenfrenada. De hecho, la vida en una colmena guarda más similitudes con un claustro que con un burdel.

The Queen Must Die: And Other
Affairs of Bees and Men

Cada vez que oía una sirena, daba un brinco. No importaba que se tratara de una lejana ambulancia o de una persecución policial por televisión. Una parte de mí siempre estaba alerta, preparada para que T. Ray o el señor Gaston *el Zapato* llegaran y pusieran fin a aquel hechizo.

Llevábamos ocho días enteros en casa de August. No sabía cuánto tiempo podría la Virgen negra mantenerme bajo su manto protector.

El lunes 13 de julio, por la mañana, cuando regresaba al almacén después del desayuno observé que había un Ford negro que no conocía aparcado en el camino de entrada. Me quedé sin aliento un momento, hasta que recordé que Zach volvía al trabajo ese día.

Seríamos August y yo... y Zach. No estoy orgullosa de reconocerlo, pero me molestaba la intrusión.

Zach no era cómo había esperado. Lo encontré dentro sujetando una espátula para la miel como si fuera un micrófono y cantando *Blueberry Hill*. Movía los labios al estilo de Elvis e intentaba imitar a Fats Domino. Aunque cantar no se le daba muy bien, movía las caderas de modo excepcional.

Lo observé desde la puerta sin que me viera, sin hacer ruido, pero cuando la emprendió con *Duke, Duke, Duke, Duke of Earl* y comenzó a balancear el otro brazo como si fuera a hacer un lanzamiento de béisbol, me eché a reír.

Se volvió de golpe y tiró una bandeja con cuadros de cría, lo que provocó un gran desorden en el suelo.

—Estaba cantando —afirmó, como si yo no lo supiera—. ¿Quién eres?

—Lily —contesté—. Estaré un tiempo con August y las demás.

—Bueno, yo me llamo Zachary Taylor —exclamó.

—Zachary Taylor era un presidente —apostillé.

—Sí, eso tengo entendido. —Se sacó una placa de identificación que llevaba colgada de una cadena bajo la camisa y me la puso bajo la nariz—. Aquí lo pone. Zachary Lincoln Taylor.

Entonces sonrió, y vi que se le formaba un hoyuelo. Era algo que siempre me había vuelto loca.

Tomó un trapo y limpió el suelo.

—August me explicó que estarías aquí y nos ayudarías, pero no comentó que fueras... blanca.

—Sí, soy blanca —solté—. Todo lo blanca que se puede ser.

Zachary Lincoln Taylor no tenía nada de blanco. Ni siquiera el blanco de sus ojos lo era del todo. Tenía los hombros anchos y la cintura estrecha, y llevaba el cabello corto como la mayoría de los chicos negros. Lo cierto es que, a pesar de todo, no podía evitar mirarle a la cara. Si a él le había sorprendido que yo fuera blanca, a mí me había sorprendido que él fuera guapo.

En el instituto nos burlábamos de los labios y la nariz de la gente de color. Yo misma me había reído de esas bromas, con la esperanza de encajar. Ahora, en cambio, deseaba poder escribir una carta al instituto para que la leyeran en la reunión inaugural y supieran lo equivocados que estaban. Les diría que deberían ver a Zachary Taylor.

Me preguntaba cómo August podía haber olvidado un detalle

como aquél, cómo no le había dicho que yo era blanca. Me había hablado mucho de él. Sabía que era su madrina. Que su padre lo había abandonado cuando era pequeño, que su madre trabajaba como empleada de la cafetería en el mismo colegio donde June daba clases. Que iba a empezar el quinto curso en el instituto de secundaria para negros, donde sacaba muy buenas notas y jugaba de medio en el equipo de fútbol americano. Me había contado que corría como una gacela, lo que podría abrirle las puertas de una universidad en el norte. Eso me había parecido mejor de lo que yo lograría nunca, porque lo más seguro es que yo acabase siendo esteticista.

—August se ha ido a la granja de Satterfield para comprobar unas colmenas. Me ha pedido que te ayude aquí. ¿Qué quieres que haga, pues?

—Podrías tomar algunos cuadros de esas colmenas y ayudarme a cargar la desoperculadora.

—¿Quién te gusta más, Fats Domino o Elvis? —pregunté mientras dejaba el primer cuadro.

—Miles Davis —contestó.

—No sé quién es.

—Ya me lo imaginaba. Es el mejor trompetista del mundo. Daría cualquier cosa por tocar como él.

—¿Dejarías el fútbol?

—¿Cómo sabes que juego a fútbol?

—Sé cosas —dejé caer al tiempo que le sonreía.

—Ya lo veo. —Procuraba no devolverme la sonrisa.

«Vamos a ser amigos», pensé.

Accionó el interruptor y el extractor comenzó a girar, cada vez más rápido.

—¿Cómo es que estás aquí?

—Rosaleen y yo vamos de camino a Virginia para vivir con mi tía. Mi padre murió en un accidente de tractor y no tengo madre desde que era pequeña, así que quiero reunirme con esa parte de mi familia antes de que me manden a un orfanato o algo así.

—¿Pero cómo es que estás aquí?

—¿En casa de August? Hacíamos autoestop y nos dejaron en

Tiburón. Llamamos a la puerta de August y nos acogió. Eso es todo.

Asintió como si le pareciera lo más normal del mundo.

—¿Cuánto tiempo hace que trabajas aquí? —quise saber, contenta de cambiar de tema.

—Desde que estoy en secundaria. Vengo después de clase cuando no es temporada de fútbol, los sábados y todo el verano. Me he comprado un coche con el dinero que gané el año pasado.

—¿Es ese Ford que hay ahí fuera?

—Sí, es un Ford Fairlane de 1959 —aclaró.

De nuevo accionó el interruptor del extractor y esta vez la máquina gruñó al detenerse.

—Ven, te lo enseñaré.

Mi cara se reflejaba en la carrocería. Imaginé que por las noches le sacaba brillo en camiseta. Rodeé el vehículo para examinarlo con atención.

—Podrías enseñarme a conducir —sugerí.

—En este coche, no.

—¿Por qué no?

—Porque tienes toda la pinta de ser una de esas chicas que destrozan las cosas. Seguro.

Me volví hacia él, dispuesta a defenderme, pero vi que sonreía y que reaparecía su hoyuelo.

—Seguro —repitió—. Destrozan las cosas, seguro.

Zach y yo trabajábamos todos los días el almacén. August y Zach ya habían extraído casi toda la miel de las colmenas, pero todavía quedaban muchas repletas, esparcidas por ahí. Desde fuera, las colmenas parecían cajones de cómoda normales y corrientes, pero por dentro contenían una serie de cuadros colgados en orden, llenos de miel y sellados con cera.

Conectamos el calentador y recogimos la cera en una cuba de estaño, cargamos los cuadros en el extractor y filtramos la miel a través de medias de nailon nuevas. Como a August le gustaba que en la miel se conservase un poco de polen porque era bueno para la gente, seguíamos sus indicaciones. A veces, partíamos trozos de panal y los introducíamos en los tarros antes de llenarlos. Había que asegurarse de que fueran panales nuevos, sin huevos, ya que nadie quería encontrar una larva de abeja en su miel.

Y, cuando no nos ocupábamos de todo eso, llenábamos moldes de vela con cera y lavábamos tarros de cristal hasta que las manos se me quedaban ásperas como cascabillo de maíz debido al detergente.

La única parte del día que me aterraba era la cena, cuando tenía que estar cerca de June. Cabría esperar que alguien que tocaba música a personas agonizantes fuera más agradable. No entendía por qué yo le molestaba tanto. Ni siquiera el hecho de que fuese blanca y, en cierto modo, estuviera abusando de su hospitalidad me parecían motivos suficientes.

—¿Cómo te van las cosas, Lily? —me preguntaba cada noche en la mesa, como si lo hubiera ensayado ante el espejo.

—Muy bien. ¿Y a ti, June? —respondía yo.

Ella miraba a August, que seguía nuestra charla como si estuviera muy interesada.

—Bien —aseguraba June.

Una vez liberadas de aquella especie de obligación, desdoblábamos las servilletas e intentábamos prescindir la una de la otra el resto de la cena. Sabía que August trataba de corregir la actitud grosera de June, pero me hubiera encantado decirle: «¿Crees que a June Boatwright o a mí nos importa un comino cómo le va a la otra? Déjalo correr.»

Una noche, después de rezar los *Ave María*, August exclamó:

—Lily, si quieres tocar el corazón de Nuestra Señora, puedes hacerlo. ¿No es verdad, June?

Miré a June, que me dedicó una sonrisa forzada.

—Tal vez en otra ocasión —respondí.

Si hubiera estado al borde de la muerte en mi cama del almacén y sólo hubiera podido salvarme un cambio de actitud de June, habría muerto y ascendido directa al Cielo. O puede que al Infierno, pues ya ni siquiera de eso estaba segura.

La mejor comida era el almuerzo, cuando Zach y yo nos sentábamos a la fresca sombra de los pinos. May nos preparaba bocadillos de embutido casi todos los días. También podíamos contar con una macedonia «candelabro», que consistía en medio plátano que se sostenía de pie en una rodaja de piña.

—Voy a encender la vela —comentaba May, al tiempo que prendía una cerilla imaginaria. Después, sujetaba una guinda en la punta del plátano con un palillo. Como si Zach y yo fuéramos aún pequeños. Aun así, le seguíamos el juego y fingíamos que nos entusiasmaba que encendiera el plátano. De postre, chupábamos cubitos de zumo de lima que había congelado para nosotros.

Un día estábamos sentados en la hierba después de almorzar escuchando cómo el viento golpeaba las sábanas que Rosaleen había colgado en el tendedero.

—¿Cuál es tu asignatura preferida? —me preguntó Zach.

—Lengua.

—Seguro que te gusta escribir redacciones —soltó con los ojos entornados.

—Pues sí. Quería ser escritora y profesora de inglés en mi tiempo libre.

—¿Querías? —subrayó.

—No creo tener demasiado futuro ahora que soy huérfana. —Debería haber dicho prófuga. Tal como estaban las cosas, no sabía si podría volver siquiera a la secundaria.

Se miró los dedos. Podía oler el intenso olor de su sudor. Llevaba la camisa manchada de miel, lo que atraía a un montón de moscas y hacía que no dejara de dar manotazos.

—Yo tampoco —comentó pasado un rato.

—¿Tú tampoco qué?

—Tampoco sé si tengo demasiado futuro.

—¿Por qué no? No eres huérfano.

—No —corroboró—. Soy negro.

Me sentí incómoda.

—Bueno, podrías jugar a fútbol en la universidad y convertirte en jugador profesional.

—¿Por qué los blancos piensan que sólo podemos triunfar en los deportes? —preguntó—. Yo quiero ser abogado.

—Me parece bien —solté algo enojada—. Es sólo que nunca he oído hablar de un abogado negro, nada más. Has de haber escuchado cosas como ésta antes de imaginarlas.

—Tonterías. Tienes que imaginar lo que nunca ha existido.

—De acuerdo. —Cerré los ojos—. Me estoy imaginando un abogado negro. Eres un Perry Mason negro. Gente de todo el Estado recurre a ti, gente a la que han acusado por error, y tú descubres la verdad en el último minuto, tendiendo una trampa al verdadero culpable en el estrado.

—Sí —afirmó—. Les arrancaré la verdad de una patada en el culo. —Cuando rió, vi que su lengua estaba verde debido a la lima.

Empecé a llamarlo Zach, «el abogado de la patada en el culo».

—¡Oh, mira quién está aquí. Es Zach, «el abogado de la patada en el culo»! —exclamaba.

Fue más o menos por entonces cuando Rosaleen empezó a preguntarme en qué estaba pensando... ¿quería presentarme a una prueba para que me adoptaran las hermanas del calendario? Aseguró que yo vivía en un mundo de fantasías, y esas tres palabras pasaron a ser sus favoritas.

Vivía en un mundo de fantasías porque fingía que teníamos una vida normal cuando éramos prófugas buscadas, porque pensaba que podríamos quedarnos allí para siempre, porque creía que averiguaría algo que valiera la pena sobre mi madre.

—¿Qué tiene de malo vivir en un mundo de fantasías? —replicaba yo cada vez. Y ella me contestaba que, al final, había que volver a la realidad.

Una tarde, cuando me encontraba sola en el almacén después de que Zach se hubiera ido, June entró buscando a August. O eso dijo.

—Muy bien —exclamó, cruzando los brazos—. ¿Cuánto tiempo lleváis aquí? ¿Dos semanas?

¿Se puede ser más directo?

—Mira, si no nos queréis, Rosaleen y yo nos iremos —aseguré—. Escribiré a mi tía y le pediré que nos mande dinero para el autobús.

—Creía que no recordabas el apellido de tu tía. —Había arqueado las cejas—. Y ahora resulta que además de su nombre sabes su dirección.

—En realidad, siempre los supe —repliqué—. Pero esperaba pasar un poco de tiempo aquí antes de tener que irnos.

Su semblante pareció suavizarse un poco al escuchar mis últimas palabras, aunque podría ser que me hiciera ilusiones al respecto.

—Por el amor de Dios, ¿qué es eso de que os vais? —intervino August, desde el quicio de la puerta. Ninguna de las dos la habíamos visto llegar. Dirigió una mirada de desaprobación a June—. Nadie quiere que os marchéis hasta que estéis preparadas para hacerlo, Lily.

De pie junto al escritorio de August, jugueteé con un montón de papeles. June carraspeó.

—Tengo que volver para practicar con el violonchelo —se excusó y se marchó tan campante.

August se acercó y se sentó en la silla del escritorio.

—Puedes hablar conmigo, Lily. Lo sabes, ¿verdad?

Puesto que no contesté, me agarró la mano y me atrajo hacia ella para que me sentara en su regazo. No era mullido como el de Rosaleen, pues era mucho más delgada y huesuda.

Deseaba como nunca confesárselo todo. Ir a buscar la bolsa de debajo de la cama y sacar las cosas de mi madre. Quería mostrarle la imagen de la Virgen negra y decir: «Esto pertenecía a mi madre. Es una imagen exacta, idéntica a la que ponéis en los tarros de miel. Y, detrás, tiene escrito Tiburon, Carolina del Sur. Por eso sé que estuvo aquí.» Quería enseñarle la fotografía de mi madre y preguntarle: «¿La habías visto alguna vez? No te apresures. Piénsalo con calma.»

Pero aún no había tocado con la mano el corazón de la Virgen negra en el salón y me daba miedo sinceramente antes de haberlo hecho. Me recosté en su pecho y descarté la idea. Me horrorizaba la posibilidad de que no la hubiera visto en su vida. Entonces se habría acabado todo, así que era mejor no saberlo.

—Iré a ayudar en la cocina —dije mientras me ponía de pie. Crucé el jardín sin mirar atrás.

Esa noche, mientras el canto de los grillos llenaba la oscuridad y Rosaleen los acompañaba con sus ronquidos, me eché a llorar. Ni siquiera sé por qué. Por todo, supongo. Porque detestaba mentir a August, que era tan buena conmigo. Porque era probable que Rosaleen tuviera razón sobre los mundos de ensueño. Porque estaba bastante segura de que la Virgen María no estaba en el melocotonar, sustituyéndome como había hecho con Beatrix.

La mayoría de las tardes Neil venía y se sentaba con June en el salón principal mientras el resto de nosotras veía *El fugitivo* por televisión. August comentó en una ocasión que deseaba que el fugitivo encontrara de una vez al manco para terminar con ese asunto.

Durante los anuncios, simulaba ir a buscar agua y, en lugar de eso, me acercaba al salón principal para tratar de averiguar qué se decían June y Neil.

—Me gustaría que me explicaras por qué no —oí que Neil le sugería un día.

—Porque no puedo —objetó June.

—Eso no es ningún motivo.

—Pues es el único que tengo.

—Mira, no voy a esperarte toda la vida —replicó Neil.

Aguardaba la respuesta de June cuando Neil apareció por la puerta de improviso y me descubrió con la oreja pegada a la pared, escuchando sus palabras más íntimas. Me miró un segundo como si fuera a delatarme a June, pero optó por marcharse dando un portazo al salir.

Regresé junto al televisor, no sin antes oír el inicio de un sollozo de la garganta de June.

Una mañana, August nos envió a Zach y a mí a unos diez kilómetros a buscar las últimas alzas que quedaban por recoger en el condado. Hacía un calor terrible y el aire estaba infestado de mosquitos.

Zach conducía el camión de la miel y lo hacía correr al máximo de sus posibilidades, es decir, a no más de cincuenta kilómetros por hora. El viento enmarañaba mis cabellos e inundaba la cabina de olor a hierba recién segada.

Los márgenes de la carretera estaban cubiertos de algodón recién recolectado que había salido volando de los camiones que lo llevaban a la desmotadera de Tiburon. Zach comentó que aquel año los agricultores habían plantado y recolectado el algodón más pronto de lo habitual por miedo a la plaga de picudo que afectaba a las cápsulas. Dispersa por la carretera, la borra parecía nieve, lo que me hizo desear que llegara una ventisca que refrescara el ambiente.

Empecé a fantasear que Zach paraba el camión en la cuneta porque no quería conducir bajo el temporal y que nos lanzábamos blandas y suaves bolas de nieve. Nos imaginaba construyendo en ella una cueva en la que dormir con nuestros cuerpos entrelazados para obtener calor, con nuestros brazos y piernas unidos en trenzas negras y blancas. Este último pensamiento me impresionó tanto que me estremecí. Me metí las manos bajo los brazos y noté un sudor helado.

—¿Estás bien? —me preguntó Zach.

—Sí, ¿por qué?

—Estás temblando.

—Estoy bien. A veces me ocurre.

Me volví y miré por la ventanilla. Sólo se veían campos y, de vez en cuando, algún granero de madera medio derruido o alguna casa abandonada.

—¿Falta mucho? —pregunté, dando a entender que tenía ganas de que la excursión acabara.

—¿Estás molesta por algo?

No quise contestarle y, en lugar de eso, fijé la mirada en el sucio parabrisas.

Cuando dejamos la carretera para tomar un camino de ruedas, Zach comentó que estábamos en una propiedad que pertenecía al señor Clayton Forrest, que tenía velas de cera y miel de la Virgen negra en la sala de espera de su bufete de abogado para que sus clientes pudieran comprarla. Parte del trabajo de Zach consistía en ir a entregar en consignación provisiones de miel y cera a lugares que la vendían.

—El señor Forrest me deja husmear en su bufete —comentó.

—Ajá.

—Me habla sobre los casos que ha ganado.

Pilló un bache y botamos tanto en el asiento que dimos con la cabeza en el techo de la cabina, lo que, por algún motivo, hizo que mi ánimo mudase. Me eché a reír como si alguien me hiciera cosquillas y cuanto más me golpeaba, peor era. Recuerdo que, al final, tuve un ataque de risa. Reía tanto como May lloraba.

Al principio, Zach buscaba los baches para oírme, pero luego se puso nervioso porque no parecía que yo pudiese parar. Carraspeó y aminoró la marcha hasta que dejamos de botar.

Por fin, lo que fuera que me había dado se me pasó. Me acordé entonces de lo placentero que había sido desmayarme el domingo aquél, durante la reunión de las Hijas de María, y pensé en lo mucho que me gustaría desplomarme allí mismo, en el camión. Envidié a las tortugas por tener caparazón: podían desaparecer cuando querían.

Era consciente de la respiración de Zach, de su camisa abierta en el pecho, de su brazo sobre el volante. De su aspecto fornido, oscuro. Del misterio de su piel.

Era una tontería pensar que era imposible que pasaran algunas cosas, como que pudieran atraerte los negros. Con sinceridad, había creído que aquello no sucedería porque tampoco el agua fluye montaña arriba ni la sal sabe dulce. Eran leyes de la naturaleza. Quizá lo que ocurría es que me sentía atraída por lo que no podía tener. O puede que el deseo surgiese cuando él quisiese, sin tener en cuenta las normas según las que vivíamos y moríamos. Zach había dicho que se tenía que imaginar lo que nunca había existido.

Detuvo el camión de la miel junto a un grupo de veinte colmenas situadas entre unos árboles, donde las abejas tenían sombra en verano y refugio del viento en invierno. Las abejas eran más frágiles de lo que había imaginado nunca. Si no acababan con ellas los ácaros, lo hacían los pesticidas o el mal tiempo.

Bajó y descargó el equipo de la parte de atrás del camión: sombreros, alzas adicionales, cuadros de cría nuevos y el ahumador, que me pasó para que yo lo encendiera. Avancé entre las azaleas pisando hormigueros y balanceando el ahumador mientras Zach levantaba los témpanos que cubrían las colmenas y se asomaba para buscar los cuadros llenos de opérculos.

Se movía como una persona que ama de verdad a las abejas. No podía creerme lo delicado y bueno que era. Uno de los cuadros que sacó rezumaba miel del color de las ciruelas.

—¡Es púrpura! —exclamé.

—Cuando hace calor y las flores se marchitan, las abejas empiezan a libar bayas de saúco. Eso hace que la miel se torne púrpura. La gente paga dos dólares por un tarro de miel así.

Metió el dedo en el panal y, tras levantarme un poco el velo, me lo acercó a los labios. Abrí la boca, dejé que me metiera el dedo en ella y chupé la miel. Esbozó una sonrisa enorme y el calor me recorrió el cuerpo. Se inclinó hacia mí. Quería que me apartara el velo por completo y me besara, y supe que él también quería hacerlo por el modo en que clavó sus ojos en los míos. Nos quedamos así, mientras las abejas revoloteaban a nuestro alrededor y producían un sonido que me recordó al chisporroteo del beicon en la sartén, un sonido que ya no interpretaba como peligro. Me di cuenta de que uno también acaba por acostumbrarse a las situaciones de riesgo.

Pero, en lugar de besarme, se volvió hacia la siguiente colmena y siguió con su trabajo. El ahumador se había apagado. Caminé detrás de él y ninguno de los dos habló. Cargamos las alzas llenas en el camión como si se nos hubiera comido la lengua el gato y ninguno de los dos pronunció una sola palabra hasta que, ya en el camión, pasamos ante el cartel de demarcación de la ciudad.

TIBURON

Población: 6.502 habitantes

Tierra de Willifred Marchant

—¿Quién es Willifred Marchant? —pregunté, desesperada por acabar con el silencio y lograr que las cosas volvieran a la normalidad.

—No me digas que no has oído nunca hablar de Willifred Marchant —se sorprendió—. Sólo es una escritora famosa en todo el mundo, autora de tres libros premiados con el Pulitzer sobre los árboles de hoja caduca de Carolina del Sur.

—No ha ganado ningún premio Pulitzer —exclamé entre risas.

—Será mejor que cierres el pico, porque en Tiburon los libros de Willifred Marchant están al mismo nivel que la Biblia. Celebramos un día oficial de Willifred Marchant todos los años, y los colegios plantan árboles. Siempre viene con un gran sombrero de paja y una cesta llena de pétalos de rosa, que lanza a los niños.

—No es verdad —repliqué.

—Ya lo creo. La señorita Willie es muy extraña.

—Supongo que los árboles de hoja caduca son un tema interesante. Pero yo preferiría escribir sobre la gente.

—Oh, tienes razón. Lo había olvidado —apostilló—. Quieres ser escritora. Seréis la señorita Willie y tú.

—Es como si no creyeras que puedo hacerlo.

—Yo no he dicho eso.

—Lo has dado a entender.

—¡Qué va! Eso no es cierto.

Me volví para concentrarme en lo que se veía al otro lado de la ventanilla: la Logia Masónica, los coches de segunda mano del Hot Buy Used Cars, la tienda de neumáticos Firestone.

Zach frenó en un stop junto al Dixie Cafe, que estaba casi en el jardín delantero de la compañía ganadera Tri-Country Livestock y, por alguna razón, eso me puso furiosa. Me hubiera gustado saber cómo la gente podía desayunar, almorzar y cenar con el olor a vaca y a cosas peores obstruyéndole la nariz. Quería gritar por la ventanilla: «¿Por qué no se van a comer su maldito maíz a medio moler a otro sitio? ¡El aire huele a estiércol!»

El modo en que algunas personas vivían, resignadas con el maíz a medio moler y la caca de vaca, me ponía enferma. Echaba fuego por los ojos de pura indignación.

Zach pasó el cruce. Noté que su mirada taladraba mi nuca.

—¿Estás enfadada conmigo? —me preguntó.

Quería decirle que sí lo estaba porque me había dado a entender que nunca llegaría a ser nada. Pero la frase que pronuncié fue otra y resultó una estupidez por demás.

—Nunca lanzaré pétalos de rosas a nadie —subrayé y, acto seguido, me derrumbé entre sollozos, gimiendo e hipando como si me faltara el aire.

Zach aparcó a un lado de la carretera.

—Por Dios, ¿qué te pasa? —Me rodeó con un brazo y me atrajo hacia él.

Creía que todo se debía a mi futuro perdido, aquel en el que la señorita Henry me animaba a pensar al darme libros y listas de lecturas para el verano, y al hablarme de becas para la Universidad de Columbia. Pero allí sentada, tan cerca de Zach, supe que lloraba porque me encantaba su hoyuelo, porque cada vez que lo miraba sentía una extraña sensación de calor que recorría mi cuerpo desde la cintura hasta las rodillas, porque cuando por fin era la chica corriente que siempre había querido ser, de repente había cruzado una membrana hacia la desesperación. Comprendí que lloraba por Zach.

Apoyé la cabeza en su hombro y me pregunté cómo podía soportarme. En una sola mañana había mostrado momentos de risa demencial, de lujuria reprimida, de conducta despreciable, de autocompasión y de llanto histérico. Si hubiese pretendido mostrarle mis peores caras, no podría haberlo hecho mejor.

Me apretujó y me habló rozándome los cabellos con los labios.

—Todo irá bien. Algún día serás una gran escritora. —Echó un vistazo atrás y al otro lado de la carretera—. Vuelve a tu sitio y sécate la cara —me indicó, al tiempo que me tendía un trapo que olía a gasolina.

No había nadie en el almacén de la miel cuando llegamos, salvo Rosaleen, que estaba recogiendo la ropa para trasladarse a la habitación de May. Sólo había estado fuera dos horas y la disposición de nuestro alojamiento había cambiado por completo.

—¿Por qué vas a dormir allí? —le pregunté.

—A May le da miedo estar sola por la noche.

Rosaleen iba a dormir en la otra cama individual de la habitación de May, a tener el cajón de abajo de su tocador para poner sus cosas y el cuarto de baño al alcance de la mano.

—No me puedo creer que me dejes aquí —exclamé. Zach agarró el carretón y salió con él lo más rápido que pudo para empezar a descargar las alzas del camión de la miel. Creo que ya había tenido suficientes emociones femeninas de momento.

—No te estoy dejando. Estoy consiguiendo un colchón —soltó, y se metió el cepillo de dientes y el tabaco Red Rose en el bolsillo.

Me crucé de brazos sobre la blusa, que todavía estaba húmeda de tanto llorar.

—Muy bien, adelante. Me da igual.

—Ese catre me va mal para la espalda, Lily. Y, por si no te has dado cuenta, sus patas ya están torcidas por completo. Una semana más y se romperá. Estarás bien sin mí.

Sentí una opresión en el pecho. Bien sin ella, ¿acaso se había vuelto loca?

—No quiero despertar del mundo de ensueño —balbucí. La voz me falló a media frase y las palabras se me quedaron trabadas en la boca.

Se sentó en el catre, objeto que entonces me pareció odioso porque la había alejado hacia la habitación de May, y me conminó a que ocupase un sitio a su lado.

—Ya lo sé, pero estaré aquí cuando lo hagas. Puede que duerma en la habitación de May, pero no pienso irme a ninguna parte.

Me dio unas palmaditas en la rodilla como en los viejos tiempos. Ninguna de las dos dijo nada. Tal como me sentía, podíamos haber estado otra vez en el coche de la policía camino a la cárcel. Como si yo no existiera sin aquella mano y sus cachetinas.

Seguí a Rosaleen mientras trasladaba sus pocas cosas hacia la casa rosa, con la intención de examinar su nuevo dormitorio. Subimos los peldaños del porche trasero. August estaba sentada en el balancín que colgaba de dos cadenas del techo. Se mecía mientras hacía una pausa para tomar una naranjada y leía un libro que le habían prestado en la biblioteca móvil. Volví la cabeza para leer el título. *Jane Eyre*.

May estaba en el otro lado del porche, pasando prendas de ropa por los rodillos de goma de la lavadora escurridora. Una Lady Kenmore nueva, de color rosa, que tenían en el porche porque no cabía en la cocina. En los anuncios televisivos, la mujer que usaba la Lady Kenmore vestía un traje de noche y parecía pasárselo bien. En cambio May parecía acalorada y cansada. Sonrió cuando Rosaleen se acercó con sus cosas.

—No te importa que Rosaleen se traslade aquí, ¿verdad? —me preguntó August mientras se apoyaba el libro en el vientre. Dio un sorbo a la bebida, pasó la mano por la humedad fría del cristal y se llevó la palma al cuello.

—Supongo que no.

—May dormirá mejor con Rosaleen en la habitación —comentó—. ¿Verdad, May? —La miré, pero no pareció haber oído nada con el ruido de la lavadora.

De pronto pensé que lo último que quería era ver a Rosaleen meter su ropa en el tocador de May. Eché un vistazo al libro de August.

—¿Qué estás leyendo? —pregunté, pensando que me limitaba a darle conversación. Qué equivocada estaba.

—Va sobre una chica cuya madre murió cuando era pequeña —explicó. Después me miró de tal modo que se me hizo un nudo en el estómago, igual que el día que me contó la historia de Beatrix.

—¿Qué le pasa a esa chica? —quise saber, e intenté que mi voz sonara normal.

—Acabo de empezar el libro —comentó—. Hasta ahora, se siente perdida y triste.

Me volví y observé el jardín, donde June y Neil estaban recogiendo tomates. Los miré, al tiempo que me llegaba el chirrido de la manivela de la lavadora. Oía cómo las prendas caían en el barreño que había detrás de los rodillos.

«Lo sabe —pensé—. Sabe quién soy.»

Estiré los brazos como si tratara de empujar unas paredes invisibles de aire y, al mirar abajo, vi mi sombra en el suelo: una chica delgaducha con el cabello rizado por la humedad y los brazos extendidos con ambas palmas levantadas como si quisiera detener el tráfico en las dos direcciones. Quería agacharme y darle un beso, por lo pequeña y decidida que parecía.

Cuando dirigí los ojos hacia August, ésta todavía me contemplaba, como si esperara que yo dijera algo.

—Creo que iré a ver la nueva cama de Rosaleen —concluí.

August levantó el libro y así acabó todo. Había pasado el momento y también la impresión de sentirme descubierta. Pero no podía ser: ¿cómo iba a saber August Boatwright nada sobre mí?

Fue más o menos entonces cuando June y Neil tuvieron una pelea de primera en el huerto de tomates. June gritó algo y él le replicó.

—¡Oh! —exclamó August. Dejó el libro y se incorporó.

—¿Por qué no puedes dejarlo correr? —bramó June—. ¿Por qué siempre volvemos a lo mismo? Métetelo en la cabeza. No voy a casarme. Ni ayer, ni hoy ni el año que viene.

—¿De qué tienes miedo? —quiso saber Neil.

—Para tu información, no tengo miedo de nada.

—Entonces, eres la persona más egoísta que he conocido en la vida —concluyó, y empezó a caminar hacia su coche.

—Dios mío —musitó August.

—¡Cómo te atreves a hablarme así! —vociferó June—. Vuelve aquí. No me dejes con la palabra en la boca.

Neil siguió andando sin mirar hacia atrás ni una sola vez. Vi que Zach había dejado de cargar alzas en el carretón y los observaba sacudiendo la cabeza como si no pudiera creer que estaba presenciando otra escena en que afloraba la peor cara de las personas.

—Si te vas ahora, no vuelvas nunca —gritó June.

Neil se subió al coche y, de repente, June echó a correr hacia él con tomates en las manos. Se inclinó hacia atrás y le lanzó uno. ¡Paf! Justo en el parabrisas. El segundo aterrizó en el tirador de la puerta.

—No vuelvas —subrayó con voz de trueno, mientras Neil se alejaba goteando zumo de tomate.

May se echó a llorar desconsolada. Parecía sentir tanto dolor que casi pude ver zonas enrojecidas en su torso. August y yo la acompañamos al muro, donde escribió por enésima vez June y Neil en un pedazo de papel que luego metió entre las piedras.

Nos pasamos el resto del día trabajando con las alzas que Zach y yo habíamos recogido. Amontonadas de seis en seis formaban un horizonte en miniatura a lo largo del almacén. August apuntó que volvía a parecer la Ciudad de las Abejas.

Pasamos doce cargas del extractor a través de todo el sistema, desde el cuchillo de desopercular hasta la envasadora. A August no le gustaba que la miel esperara demasiado tiempo porque perdía su sabor. Nos indicó que disponíamos de dos días para terminar. Y punto. Lo bueno era que no teníamos que almacenar la miel en una habitación especial caldeada, para evitar que cristalizara, porque todo el espacio en el que trabajábamos estaba caldeado. A veces, el calor de Carolina resultaba bueno para algo.

Cuando creía que ya habíamos terminado por ese día y que podíamos ir a cenar y a decir nuestras oraciones vespertinas con las cuentas resultó que no, que tan sólo empezábamos. August nos hizo cargar las alzas vacías y llevarlas al bosque para que las abejas pudieran limpiarlas bien. No quería guardar las alzas para el invierno hasta que las abejas hubieran chupado las últimas gotas de miel de los panales. Alegó que era porque aquellos restos atraían a las cucarachas. Pero, en realidad, estoy segura de que le encantaba ofrecer una fiesta de final de año a las abejas para verlas bajar hacia las alzas como si hubiesen descubierto el paraíso de la miel.

Todo el rato que trabajamos, me asombré de la confusión que sentía la gente respecto al amor. Yo misma, por ejemplo. Era como si pensara en Zach cuarenta minutos de cada hora. En Zach, que era un imposible. Eso era lo que me repetía a mí misma una y otra vez: imposible. Pero lo cierto es que esta palabra no es sino un gran tronco lanzado al fuego del amor.

Esa noche, me resultó raro estar sola en el almacén. Extrañaba los ronquidos de Rosaleen del mismo modo que una persona extraña el ruido de las olas del mar cuando se ha acostumbrado a dormir con ellas. No me había dado cuenta de lo mucho que me consolaban. El sosiego posee un zumbido extraño, esponjoso, que casi te perfora los tímpanos.

No sabía si era el vacío, el calor sofocante o el hecho de que no eran más que las nueve, pero no lograba dormirme a pesar de lo cansada que estaba. Me quité la camisa y la ropa interior y me eché sobre las sábanas húmedas. Me gustaba el tacto de la desnudez. Era una sensación suave y sedosa sobre las sábanas; una sensación liberadora.

Soñé despierta entonces que oía un coche que se detenía en el camino de entrada. Imaginé que era Zach, y la idea de que avanzara en medio de la noche hasta donde yo estaba hizo que se me acelerara la respiración.

Me levanté y me deslicé por la penumbra hacia el espejo de la pared. Una luz perlada entraba por la ventana abierta a mis espaldas y bordeaba mi piel, lo que me confería un auténtico halo, no sólo alrededor de la cabeza, sino también de los hombros, las costillas y los muslos. Era la última persona que se merecía un halo, pero observé el efecto y me rodeé los senos con las manos, me examiné los pezones entre marrones y rosas, las delicadas curvas de la cintura, cada línea suave y reluciente. Era la primera vez que no me sentía una chica flacucha.

Cerré los ojos y el globo lleno de ansias me explotó por fin en el pecho, y cuando lo hizo pasé de estar soñando con Zach a necesitar a mi madre e imaginar que me llamaba para susurrarme: «Lily, pequeña. Eres mi flor.»

Cuando me volví hacia la ventana, no había nadie. De hecho, tampoco esperaba que lo hubiera.

Dos días después, tras haber recorrido el terreno recolectando el resto de miel, Zach se presentó con un precioso cuaderno verde con capullos de rosa en la tapa. Me lo dio en el momento en que yo salía de la casa rosa.

—Esto es para ti —afirmó—. Para que empieces a escribir.

Entonces supe que nunca encontraría un amigo mejor que Zachary Taylor. Lo rodeé con los brazos y me apoyé en su pecho. Dudó por un instante, pero muy pronto nos fundimos en un verdadero abrazo. Su mano recorrió mi espalda de arriba abajo. Sentí que estaba a punto de desmayarme, pero entonces me separó de él.

—Me gustas más que cualquier otra chica que he conocido, Lily —dijo—. Pero tienes que comprender que hay gente que mataría a un chico como yo por tocar a las chicas como tú.

No pude evitar tocarle la cara, justo en el lugar en que tenía el hoyuelo.

—Lo siento —repuse.

—Sí. Yo también.

Durante días llevé el cuaderno a todas partes. Escribía sin cesar historias inventadas: Rosaleen perdía cuarenta kilos y tenía un aspecto tan esbelto que nadie podía reconocerla en una rueda de identificación policial, August conducía un autobús de miel parecido a la biblioteca móvil, sólo que dispensaba tarros de miel en lugar de libros. Sin embargo mi favorita era una sobre Zach, convirtiéndose en el abogado de la patada en el culo y consiguiendo un programa propio de televisión como Perry Mason. Un día se la leí a la hora del almuerzo y prestó más atención que un niño a un cuento.

—Hazte a un lado, Willifred Marchant —fue lo único que comentó.

8

Las abejas no sólo dependen del contacto físico con la colonia, sino que también necesitan su compañía y apoyo sociales. Una abeja aislada de sus hermanas morirá enseguida.

The Queen Must Die: And Other
Affairs of Bees and Men

August arrancó la hoja correspondiente a julio del calendario de pared que estaba colgado junto a su mesa en el almacén. Me tentó decirle que todavía quedaban cinco días para que el mes acabase, pero imaginé que ya lo sabía. Supongo que deseaba que julio terminase para que diera comienzo agosto, su mes especial. Igual que junio era el mes de June y mayo el de May.

Me había explicado que cuando eran pequeñas y llegaba su mes especial, su madre las excusaba de las tareas domésticas, las dejaba comer todos sus alimentos favoritos, incluso aquellos que estropeaban sus dientes, y les permitía quedarse una hora más tarde por la noche haciendo lo que quisieran. August me contó que, como a ella le gustaba leer, durante todo aquel mes podía recostarse en el sofá del tranquilo salón con sus libros después de que sus hermanas se hubieran ido a dormir. Hablaba de ello como si hubiera sido lo más destacado de su infancia.

Después de oírla, pasé mucho tiempo tratando de decidir qué mes me hubiera gustado que me diera el nombre. Elegí octubre porque es un mes excelente, con un tiempo mejor que la media, y porque mis iniciales serían O. O., de October Owens, lo que supondría tener un monograma interesante. Me imaginé comiendo pastel de chocolate de tres pisos para desayunar durante todo el mes de octubre y quedándome despierta una hora más para escribir buenas historias y mejores poemas.

Miré a August, que estaba junto a la mesa con la hoja de julio del calendario en la mano. Llevaba su vestido blanco con el pañuelo verde lima atado en el cinturón, igual que el primer día que la vi. El pañuelo no tenía otra función que no fuera la de añadir un toque de estilo a su indumentaria. Tarareaba su canción.

Pon una colmena en mi tumba
y deja que la miel rezume por ella.

Pensé que podría haber sido una madre excelente.
—Vamos, Lily —exclamó—. Tenemos que etiquetar todos estos tarros de miel y sólo estamos tú y yo.

Zach iba a pasarse el día repartiendo miel por los puntos de venta de toda la ciudad y cobrando el dinero de las remesas del mes anterior. Zach lo llamaba el «dinero de la miel». Aunque el gran flujo de miel había terminado, las abejas seguían libando néctar y haciendo su trabajo. (No se puede impedir que una abeja trabaje aunque se quiera.) Zach decía que la miel de August reportaba un beneficio de un dólar por cada kilo. Imaginé que rebosaba dinero de la miel. No entendía por qué no vivía en una mansión rosa en algún sitio.

Mientras esperaba que August abriera una caja con la nueva remesa de etiquetas de la Virgen negra, examiné un pedazo de panal. La gente no se percata de lo listas que son las abejas; más aún que los delfines. Conocen la geometría suficiente para hacer filas y filas de hexágonos perfectos, con unos ángulos tan exactos que cabría pensar que han utilizado reglas de cálculo. Convierten el jugo de las flores en una ambrosía que todos quieren poner en sus tostadas. Y he visto con mis propios ojos cómo unas cincuenta mil abejas tardaban quince minutos en encontrar las alzas vacías que August les había dejado para que las limpiaran, comunicándose el descubrimiento con alguna clase de lenguaje avanzado. Pero lo más importante es que trabajan hasta la extenuación, si no la muerte. A veces, me entraban ganas de pedirles que se relajaran, que se tomaran unas vacaciones porque se lo merecían.

Mientras August sacaba las etiquetas de la caja, observé el remitente: Tienda de regalos del Monasterio de la Virgen Santa, apartado de correos 45, Saint Paul, Minnesota. Después, sacó un sobre grueso del cajón de la mesa y extrajo decenas de etiquetas distintas, más pequeñas, que llevaban impreso: «MIEL DE LA VIRGEN NEGRA - Tiburon, Carolina del Sur.»

Yo tenía que pasar una esponja húmeda por el dorso de ambas etiquetas y dárselas a August para que las colocara en los tarros, pero me detuve un minuto para admirar la imagen de la Virgen negra que tantas veces había contemplado pegada en la pequeña figura de madera de mi madre. Observé el elegante pañuelo dorado que llevaba en la cabeza, decorado con estrellas rojas. Sus ojos eran misteriosos y amables, y su piel, más oscura y brillante que una tostada untada con mantequilla. El corazón siempre me daba un vuelco al pensar que mi madre había visto esa misma imagen.

No quería pensar dónde habría terminado si no hubiese visto la imagen de la Virgen negra aquel día en la tienda y restaurante Frogmore Stew. Imagino que durmiendo en los márgenes de los distintos ríos de Carolina del Sur. Bebiendo agua de las lagunas rodeada de vacas. Orinando tras los cinamomos y suspirando por tener un trocito de papel higiénico.

—Espero que no te lo tomes a mal —comenté—. Nunca me había imaginado a la Virgen María siendo negra hasta que vi esta imagen.

—Una Virgen con la cara oscura no es tan poco corriente como te imaginas —explicó—. En Europa hay centenares, en lugares como Francia y España. La que hemos puesto en la miel es antiquísima. Es la Virgen negra de Breznichar, en Bohemia.

—¿Cómo te enteraste de todo eso? —pregunté.

Se detuvo para sonreírme, como si eso le recordase de pronto algo agradable, largo tiempo olvidado.

—Supongo que debería decir que empezó con las estampitas de mi madre. Las coleccionaba, como hacían entonces los buenos católicos. Me refiero a esas tarjetas con la imagen de un santo, ya me entiendes. Las intercambiaba, como hacen los niños con los cromos de jugadores de béisbol. —Soltó una gran carcajada—. Seguro que tenía un montón de estampitas de vírgenes negras. A mí me encantaba jugar con ellas, sobre todo con las morenas. Luego, cuando empecé a estudiar, leí todo lo que pude sobre ellas. Y es así como descubrí la Virgen negra de Breznichar, en Bohemia.

Intenté pronunciar Breznichar, pero no lo conseguí.

—Bueno, aunque no sepa decir su nombre, me gusta su aspecto. —Mojé el dorso de la etiqueta y observé cómo August la pegaba en el tarro y, después, colocaba la segunda etiqueta debajo, como si lo hubiera hecho diez mil veces.

—¿Qué más te gusta, Lily?

Nadie me había hecho antes esa pregunta. ¿Qué me gustaba? De buenas a primeras, quería responder que me gustaba la fotografía de mi madre, su forma de apoyarse en el coche y sus cabellos, que eran como los míos, y también sus guantes y su imagen de la Virgen negra con el nombre impronunciable, pero me lo tuve que tragar.

—Pues me gusta Rosaleen, y me gusta escribir historias y poemas —contesté—. Dame algo para escribir y me harás feliz. —Dicho esto, tuve que pararme a pensar el resto—. Puede que sea una tontería pero, al salir del instituto, me gusta tomar una Coca-Cola con cacahuetes salados dentro de la botella. Y, cuando he terminado, me gusta darle la vuelta a la botella para ver de dónde procede.

En cierta ocasión, di con una botella de Massachussetts y la guardé como homenaje a lo lejos que algo puede llegar en la vida.

—Y me gusta el color azul —proseguí—. El azul intenso, como el del sombrero que May llevaba en la reunión de las Hijas de María. Y, desde que estoy aquí, me gustan las abejas y la miel.

Quería añadir que también me gustaba ella, pero me dio demasiada vergüenza.

—¿Sabías que en un idioma esquimal hay treinta y dos palabras para referirse al amor? —preguntó August—. Y nosotros sólo tenemos una. ¿No te parece una vergüenza que no tengamos más modos de decirlo?

Asentí, y me pregunté dónde estaría el límite de sus conocimientos. A buen seguro, uno de esos libros que leía pasada la hora de dormir durante el mes de agosto hablaba acerca de los esquimales.

—Supongo que tendremos que inventar más formas de decirlo —comentó. Luego, sonrió—: ¿Sabías que también me gusta meter cacahuetes en la botella de Coca-Cola? ¿Y que el azul es mi color favorito?

Al oírla, sentí que el refrán «Dios los cría y ellos se juntan» cobraba sentido.

Estábamos trabajando con los tarros de miel de tupelo, que Zach y yo habíamos recogido en los terrenos de Clayton Forrest, además de unos cuantos de miel púrpura de la colmena donde las abejas habían dado con bayas de saúco. La forma en que la piel de la Virgen de Bohemia realzaba los dorados de la .niel suponía una bonita combinación de colores. Por desgracia, la miel púrpura no la favorecía demasiado.

—¿Por qué pones la Virgen negra en la miel? —pregunté. Eso me había intrigado desde el primer día. Por regla general, la gente ponía ositos.

August se quedó callada con un tarro en la mano y la mirada fija a lo lejos, como si hubiera ido a buscar la respuesta y encontrarla hubiese sido el plus del día.

—Ojalá hubieras visto a las Hijas de María la primera vez que contemplaron esta etiqueta. ¿Sabes por qué? Porque cuando la miraron descubrieron que lo divino puede presentarse con una piel oscura. Todos necesitamos un dios que se parezca a nosotros, Lily.

Me hubiera gustado haber estado presente cuando las Hijas de María habían tenido aquella revelación. Me las imaginé celebrándolo, tocadas con sus sombreros maravillosos, las plumas de avestruz al viento.

A veces me pillaba a mí misma moviendo un pie hasta que creía que se me iba a soltar del tobillo. Rosaleen comentaba que tenía «pierna bailona». Aquel día, mientras hablaba con August, miré hacia abajo y vi que se movía a gran velocidad. Solía pasarme por la noche, cuando rezábamos delante de Nuestra Señora de las Cadenas. Como si mis pies quisieran levantarse y recorrer la habitación bailando la conga.

—¿Y cómo es que tenéis la estatua de la Virgen negra en el salón? —quise saber.

—Pues no sé qué contestar... Sólo sé que llegó a mi familia en algún momento. ¿Recuerdas la historia de Obadiah, que llevó la estatua a la casa de oración y los esclavos creyeron que era María que había ido para estar con ellos?

Asentí. Recordaba todos los detalles. La había revivido cientos de veces en mi imaginación desde que August la contó. Obadiah arrodillado en el barro, inclinado sobre la talla de madera arrastrada por la corriente. La estatua erigida con orgullo en la casa de oración. El puño de Nuestra Señora en alto, y todas las personas que se acercaban de una en una para tocarle el corazón con la esperanza de obtener un poco de fortaleza para seguir adelante.

—Bueno —prosiguió August, sin dejar de pegar etiquetas—. Como sabes, en realidad es sólo el mascarón de proa de un viejo barco, pero la gente necesitaba consuelo y salvación, así que, cuando lo vieron, vieron a la Virgen María, y el espíritu de la Virgen se apoderó de él. En realidad, su espíritu está en todas partes, Lily, en todas partes. En las piedras y los árboles, e incluso en las personas, pero a veces se concentra en ciertos sitios y emana hacia ti de una forma especial.

No lo había visto nunca de ese modo, y me sorprendió, como si no tuviera idea de la clase de mundo en el que vivía y los profesores de mi instituto tampoco, porque explicaban que todo era sólo carbono, oxígeno y mineral, el material más soso que se pueda uno imaginar. Empecé a pensar que el mundo estaba lleno de vírgenes ocultas a nuestro alrededor y de corazones rojos escondidos que todos podíamos tocar y frotar, pero que no sabíamos ver.

August colocó los tarros que había etiquetado en una caja de cartón y la dejó en el suelo.

Después, sacó más tarros.

—Sólo trato de explicarte por qué la gente cuidó tanto de Nuestra Señora de las Cadenas y la fue pasando de una generación a otra. Me imagino que después de la Guerra de Secesión pasó a estar en poder de la familia de mi abuela.

»Cuando era más pequeña que tú, June, May y yo, y April

también, porque entonces todavía estaba viva, pasábamos el verano con mi abuela. Nos sentábamos en la alfombra del salón y la abuela nos contaba la historia. Cada vez, cuando terminaba, May le pedía que volviera a empezar y ella la repetía toda entera. Te juro que si me pusieras un estetoscopio en el pecho, lo que oirías es la voz de mi abuela contando esa historia una y otra vez.

Estaba tan absorta en lo que August me contaba que había dejado de humedecer las etiquetas. Deseaba tener una historia como ésa para que viviera en mi interior con tanta fuerza que cualquiera pudiera captarla con un estetoscopio, pero en lugar de ello la historia que habitaba en mi pecho era la de haber puesto fin a la vida de mi madre, junto con la mía.

—Puedes mojar las etiquetas y escuchar a la vez —sugirió August, y sonrió—. Así que, cuando murió la abuela, Nuestra Señora de las Cadenas pasó a mi madre. La tenía en su dormitorio. A mi padre eso no le gustaba nada. Quería librarse de la estatua, pero mi madre decía que si la talla se iba, ella también. Creo que la estatua fue la razón de que mi madre se convirtiera al catolicismo, de modo que podía arrodillarse ante ella sin sentir que hacía nada extraño. La encontrábamos hablando con Nuestra Señora como si fueran dos vecinas tomando té helado. Mamá solía bromear con Nuestra Señora y decirle: «¿Sabes qué? Deberías haber tenido una niña en lugar de un niño.»

Dejó el tarro que tenía en las manos, y su rostro reflejó una mezcla de tristeza y felicidad que me llevó a pensar que echaba de menos a su madre.

Dejé de humedecer las etiquetas, porque no quería adelantarme a su ritmo.

—¿Creciste en esta casa? —pregunté cuando volvió a tomar el tarro. Quería saberlo todo sobre ella.

—No, pero mi madre sí —respondió, sacudiendo la cabeza—. Aquí es donde yo pasaba los veranos. La casa era de mis abuelos, ¿sabes? Y toda la propiedad que la rodea. La abuela también criaba abejas, en el mismo sitio donde están ahora. Nadie de los alrededores había visto antes una apicultora mujer. Le gustaba decir a todo el mundo que las mujeres eran los mejores apicultores porque tienen una habilidad especial para amar a los animales dañinos. Afirmaba que eso se debía a tantos años de amar a hijos y maridos. —August rió y me contagié de su risa.

—¿Fue tu abuela quien te enseñó a criar abejas?

August se quitó las gafas y se las limpió con el pañuelo que llevaba a la cintura.

—Me enseñó muchas más cosas sobre las abejas, además de cómo criarlas. Solía contarme historias sobre abejas a todas horas.

—Cuéntame una —pedí, interesada.

August se golpeó la frente con un dedo, como si se intentara recuperar algunas de lo más profundo de su cabeza. Se le iluminaron los ojos.

—Pues... Una vez la abuela me contó que fue a ver las colmenas en Nochebuena y oyó a las abejas cantar las palabras de la Navidad sacadas del evangelio según san Lucas. —August empezó a tararear—: «María dio a luz a su hijo, lo envolvió en pañales y lo acostó en un pesebre.»

—¿Crees que eso pasó de verdad? —pregunté divertida.

—Pues sí y no —contestó—. Algunas cosas pasan en sentido literal, Lily. Pero hay otras cosas, como ésta, que no ocurren tal cual pero que, aun así, tienen lugar. ¿Sabes a qué me refiero?

—Pues no. —No tenía ni idea.

—Me refiero a que, en realidad, las abejas no cantaban las palabras de san Lucas. Aun así, si uno tiene la clase adecuada de orejas, puede escuchar una colmena y oír el relato de la Navidad en alguna parte de su interior. Es posible oír cosas silenciosas en el mundo cotidiano que nadie más puede oír. La abuela poseía esa clase de orejas. Mi madre, en cambio, no tenía ese don. Creo que se saltó una generación.

Me moría de ganas de saber más cosas sobre su madre.

—Supongo que tu madre también criaba abejas —comenté.

—Dios mío, no. —Mis palabras parecieron divertirla—. No le interesaban en absoluto. Se marchó de aquí en cuanto pudo y se fue a vivir a Richmond a casa de una prima. Encontró trabajo en la lavandería de un hotel. ¿Recuerdas que el día que llegaste te expliqué que me había criado en Richmond? Mi padre era de allí. Fue el primer dentista de color de Richmond. Conoció a mi madre cuando ésta acudió a su consulta por un dolor de muelas.

Me quedé un minuto pensando en lo curiosa que era la vida. Si no hubiese sido por un dolor de muelas, August no habría nacido. Ni May ni June, ni la miel de la Virgen negra, y yo no estaría ahí sentada hablando con ella.

—Me gustaba mucho Richmond, pero mi corazón siempre estuvo aquí —prosiguió—. De niña, tenía muchas ganas de venir a pasar aquí los veranos, y cuando la abuela murió nos dejó toda esta propiedad a June, a May y a mí. Ya hace casi dieciocho años que estoy aquí criando abejas.

La luz del sol se reflejaba en la ventana del almacén, parpadeando de vez en cuando con el paso de las nubes. Estuvimos un rato sentadas en medio de la amarillenta calma trabajando sin hablar. Tenía miedo de que se hartase de mis preguntas. Pero, al final, no pude contenerme.

—¿Qué hacías en Virginia antes de venir aquí? —inquirí.

Me lanzó una mirada burlona que parecía insinuar que yo quería saber demasiado, pero aun así me contestó, sin dejar de pegar etiquetas.

—Estudié en una facultad de Pedagogía para negros, en Maryland. June también, pero era difícil encontrar trabajo porque no había demasiados sitios donde los negros pudieran enseñar. Así que terminé trabajando nueve años de ama de llaves. Al final, encontré un empleo de profesora de Historia y di clases durante seis años, hasta que nos trasladamos aquí.

—¿Y June?

—June —exclamó entre risas—. June jamás llevaría la casa de una familia blanca. Trabajó en una funeraria para gente de color, donde vestía y peinaba a los cadáveres.

Parecía el trabajo perfecto para ella, porque debía resultarle fácil llevarse bien con los muertos.

—May me contó que una vez June estuvo a punto de casarse.

—Es verdad. Hará unos diez años.

—Me preguntaba... —Me detuve para buscar las palabras adecuadas.

—Te preguntabas si alguna vez yo estuve a punto de casarme.

—Sí —asentí—. Supongo que sí.

—Decidí no casarme. Mi vida ya tenía bastantes limitaciones sin necesidad de que alguien esperara que me dedicara por completo a servirlo. No es que esté en contra del matrimonio, Lily. Estoy en contra de cómo está montado.

Pensé que el matrimonio no era lo único que estaba montado así. Yo me dedicaba por completo a servir a T. Ray y sólo éramos padre e hija. «Sírveme un poco de té, Lily. Límpiame los zapatos, Lily. Ve a buscar las llaves del camión, Lily.» Esperaba de todo corazón que August no estuviera diciendo que ese tipo de cosas pasaban en un matrimonio.

—¿No estuviste nunca enamorada? —quise saber.

—Estar enamorada y casarse son dos cosas distintas. Me enamoré una vez, por supuesto que sí. Nadie debería pasar por la vida sin enamorarse.

—¿Pero no lo amabas bastante para casarte con él?

—Lo amaba lo suficiente. —Me sonrió—. Pero más mi libertad.

Pegamos etiquetas hasta acabar los tarros y luego, porque sí, humedecí el dorso de una más y me la adherí en la camiseta, en el espacio que quedaba entre mis senos.

August miró el reloj y anunció que habíamos ido tan bien de tiempo que teníamos una hora antes de almorzar.

—Ven —indicó—. Iremos a patrullar a las colmenas.

Aunque había ido a vigilar a las abejas con Zach, no había vuelto a las colmenas con August desde aquella primera vez. Me puse unos pantalones largos de algodón que habían sido de June y la camisa blanca de August, a la que tuve que hacerle unos diez dobleces en las mangas. Luego, me coloqué el sombrero y dejé que el velo me tapara la cara.

Caminamos hacia el bosque que había junto a la casa rosa, con todas aquellas historias cargadas con suavidad en nuestros hombros. Podía sentir su contacto en algunos puntos, como si conformasen un chal de verdad.

—Hay algo que no entiendo —comenté.

—¿De qué se trata?

—¿Por qué, si tu color favorito es el azul, pintaste la casa de rosa?

—Eso es cosa de May —exclamó divertida—. Estaba conmigo el día que fui a la droguería a elegir el color. Yo tenía un bonito color habano en mente, pero May vio una muestra llamada Rosa del Caribe y comentó que sentía ganas de bailar flamenco. A mí me pareció el color más chabacano del mundo y que la mitad de la ciudad hablaría de nosotras, pero ya que animaba tanto a May decidí que valía la pena vivir inmersa en él.

—Todo este tiempo había creído que te gustaba el rosa —comenté.

—Hay cosas que no son tan importantes, ¿sabes, Lily? —Reía de nuevo—. Por ejemplo, el color de una casa. ¿Qué importancia tiene eso en el orden de las cosas? Pero animar a una persona... Eso sí que importa. El problema de la gente es...

—Que no sabe qué es importante y qué no lo es. —Terminé la frase por ella y me sentí orgullosa de mí misma al hacerlo.

—Iba a decir que el problema de la gente es que sabe qué es importante, pero no lo elige. ¿Sabes lo difícil que es, Lily? Quiero a May y, aun así, me costó mucho elegir el Rosa del Caribe. Optar por lo que es importante resulta la tarea más difícil del mundo.

No pude localizar una abeja solitaria por ninguna parte. Las colmenas ofrecían el aspecto de un pueblo abandonado y el calor era asfixiante. Daba la impresión de que todas las abejas estaban dentro echándose una gran siesta. Quizás el excesivo trabajo había podido con ellas.

—¿Dónde están? —pregunté.

August se llevó un dedo a los labios para indicarme que guardara silencio. Se quitó el sombrero y apoyó la mejilla en la parte superior de la colmena.

—Ven a escuchar esto —susurró.

Yo también me quité el sombrero, me lo puse bajo el brazo y pegué la cara junto a la suya, de modo que nuestras narices casi se tocaban.

—¿Lo oyes? —preguntó.

Me llegó un sonido. Un zumbido perfecto, agudo y henchido, como si alguien hubiera puesto la tetera al fuego y el agua estuviera hirviendo.

—Están refrescando las colmenas —explicó August y, al hacerlo, el aroma a menta verde de su aliento acarició mi rostro—. Es el sonido de cien mil alas de abeja abanicando el aire.

Cerró los ojos y se empapó de ello del modo en que uno se imagina a la gente en un concierto elegante embebiéndose de música elevada. Espero no pecar de retrógrada si afirmo que me sentí como si nunca hubiera oído nada que sonara tan bien en mi equipo de alta fidelidad. Hay que oírlo para creer en el tono perfecto, las partes armónicas, los cambios de volumen. Teníamos las orejas apoyadas en una caja de música gigante.

Entonces empezó a vibrarme la mejilla, como si la música se hubiese filtrado por mis poros. Vi que la piel de August palpitaba de un modo muy sutil. Cuando nos incorporamos, sentía punzadas en la cara y me picaba.

—Has escuchado el aire acondicionado de las abejas —aclaró August—. La mayoría de la gente no tiene idea de lo complicada que es la vida dentro de una colmena. Las abejas tienen una vida secreta de la que no sabemos nada.

Me encantó la idea de que las abejas tuvieran una vida secreta, como la que yo estaba viviendo.

—¿Qué otros secretos tienen? —quise saber.

—Por ejemplo, cada abeja tiene una función que desempeñar.

Y me lo explicó. Las constructoras diseñaban los panales. Le comenté que, dada la perfección de las celdillas hexagonales, debían de ser las que podían hacer cálculos mentales. August sonrió y me contestó que sí, que las constructoras tenían auténticas aptitudes para las matemáticas.

Las abejas exploradoras eran las que tenían buenas técnicas de orientación y un corazón incansable, que les servían para ir a recolectar néctar y polen. Había un grupo llamado abejas limpiadoras, cuyo lastimoso trabajo consistía en sacar a las abejas muertas de la colmena y mantenerlo todo pulcro. August me contó que las abejas nodrizas tenían un don para alimentar a todas las crías. Era probable que constituyeran el grupo más abnegado, como el de esas mujeres que en las reuniones de la iglesia te ofrecían la pechuga del pollo mientras afirmaban que a ellas les encantaba el cuello y la molleja. Los únicos machos eran los zánganos, que permanecían ociosos a la espera de aparearse con la reina.

—Y, por supuesto —explicó August—, está la reina y sus asistentes.

—¿Tiene asistentes?

—Sí, una especie de damas de honor. La alimentan, la bañan, la mantienen caliente o fresca, según sean sus necesidades. Siempre la están rodeando y preocupándose por ella. Incluso las he visto acariciarla.

August se puso de nuevo el sombrero en la cabeza.

—Supongo que yo también querría consuelo si lo único que hiciera fuera poner huevos todo el día, una semana tras otra.

—¿Eso es lo único que hace: poner huevos? —No me había parado a pensar cuál era el cometido de la reina, claro que tampoco esperaba que llevase corona y se sentara en un trono para dar órdenes reales.

—Poner huevos es lo más importante, Lily. Es la madre de todas las abejas de la colmena, y todas dependen de ella para seguir adelante. Da lo mismo cuál sea su trabajo, saben que la reina es su madre. Tiene millares de hijos.

Era la madre de millares de abejas.

Me puse el sombrero cuando August levantó el témpano que cubría la colmena. El modo en que salieron las abejas, que surgieron de repente formando espirales de caos y ruido, me hizo dar un brinco.

—No te muevas ni un centímetro —ordenó August—. Recuerda lo que te dije: no tengas miedo.

Una abeja voló directa hacia mi frente, chocó con el velo y me golpeó la piel.

—Eso ha sido un pequeño aviso —indicó August—. Cuando te golpean la frente te están diciendo que te están vigilando y que tendrás que ir con cuidado. Transmíteles amor y todo irá bien.

«Os amo, os amo —repetía en silencio—. Os amo.»

Intenté decirlo de treinta y dos formas distintas.

August sacó los cuadros de cría sin ni siquiera llevar puestos los guantes. Mientras trabajaba, las abejas volaban a nuestro alrededor cada vez más rápido, hasta que provocaron un ligero viento que acarició nuestros rostros. Me acordé entonces del modo en que las abejas habían atravesado las paredes de mi habitación y me habían situado en el centro de un remolino.

Observé las distintas sombras en el suelo. El grupo de abejas. Yo, quieta como una estaca. August, inclinada sobre la colmena para examinar los cuadros, a la búsqueda de la cera acumulada en el panal, mientras la medialuna de su sombrero oscilaba.

Las abejas empezaron a posarse en mis hombros como los pájaros hacen en los cables telefónicos. Ocuparon mis brazos y me cubrieron el velo, dificultándome la visión.

«Os amo. Os amo.»

Me cubrieron el pecho, se arrellanaron entre las vueltas de mis pantalones.

Se me aceleró la respiración y sentí que algo se enroscaba alrededor de mi corazón, oprimiéndolo más y más, hasta que, de pronto, como si alguien hubiese desconectado el interruptor del pánico, me sentí relajada. Mi mente se calmó de un modo extraño; parecía que una parte de mí se hubiese separado de mi cuerpo y estuviera sentada en la rama de un árbol contemplando el espectáculo desde una distancia segura. El resto de mi ser bailaba con las abejas. No me movía un ápice pero, en mi imaginación, daba vueltas en el aire con ellas. Acababa de unirme a la conga de las abejas.

Me olvidé de dónde estaba. Con los ojos cerrados, levanté despacio los brazos y los ondeé entre las abejas hasta que, por fin, los tuve abiertos en cruz, en un lugar medio soñado que no había visto antes. Mi cabeza se inclinó hacia atrás y la boca se me abrió. Flotaba en alguna parte, en algún sitio que debía de estar más allá de la vida. Me sentí como si acabara de masticar un trozo de corteza del fresno espinoso de Rosaleen y me hubiese mareado.

Perdida en medio de las abejas, me encontré sumida en un campo de tréboles encantados que me volvían inmune a todo, como si

August me hubiese rociado también a mí con el ahumador y aquello me hubiera calmado hasta el punto en que lo único que podía hacer era extender los brazos y balancearme de un lado a otro.

Entonces, sin aviso ninguno, la inmunidad se acabó y noté que el espacio hundido, el hueco que había entre mi ombligo y mi esternón, empezaba a dolerme. Era el lugar sin madre. Logré verla en el vestidor, la ventana atascada, la maleta en el suelo. Oí los gritos y, después, la detonación. Casi me doblé. Bajé los brazos, pero no abrí los ojos. ¿Cómo iba a vivir el resto de mi vida sabiendo todo aquello? ¿Qué podría hacer que fuera lo bastante bueno para alejarlo de mí? ¿Por qué no podíamos volver atrás y reparar el daño que una vez hicimos?

Acto seguido, recordé las plagas que Dios había querido enviar al principio de su trayectoria, concebidas para hacer que el faraón cambiara de idea y dejara que Moisés se llevara a su pueblo de Egipto.

—Dejad que mi pueblo se vaya —exclamaba Moisés.

He visto la plaga de langostas en las películas. El cielo se llenaba de montones de insectos que parecían aviones kamikazes en lugar de langostas. En mi habitación de la granja de melocotones, la primera noche que habían aparecido las abejas, había imaginado que eran una plaga que Dios enviaba a T. Ray para ordenarle que dejara ir a su hija. Puede que, en realidad, hubiera sido exactamente eso: una plaga que me había liberado.

Pero allí en el colmenar, rodeada de abejas por todas partes y con aquel punzante dolor en el lugar sin madre, sabía que éstas no eran ninguna plaga. Me sentí como si las asistentes de la reina estuvieran presentes y, en un arrebato amoroso, me acariciaran en millares de sitios.

—Mirad quien está aquí —coreaban—. Es Lily. Está tan cansada y perdida... Venid, hermanas abejas.

Yo era el estambre en el centro de una flor a cuyo alrededor revoloteaban. El centro de todo su consuelo.

—Lily... Lily. —Mi nombre me llegó desde la distancia—. ¡Lily!

Abrí los ojos. August me miraba a través de las gafas. Las abejas se habían sacudido el polen de las patas y empezaban a volver a la colmena. Veía algunas partículas suspendidas en el aire.

155

—¿Estás bien? —preguntó August.

Asentí. ¿Lo estaba? Lo cierto es que no lo sabía.

—Tú y yo tenemos que hablar. Lo sabes, ¿verdad? Y esta vez no sobre mí. Sobre ti.

Me hubiera gustado poder hacer como las abejas y golpearle la frente con un dedo a modo de advertencia.

«Te estoy vigilando. Ten cuidado. No sigas.»

—Supongo —contesté.

—¿Qué te parece ahora?

—Ahora no.

—Pero Lily...

—Me muero de hambre —aseveré—. Creo que volveré a la casa a ver si el almuerzo ya está preparado.

No esperé a que hablara. Mientras me encaminaba hacia la casa rosa, casi podía ver el final del camino. Me toqué la camiseta justo donde me había pegado la etiqueta de la Virgen negra. Estaba empezando a soltarse.

Toda la casa olía a quingombó frito. Rosaleen estaba poniendo la mesa en la cocina mientras May hundía los dedos en la gelatina de la sartén para sacar las semillas marrón dorado. No sabía por qué habían preparado quingombó, cuando casi siempre almorzábamos bocadillos de embutido.

May no había tenido un acceso de llanto desde que June había tenido el arrebato de lanzar tomates, de modo que todos conteníamos el aliento. Después de tanto tiempo, me preocupaba que quizás un simple quingombó chamuscado pudiera trastornarla.

Comenté que tenía hambre y Rosaleen me indicó que me contuviera. Tenía el labio inferior abultado con tabaco Red Rose. El olor la seguía por la cocina como si lo llevara atado con correa. Era una mezcla de pimienta de Jamaica, tierra fresca y hojas putrefactas. Entre el quingombó y el tabaco era imposible respirar bien. Rosaleen cruzó el porche posterior, se asomó a la puerta y escupió un chorrito hacia las hortensias.

Nadie escupía como Rosaleen. Había tenido fantasías en las

que ganaba cien dólares en un concurso de escupitajos y las dos nos íbamos a un bonito hotel en Atlanta y pedíamos cosas al servicio de habitaciones con el dinero del premio. Siempre había sido uno de mis mayores deseos hospedarme en un hotel, pero en ese momento, si me hubieran ofrecido elegir un hotel de lujo con piscinas de agua climatizada y televisor en las habitaciones, lo habría rechazado para seguir en la casa rosa.

Sin embargo, había habido algunas veces, justo después de despertarme, en que, al pensar en mi antigua casa, la había echado de menos durante uno o dos segundos, antes de recordar los malos momentos, cuando estaba de rodillas en la cocina con el maíz a medio moler lacerando mis piernas o cuando trataba de esquivar, sin conseguirlo, el mal humor de T. Ray. Recordaba las ocasiones en que la emprendía conmigo gritando: «Es la H. Es la H.» El peor bofetón que recibí me lo llevé el día que lo interrumpí para preguntarle a qué correspondía la H. Una rápida incursión en los recuerdos y la sensación de añoranza de la antigua casa se acababa de inmediato. Prefería la rosa de ahora, sin la menor duda.

Zach entró en la cocina detrás de August.

—Vaya, vaya. Quingombó y chuletas de cerdo para almorzar. ¿Qué pasa? —preguntó August a May.

May se acercó con sigilo a ella y le susurró:

—Hace cinco días que no voy al muro.

Y pude ver lo orgullosa que estaba de ello, quería creer que sus días de llanto histérico habían terminado, que aquel almuerzo con quingombó era una celebración.

—Cinco días. —August sonrió—. ¿De veras? Caramba, esto hay que celebrarlo —aseguró. Y May lució una sonrisa radiante.

Zach se dejó caer en una silla.

—¿Terminaste de repartir la miel? —le preguntó August.

—En todas partes salvo en el bufete del señor Clayton —contestó. Toqueteaba todo lo que tenía a la vista. Primero, el salvamanteles; después, un hilo suelto de su camisa. Como si estuviera a punto de explotar de ganas de decir algo.

—¿Te pasa algo? —inquirió August, tras observarlo un momento.

—No os creeréis lo que comenta la gente en la ciudad —exclamó por fin—. Aseguran que Jack Palance vendrá a Tiburon este fin de semana y que lo acompañará una mujer de color.

Todas dejamos lo que estábamos haciendo y nos miramos unas a otras.

—¿Quién es Jack Palance? —preguntó Rosaleen. A pesar de que todavía no habíamos empezado a almorzar había mordido una chuleta de cerdo y la estaba masticando, de modo que habló con la boca llena. Procuré captar su atención y me señalé la boca cerrada, con la esperanza de que comprendiera el mensaje.

—Es una estrella de cine —contestó Zach.

—Menuda tontería —se mofó June—. ¿Qué iba a hacer una estrella de cine en Tiburon?

—Dicen que su hermana vive aquí y que va a venir a visitarla —explicó Zach mientras se encogía de hombros—. Y que piensa llevar a esa mujer de color al cine el viernes. No al gallinero, sino abajo, a la sección de los blancos.

August se volvió hacia May.

—¿Por qué no vas al huerto a buscar unos tomates para el almuerzo? —pidió, y aguardó a que May saliese. Supe que tenía miedo de que el hecho de que Jack Palance intentara eliminar la segregación en el cine fuera a arruinar la celebración con quingombó de May—. ¿Está la gente revuelta por eso? —preguntó a Zach. Había un destello de gravedad en sus ojos.

—Sí —contestó éste—. En la ferretería de Garret, unos hombres blancos hablaban de montar guardia frente al cine.

—Dios mío, ya empezamos —soltó Rosaleen.

June resopló y August sacudió la cabeza. Por primera vez en la vida, me percaté de la importancia que el mundo había concedido al color de la piel, de cómo últimamente parecía que aquella cuestión era el Sol y todo lo demás en el Universo no eran sino planetas que giraban a su alrededor. Desde que había acabado las clases aquel verano, sólo se hablaba del color de la piel. Estaba harta.

En Sylvan había corrido un rumor a principios de verano sobre un autobús lleno de gente que llegaría de la ciudad de Nueva York para acabar con la segregación en la piscina municipal. Entonces cundió el pánico. Toda la ciudad estaba en estado de emergencia, pues nada conmociona más a un sureño que ver llegar a gente del norte para decidir su estilo de vida. Después de aquello, se había producido el incidente con los hombres de la gasolinera Esso. En mi opinión, mejor habría sido que Dios nos borrase del todo el color de la piel.

Cuando May entró por el porche trasero, August indicó:

—Vamos a disfrutar del almuerzo.

Y eso significaba que Jack Palance no era tema de conversación para la comida.

May dejó tres tomates grandes en la mesa y, mientras ella y Rosaleen los cortaban, August fue al salón y puso música de Nat King Cole en el tocadiscos: un aparato tan viejo que los discos ni siquiera se pinchaban de forma automática. Le encantaba Nat King Cole, así que subió el volumen y regresó a la cocina con el ceño fruncido, tal como hace la gente cuando muerde algo y le sabe tan delicioso que da la impresión de que le duele. June arrugó la nariz. A ella sólo le gustaba Beethoven y todo ese grupo. Se fue directa a bajar el volumen.

—No puedo pensar —protestó.

—¿Sabes qué? —le replicó August—. Piensas demasiado. Te iría muy bien dejar de pensar y hacer caso a tus sentimientos de tarde en tarde.

June concluyó que almorzaría en la habitación, gracias.

Supongo que mejor para mí, porque mientras miraba cómo May y Rosaleen cortaban los tomates iba ensayando que habría de decirle: «¿Querrás tomate, June? ¿Verdad que son ricos?» Ahora, por lo menos, podría ahorrarme aquello.

Comimos hasta la saciedad, que es como la gente de Carolina del Sur lo hace en las reuniones familiares. Zach se levantó de la mesa y comentó que se marchaba al bufete de Clayton Forrest para dejarle unos tarros de miel.

—¿Puedo ir? —pregunté.

August derramó el té, algo nada corriente en ella. Esa clase de cosas no iban con August. Con May, sí, desde luego, pero no con August. El té se deslizó por la mesa en dirección al suelo. Pensé que aquella pequeña tragedia activaría el llanto de May. Pero se limitó a levantarse, tarareando *Oh, Susana* sin ninguna urgencia real, para buscar un trapo de cocina.

—No sé, Lily —contestó August.

—Por favor. —Lo único que quería era pasar algo de tiempo con Zach y ampliar mi mundo con la visita al bufete de un abogado de verdad.

—Está bien, de acuerdo —accedió.

El bufete se encontraba a una manzana de la calle Main, por donde Rosaleen y yo habíamos entrado en la ciudad un domingo, hacía más de tres semanas. No se correspondía con la idea que yo tenía de un despacho de abogados, pues no era sino una casa grande, blanca y con las persianas negras, y un porche a su alrededor con varias mecedoras, que debían de ser para que la gente se dejara caer en ellas de alivio después de haber ganado su caso. Un cartel en el jardín indicaba: «Clayton Forrest, abogado.»

Su secretaria era una mujer blanca que parecía tener ochenta años.

Cuando entramos, estaba sentada detrás de una mesa en la zona de recepción y se pintaba los labios de rojo. Llevaba hecha la permanente y sus cabellos tenían un ligero tono azulado.

—Buenas tardes, señorita Lacy —saludó Zach—. Traigo más miel.

Devolvió la barra de labios al interior del tubo con un aspecto algo irritado.

—Más miel —repitió sacudiendo la cabeza. Soltó un suspiro exagerado y alargó la mano hacia un cajón—. Aquí tienes el dinero del último lote. —Dejó caer un sobre en la mesa.

Entonces me miró.

—Tú eres nueva —comentó.

—Me llamo Lily —exclamé.

—Se aloja en casa de August —apostilló Zach.

—¿Estás viviendo en su casa? —No cabía duda de que estaba sorprendida.

Quería decirle que el carmín se le estaba corriendo hacia las arrugas que le rodeaban los labios.

—Sí, señora. Vivo allí.

—Vaya, que me aspen —exclamó. Agarró el bolso y se levantó—. Tengo hora en el dentista. Dejad los tarros aquí, sobre la mesa.

La imaginé susurrando la noticia a todas las personas de la sala de espera que habían ido a hacerse un empaste: «Una chica blanca, Lily, vive con las hermanas Boatwright, de color. ¿No le parece extraño?»

Cuando se fue, el señor Forrest salió de su oficina. Lo primero que me llamó la atención de él fueron sus tirantes rojos. Jamás había visto que los llevase una persona delgada, pero le quedaban bien, pues hacían juego con la pajarita roja de su cuello. Tenía las cejas pobladas, arqueadas sobre sus ojos azules, y unas arrugas de sonreír en el rostro que reflejaban que era una buena persona. Tan buena que, al parecer, no era capaz de deshacerse de la señorita Lacy.

Me miró.

—¿Y quién es esta jovencita tan bonita?

—Lily... —Era incapaz de recordar qué apellido estaba usando entonces. Creo que fue porque se había referido a mí como bonita, lo que me había impresionado—. Llámeme Lily —solté con despreocupación, poniendo un pie detrás del otro—. Me alojaré en casa de August hasta que me vaya a Virginia para vivir con mi tía.

Por un momento temí que, siendo abogado, me conminara a someterme al detector de mentiras.

—Qué bien. August es muy buena amiga mía —comentó—. Espero que estés disfrutando tu estancia.

—Sí, señor. Mucho.

—¿En qué caso está trabajando? —preguntó Zach, mientras se metía el sobre con el dinero de la miel en el bolsillo y dejaba la caja de tarros en la mesa auxiliar que había junto a la ventana. Llevaba enmarcada la indicación: «Miel a la venta.»

—Nada especial. Escrituras y testamentos. Pero tengo algo para ti. Ven a mi oficina y te lo enseñaré.

—Me esperaré aquí y pondré bien la miel. —No me gustaba

importunar, pero, más que nada, lo que ocurría es que me sentía muy incómoda cerca de él.

—¿Estás segura? Tú también puedes venir, si quieres.

—Segura. Prefiero quedarme aquí.

Desaparecieron por el pasillo. Oí el ruido de una puerta al cerrarse. El claxon de un coche en la calle. El ruido del aire acondicionado en la ventana, que goteaba agua en un comedero de perro que había en el suelo. Puse los tarros en forma de pirámide. Siete debajo, cuatro en medio y uno arriba, pero no me gustó aquella forma, así que la deshice y los dispuse en simples filas.

Me acerqué a los cuadros que cubrían toda la pared y los examiné. El primero era un diploma de la Universidad de Carolina del Sur y también había otro de la Duke University. Después, había una fotografía del señor Forrest con gafas de sol en un barco, sujetando un pescado de mi tamaño más o menos. A continuación, se veía al señor Forrest saludando a Bobby Kennedy. Por último, estaba la foto del señor Forrest y una niña menuda y rubia en el mar, tomados de la mano. Ella saltaba sobre una ola y la espuma formaba un abanico azul detrás, como si luciera una cola de pavo real de agua. Él la ayudaba, levantándola con una mano, y le sonreía. Seguro que sabía cuál era su color favorito, qué merendaba, todo lo que le gustaba.

Me senté en uno de los dos sofás rojos que había en la habitación. Williams. Por fin había recordado mi apellido inventado. Conté las macetas de la sala. Cuatro. Las tablas del suelo desde la mesa hasta la puerta principal. Quince. Cerré los ojos y me imaginé el mar con el color de la plata recién bruñida y su espuma blanca, y luz por todas partes. Me vi a mí misma saltando una ola. T. Ray me sujetaba la mano y me ayudaba a levantarme del suelo. Tuve que concentrarme mucho para lograrlo. Treinta y dos formas distintas para decir «amor».

¿Acaso era tan descabellado esperar que él pudiera dedicarme una de ellas, aunque fuera la reservada a las cosas menos importantes? ¿Tan imposible era que T. Ray supiera que me gustaba el color azul? ¿Y si estaba en casa extrañándome, lamentando no haberme querido más?

El teléfono de la señorita Lacy estaba allí, en la mesa. Levanté el auricular y marqué el cero para acceder a la operadora.

—Quiero hacer una llamada a cobro revertido —le indiqué, y le di el número. Casi más deprisa de lo que habría creído, oí sonar el teléfono de mi casa. Miré la puerta cerrada al otro lado del pasillo y conté los timbres. Tres, cuatro, cinco, seis.

—¿Diga? —Al oír su voz, se me hizo un nudo en la garganta. No estaba preparada y me flaquearon las rodillas. Tuve que sentarme, desmadejada, en la silla de la señorita Lacy.

—Tengo una llamada a cobro revertido de Lily Owens —comentó la operadora—. ¿Acepta el cargo?

—Ya lo creo que lo acepto —exclamó y, acto seguido, sin esperar a que yo pudiera decir ni pío, bramó—: ¿Dónde demonios estás, Lily?

Tuve que separarme el teléfono de la oreja por miedo a que me rompiera el tímpano.

—Siento haber tenido que irme, T. Ray, pero...

—Dime dónde estás ahora mismo, ¿me oyes? ¿Tienes idea del lío en que te has metido? Sacar a Rosaleen del hospital. Joder, ¿en qué estabas pensando?

—Sólo fui...

—Té diré lo que fuiste. Fuiste una maldita idiota que buscaba problemas y los encontró. Por tu culpa no puedo caminar por la calle en Sylvan sin que la gente se me quede mirando. He tenido que dejarlo todo para buscarte por todas partes y, mientras tanto, los melocotones se han ido al carajo.

—Bueno, deja ya de gritar, ¿quieres? Acabo de decir que lo siento.

—Tus disculpas no valen un montón de melocotones, Lily. Te juro que...

—Te llamé porque quería preguntarte algo.

—¿Dónde estás? Responde.

Apreté el brazo de la silla hasta que me dolieron los nudillos.

—Quería preguntarte si sabes cuál es mi color favorito.

—Dios mío. ¿De qué estás hablando? Dime dónde estás.

—Te he preguntado si sabes cuál es mi color favorito.

—Sé una cosa, y es que voy a encontrarte, Lily. Y, cuando lo haga, te voy a dejar el trasero hecho trizas.

Devolví el auricular al soporte y regresé al sofá. Bajo el brillo de la tarde, observé el dobladillo de luz que se formaba bajo las persianas venecianas.

«No llores —me dije—. No te atrevas a llorar. ¿Y qué si no sabe cuál es tu color favorito? ¿Y qué?»

Zach volvió con un libro grande color arcilla que parecía medio mohoso de viejo que era.

—Mira qué me ha regalado el señor Clayton —comentó, y lo mostró con tanto orgullo, que parecía una madre enseñando a su bebé de tres kilos tras dar a luz.

Le dio la vuelta para que pudiera leer el lomo: «Actas de los procesos legales de Carolina del Sur, 1889.» Zach pasó la mano por la cubierta y unas motitas cayeron al suelo.

—Estoy empezando mi biblioteca de Derecho.

—Eso está muy bien —exclamé.

El señor Forrest se acercó tanto a mí y me observó con tanta intensidad que pensé que necesitaba limpiarme la nariz.

—Zach afirma que eres del condado de Spartanburg y que tus padres están muertos.

—Sí, señor. —No me apetecía subir al estrado allí mismo, en su bufete, y que me disparara preguntas de abogado. Una hora después, Rosaleen y yo podríamos estar de camino a la cárcel.

—¿Qué te trajo...?

—Tengo que volver a casa. —Me puse la mano en el vientre—. Tengo un problema de mujeres.

Intenté mostrarme muy femenina y misteriosa, ligeramente afectada por cuestiones internas que ellos no podían ni querían imaginar. Durante casi un año había comprobado que pronunciar las palabras «problema de mujeres» podía darme acceso a lugares a los que quería ir y sacarme de sitios en los que no quería estar.

—Oh —soltó Zach—. Vámonos.

—Encantada de haberle conocido, señor Forrest —comenté,

sin soltarme la barriga. Esbocé una ligera mueca de dolor y me dirigí despacio hacia la puerta.

—Lily... —Oí su voz a mis espaldas—. El placer ha sido mío, créeme.

Imagino que no soy la única que en ocasiones escribe cartas que sabe que nunca enviará por correo pero que, de todos modos, necesita escribir. Aquel día, de vuelta en mi habitación del almacén, escribí una carta a T. Ray. Rompí la punta de tres lápices antes de acabarla, de modo que parecía que había plasmado las palabras en el papel con hierros de marcar.

Querido T. Ray,
Estoy harta de que me grites. No soy sorda. Sólo soy estúpida por haberte llamado.
Si te torturaran los marcianos y lo único que pudiera salvarte fuera decirles cuál es mi color favorito, morirías en el acto. ¿En qué estaría yo pensando? Me hubiera bastado recordar la tarjeta del Día del Padre que te hice cuando tenía nueve años y todavía tenía la esperanza de que me quisieras. ¿La recuerdas? No, claro que no. Yo sí, porque me maté por prepararla. Nunca te expliqué que estuve despierta media noche para buscar en el diccionario palabras que combinasen con las letras de «papá». Aunque no te interese saberlo, me dio la idea la señora Poole, que nos hizo hacer lo mismo en catequesis con la palabra «don»: Dios, Otros, Nosotros. Afirmó que ése era el orden correcto de la vida y que, si lo seguías, recibirías un don. Lo cierto es que yo lo intenté, aunque sin éxito; pero todavía espero recibirlo. Así que aquel ejercicio sólo me sirvió para darme la idea de tu tarjeta. Pensé que si te deletreaba el significado de la palabra «papá», te resultaría útil y que comprenderías que yo apreciaría que probaras aquellas cosas. Usé palabras como «paciencia» y «amoroso».
Esperaba que la pondrías sobre tu cómoda, pero al día siguiente vi que estaba en la mesita del teléfono y que habías pe-

lado encima de ella un melocotón, cuya piel y corazón seguían pegados al papel. Siempre quise decirte que eso fue perverso.

P - PERVERSO

A - ABYECTO

P - PÉSIMO PADRE

Á - AMARGURA

Escribir esto no forma parte de la filosofía «Dios, Otros, Nosotros», pero decirte estas cosas en la cara por fin me proporciona un don: el de la felicidad.

Besos,

LILY

P.D. No creo ni por un segundo que mi madre me abandonara.

Volví a leer la carta, y luego la rompí en mil pedazos. Sentí que el alivio me invadía todo el cuerpo, pero era mentira que me hubiera proporcionado el don de la felicidad. Me dieron ganas de escribir otra carta, que no enviaría, para pedirle perdón.

Esa noche, mientras la casa rosa estaba profundamente dormida, entré sigilosa para ir al cuarto de baño. Nunca me preocupó andar a esas horas por la casa porque August dejaba un rastro de luces encendidas desde la cocina hasta el baño.

Iba descalza y había recogido el rocío de la noche con los pies. Sentada en el retrete, mientras procuraba orinar sin hacer ruido, vi que tenía pétalos de árbol de Júpiter entre los dedos de los pies. Los ronquidos de Rosaleen me llegaban a través del techo. Siempre es un alivio vaciar la vejiga. Rosaleen aseguraba que era mejor que el sexo. Pero, por bien que aquello me hiciera sentir, esperaba de todo corazón que estuviera equivocada.

Cuando salí del aseo, me dirigí a la cocina, pero algo hizo que me diese la vuelta y que avanzase en dirección opuesta, hacia el salón. Al entrar, oí un suspiro profundo, de satisfacción, y, por un momento, no me di cuenta de que procedía de mis propios pulmones.

La vela del recipiente de cristal rojo que había junto a la estatua de la Virgen seguía ardiendo con el aspecto de un corazoncito rojo en una cueva oscura que lanzaba su luz palpitante al mundo. August la mantenía encendida día y noche. Me recordaba la llama eterna que habían puesto en la tumba de John F. Kennedy y nunca se apagaba, pasara lo que pasara.

Nuestra Señora de las Cadenas parecía muy distinta por la noche: su cara, más vieja y oscura, y el puño mayor de lo que recordaba. Me hubiera gustado saber todos los lugares a los que había viajado por esos mares del mundo, todas las cosas tristes que le habían susurrado, las cosas que había tenido que soportar.

A veces, después de haber rezado con las cuentas, no recordaba cómo santiguarme bien y me confundía, como cabría esperar de cualquier persona educada en la religión baptista. Siempre que eso ocurría, me llevaba la mano al corazón como hacíamos en el colegio para cantar el himno de Estados Unidos. Me parecía que una cosa era tan buena como la otra. Y eso fue lo que ocurrió entonces: mi mano se posó sobre mi corazón y se quedó allí.

Pedí a la Virgen que me orientara, que me ayudara a saber qué hacer. Y que me perdonara. Le pregunté si mi madre estaba bien allí, con Dios. Le rogué que no nos encontraran y que, si lo hacían, que no permitiera que me llevaran a casa ni que mataran a Rosaleen. Le pedí que June me amara. Que T. Ray me amara. Que me ayudara a dejar de mentir. Que hiciera del mundo un sitio mejor. Que eliminara la maldad del corazón de la gente.

Me acerqué tanto que vi su corazón. Imaginé que oía a las abejas aletear en la oscura caja de música. Vi que August y yo teníamos las orejas apoyadas en la colmena. Recordé su voz la primera vez que me contó la historia de Nuestra Señora de las Cadenas. Les enviaba la salvación. Les enviaba consuelo. Les enviaba la libertad.

Alargué la mano y seguí el contorno del corazón de la Virgen negra con el dedo.

Allí parada, con los pétalos entre los dedos de los pies, oprimí la palma de la mano con fuerza sobre su corazón.

—Vivo en una oscura colmena y tú eres mi madre —le dije—. Eres la madre de millares.

9

Toda la estructura de la sociedad de las abejas se basa en la comunicación, en una habilidad innata para enviar y recibir mensajes, para codificar y descodificar información.

The Honey Bee

El 28 de julio era un día para los libros de récords. Al volver la vista atrás, lo que recuerdo es gente que baja por las cataratas del Niágara metida en toneles. Desde que lo oí, intenté imaginarme a una persona acurrucada en uno de ellos, balanceándose tranquilamente como un patito de goma en la bañera de un niño, pero, de repente, el agua se embravecía y zangoloteaba el tonel, mientras su bramido crecía a lo lejos. Sabía que estaban ahí metidos diciendo: «Mierda, ¿en qué estaría yo pensando?»

A las ocho de la mañana eran veinte, con el ambicioso plan de alcanzar los treinta antes de mediodía. Me desperté cuando August me zarandeó el hombro. Aseguró que iba a hacer mucho calor y me pidió que me levantara porque teníamos que regar las abejas.

Subí en el camión de la miel sin peinarme siquiera. May me dio una tostada con mantequilla y zumo de naranja por la ventanilla, mientras Rosaleen metía en la cabina termos con agua. Tuvieron que apresurar el paso junto al camión, pues August ya empezaba a bajar por el camino de entrada. Me sentí como la Cruz Roja poniéndose en marcha para salvar el reino de las abejas.

August había colocado litros de agua azucarada ya preparada en la parte trasera del camión.

—Cuando pasa de los treinta grados, las flores se marchitan y las abejas no encuentran alimento —me explicó—. Se quedan en las colmenas abanicándose, pero a veces se asan.

También yo sentía que nosotras podríamos asarnos vivas. Era imposible tocar el tirador de la puerta por miedo a sufrir una quemadura de tercer grado. El sudor me bajaba entre los senos y me empapaba la cinturilla de la ropa interior. August conectó la radio para saber qué tiempo haría, pero lo que escuchamos fue que el *Ranger VII* había llegado por fin a la superficie de la Luna en un lugar llamado el Mar de las Nubes, que la policía buscaba los cadáveres de los tres activistas por los derechos civiles muertos en Misisipí y las cosas terribles que habían sucedido en el golfo de Tonkín. Al final, oímos lo que ocurría «más cerca de casa»: las personas de raza negra de Tiburon, Florence y Orangeburg caminarían hasta Columbia para pedir al gobernador que se cumpliera la Ley de derechos civiles.

August apagó la radio. Ya teníamos suficiente. Uno no puede arreglar todo el mundo.

—Ya he regado las colmenas cerca de la casa —comentó—. Zach se está encargando de las que se encuentran en el lado este del condado. Así que ahora tú y yo nos dedicaremos al lado oeste.

Rescatar abejas nos llevó toda la mañana. Condujimos hacia rincones remotos del bosque, donde apenas había carreteras y llegamos a veinticinco colmenas dispuestas sobre tablillas que parecían formar una pequeña ciudad perdida. Levantamos los témpanos y llenamos los alimentadores de agua azucarada. Como antes nos habíamos metido azúcar en los bolsillos, también les pusimos un extra de dulzor espolvoreado en los bordes.

Iba a colocar la tapa en una colmena, cuando una abeja me picó en la muñeca. August me extrajo el aguijón.

—Les estaba transmitiendo amor —comenté, sintiéndome traicionada.

—El calor hace que las abejas no se encuentren bien; da lo mismo cuánto amor les transmitas —explicó August.

Se sacó una botellita con aceite de oliva y polen de abeja del bolsillo y me frotó la piel. Era su remedio patentado, algo que había esperado no tener que probar nunca.

—Considérate iniciada —exclamó—. No puedes ser una auténtica apicultora sin que te haya picado alguna abeja.

«Una auténtica apicultora.» Las palabras me llenaron, y en ese momento una bandada de mirlos se elevó del suelo en un claro a poca distancia y cubrió todo el cielo.

«No dejaré nunca de asombrarme —me dije—. Añadiré ésta a mi lista de profesiones: escritora, profesora de inglés y apicultora.»

—¿Crees que podré criar abejas algún día? —pregunté.

—¿No me dijiste la semana pasada que una de las cosas que te gustaban era las abejas y la miel? —contestó August—. Pues, en ese caso, serás una buena apicultora. De hecho, aunque no hagas bien algo, Lily, lo importante es que te guste hacerlo.

El dolor de la picada irradió hasta mi codo y me asombró el enorme castigo que es capaz de infligir un animal tan pequeño. Me enorgullece bastante añadir que no me quejé. De todos modos, cuando ya te han picado, no puedes cambiar la situación por mucho que lloriquees. Así que me dediqué de nuevo a salvar abejas.

Cuando hubimos regado todas las colmenas de Tiburon y rociado azúcar suficiente como para que un ser humano ganara veinte kilos, volvimos a casa, acaloradas, hambrientas y casi ahogadas en nuestro propio sudor.

Al subir por el camino de entrada, nos encontramos a Rosaleen y a May sorbiendo té en el porche trasero. May nos informó de que nos había dejado el almuerzo en la nevera: bocadillos fríos de chuleta de cerdo y ensalada. Mientras comíamos, oímos el violonchelo de June: tocaba en su habitación una lúgubre melodía.

Nos tragamos hasta el último bocado sin hablar y, acto seguido, nos separamos de la mesa. Nos preguntábamos cómo hacer para que nuestros agotados cuerpos recuperasen la posición vertical cuando nos llegaron del exterior unos gritos y risas que recordaban el recreo de un colegio. August y yo nos dirigimos cansinas al porche para averiguar qué pasaba. Fuera, May y Rosaleen corrían bajo el agua del aspersor, descalzas pero totalmente vestidas. Se habían vuelto locas.

Rosaleen tenía el vestido empapado y adherido al cuerpo, y May recogía el agua en el enfaldo de su vestido y se la lanzaba a la cara. La luz del sol se reflejaba en las trenzas de sus cabellos y las iluminaba.

—Esto es el fin del mundo —exclamó August.

Cuando salimos, Rosaleen agarró el aspersor y lo enfocó hacia nosotras.

—Salid aquí y os mojareis —nos gritó.

Y, ¡chof!, un chorro de agua fría nos golpeó de lleno en el pecho.

Rosaleen colocó el aspersor del revés y llenó con agua el regazo del vestido de May.

—Salid aquí y os mojareis —repitió May, como el eco de Rosaleen, y nos persiguió para lanzarnos el agua a la espalda.

He de reconocer que ninguna de las dos se quejó demasiado y que, al final, nos quedamos en el jardín y dejamos que dos negras locas nos empaparan.

Las cuatro nos convertimos en ninfas de agua y bailamos alrededor del aspersor como se supone que hacían los indios cuando describían círculos en torno a hogueras resplandecientes. Algunas ardillas y reyezuelos se acercaron con cautela para beber de los charcos, y creo haber visto que hasta las briznas de hierba seca se erguían y reverdecían.

Entonces, la puerta del porche se abrió de golpe y salió June. Estaba fuera de sí. Yo debí de haberme emborrachado de agua, de aire y de baile porque recogí el aspersor y exclamé:

—Sal aquí y te mojarás.

Y dicho esto, la regué.

—Maldición —empezó a gritar. Sabía que la cosa iba mal pero no podía detenerme. Me veía a mí misma como un bombero y a June, como un fuego que sofocar.

Me arrancó el aspersor de las manos y lo volvió hacia mí. Parte del agua me subió por la nariz y me la irritó. Traté de arrebatárselo y, en el forcejeo, acabamos mojándonos de arriba abajo. Estábamos de rodillas, luchando por él, un géiser que oscilaba entre las dos. June tenía los ojos fijos en mí, grandes y brillantes, debido a las diminutas gotas de agua que había en sus pestañas. Oí que May empezaba a tararear «Oh, Susana, no llores más por mí». Reí para que supiera que no pasaba nada, pero me negué a soltar el aspersor. No iba a dejar que June Boatwright ganara.

—Dicen que si riegas con una manguera a dos perros que se pelean, se separan —comentó Rosaleen—. Pero supongo que no es siempre así.

August rió y vi que la expresión de los ojos de June era ahora más suave. Se esforzaba por no reírse, pero era como el niño holandés que tapona el agujero del dique con un dedo: en cuanto la ira desapareció de su mirada, se derrumbó entera. Casi pude ver cómo se golpeaba interiormente la frente al pensar: «Estoy peleando con una niña de catorce años por un aspersor; es ridículo.»

Se soltó y se echó de espaldas en la hierba. La risa la poseía. Yo me dejé caer a su lado y comencé a reír también. No podíamos parar. No sabía muy bien de qué nos estábamos riendo, pero me alegraba el hecho de que lo hiciéramos juntas.

—¡Dios mío! —exclamó June cuando nos levantamos—. Estoy aturdida, como si alguien me hubiera quitado los tapones de los pies y me hubiese vaciado.

Rosaleen, May y August habían vuelto a sus funciones de ninfas de agua. Yo bajé la mirada al suelo y vi que allí donde nuestros cuerpos habían yacido uno junto al otro la hierba mojada y aplastada formaba unas depresiones perfectas. Las pisé con mucho cuidado y, al ver con qué suavidad lo hacía, June también las pisó y, para mi sorpresa, me abrazó. June Boatwright me abrazó, mientras nuestras ropas emitían chasquidos dulces y acuosos por todo nuestro cuerpo.

Cuando en Carolina del Sur el calor supera los cuarenta grados, tienes que acostarte: es poco menos que una obligación. Hay quien lo considera una conducta perezosa pero, en realidad, cuando estamos echados para huir del calor dedicamos el tiempo a revisar nuevas ideas, nos preguntamos cuál es el verdadero propósito de la vida y solemos dejar que nos ocupen la mente cuestiones que precisan nuestra atención. En sexto, uno de mis compañeros de clase tenía una placa metálica en la cabeza y siempre se quejaba de que aquello le impedía dar con las respuestas de los exámenes. La profesora jamás lo creyó. Aunque, en cierto sentido, el chico tenía razón, pues él y todos los seres humanos del mundo tenemos una placa metálica en la cabeza. Pero si de vez en cuando te acuestas y permaneces en completo reposo, una especie de puerta de ascensor se abre en ella y permite que entren todos los pensamientos secretos que han aguardado con paciencia, pulsando el botón para subir arriba del todo. Los verdaderos problemas de la vida se producen cuando esas puertas ocultas permanecen cerradas durante demasiado tiempo. Claro que eso es sólo mi opinión.

August, May, June y Rosaleen estaban en sus habitaciones de la casa rosa, echadas bajo los ventiladores con las luces apagadas, y yo, en el almacén. Me acosté en el catre y me dije que podría cavilar en lo que quisiera, salvo en mi madre, pero era evidente que ella era el único pensamiento que quería subirse al ascensor aquel anochecer.

Me hubiera gustado sentir que todo a mi alrededor se iba desenmarañando, pero los límites de mi mundo de ensueño estaban deshilachados y si tiraba del hilo equivocado éste se desharía entre mis manos. Desde que había telefoneado a T. Ray ardía en deseos de contárselo a Rosaleen, y de decirle que, si creía que marcharme había hecho que T. Ray se planteara las cosas o cambiara de actitud, estaba equivocada. Pero no era capaz de admitir delante de ella que me importaba lo suficiente para llamarlo.

¿Qué me ocurría? ¿Cómo era capaz de vivir allí, haciendo ver que no tenía nada que ocultar? Yacía en el catre y contemplaba el brillo cuadrado de la ventana, exhausta. Se requiere mucha energía para mantener las cosas a raya.

«Déjame subir —me susurraba mi madre—. Déjame subir a ese maldito ascensor.»

Está bien... Saqué la bolsa y examiné su fotografía. Me imaginé lo que habría sido estar dentro de ella como un mero pedacito de carne nadando en su oscuridad, las cosas silenciosas que nos habríamos transmitido.

Todavía la extrañaba, pero no con tanta pasión y urgencia como antes. Al ponerme sus guantes, observé lo bien que me quedaban de repente. Cuando tuviera dieciséis años, parecerían los guantes de un bebé en mis manos. Sería Alicia en el país de las maravillas después de haberse bebido la poción y de haber crecido hasta el doble de su tamaño. Rompería con las palmas las costuras y ya no volvería a ponérmelos más.

Me quité los guantes de las manos sudorosas y sentí que me invadía la inquietud. Era la vieja culpa de siempre, el collar de mentiras que no podía dejar de llevar puesto, el miedo a ser expulsada de la casa rosa.

—No. —Inspiré. La palabra tardó mucho en llegarme a la garganta. Un susurro asustado.

«No, no pensaré en ello. No lo sentiré. No dejaré que arruine el modo en que son las cosas. No.»

Decidí que acostarse para huir del calor no era más que una tosca creencia popular. Renuncié a ello y fui a la casa rosa para beber algo frío. Pensaba que si algún día lograba subir al Cielo después de todo lo que había hecho, me gustaría tener unos minutos para charlar a solas con Dios.

—Mira —quería decirle—. Sé que al crear el mundo tu intención era buena, pero ¿cómo permitiste que se te escapara así de las manos? ¿Por qué no podías ceñirte a tu idea inicial del Paraíso? Las vidas de todos nosotros son un desastre.

Cuando entré en la cocina, encontré a May sentada en el suelo con las piernas extendidas y sujetando una caja de galletas integrales en el regazo. Me pareció algo lógico: May y yo éramos las únicas dos que no podíamos yacer tranquilas en la cama ni cinco minutos.

—Vi una cucaracha —anunció, y metió la mano en una bolsa de malvaviscos que había escapado a mi atención. Sacó uno y lo rompió en pedacitos. La loca de May.

Abrí el refrigerador y me quedé observando su contenido, como si esperara que la botella de mosto me saltara a la mano y me dijera: «Estoy aquí, bébeme.» Era incapaz de darme cuenta de lo que May estaba haciendo. A veces asimilamos las cosas importantes con una lentitud espantosa. Como cuando te rompes el tobillo y no notas que te duele hasta que has caminado otra manzana.

Recuerdo haber bebido un vaso de zumo antes de permitirme mirar la pequeña senda de trocitos de malvavisco y de galletas integrales que May estaba construyendo en el suelo, desde el fregadero, en dirección a la puerta; un recorrido apretado de migajas doradas y motitas de un blanco pegajoso.

—Las cucarachas lo seguirán y saldrán de la casa —explicó May—. No falla nunca.

No sé cuánto rato pasé mirando la línea del suelo, la cara de May vuelta hacia mí, ansiosa por oírme algún comentario; pero no se me ocurría nada. La habitación se llenó con el runrún regular del motor del refrigerador. Sentí una sensación extraña, densa, en mi interior. Un recuerdo. Me quedé esperando, dejándolo llegar...

«Tu madre estaba loca en lo que se refería a salvar la vida a los bichos —me había explicado T. Ray—. Alejaba las cucarachas de la casa con trocitos de malvavisco y de galletas integrales.»

Volví a observar a May.

«Mi madre no pudo haber aprendido de May este truco para las cucarachas —pensé—. ¿O sí?»

Desde que había pisado la casa rosa por primera vez, una parte de mí había creído que mi madre había estado en ella. O no, no lo creía, sino que más bien lo soñaba y deseaba que fuera así. Pero ahora que la posibilidad parecía cobrar vida delante de mí, me resultaba descabellado, una locura.

«No puede ser», pensé de nuevo.

Me acerqué a la mesa y me senté. Las sombras del crepúsculo, color melocotón, se proyectaban en la cocina. Aparecían y desaparecían, envueltas en silencio. Hasta el zumbido del refrigerador se había desvanecido. May había vuelto al trabajo. Era como si hubiera olvidado que yo estaba allí sentada.

Mi madre podía haberlo aprendido de un libro, o quizá de mi abuela. Puede, incluso, que ese método para librarse de las cucarachas se usase en todas partes. Me levanté de la silla y me acerqué a May. Noté una sensación temblorosa en la parte posterior de mis rodillas. Le puse una mano en el hombro.

«Muy bien —pensé—. Allá va.»

—May, ¿conociste a Deborah? —pregunté—. ¿Deborah Fontanel? ¿Una mujer blanca de Virginia? Tendría que haber sido hace mucho.

May no tenía la menor astucia y podías estar segura de que no meditaba las respuestas. No levantó la vista, no esperó nada y contestó.

—Sí, claro, Deborah Fontanel. Se alojaba en el almacén de la miel. Era encantadora.

Y ahí estaba. Ahí estaba todo.

Me sentí mareada un instante y tuve que agarrarme a la encimera para no perder el equilibrio. En el suelo, la senda de migajas y malvaviscos pareció cobrar vida.

Tenía un millón de preguntas más, pero May había empezado a tararear *Oh, Susana*. Dejó la caja de galletas en el suelo y se levantó despacio. Ya se sorbía la nariz. Algo acerca de Deborah Fontanel la había trastornado.

—Creo que iré al muro un ratito —anunció. Y así fue como me dejó, de pie en la cocina, acalorada y sin aliento, con el mundo tambaleándose a mis pies.

Al volver al almacén me esforcé por sentir que mis pies tocaban el suelo endurecido, las raíces de los árboles al descubierto, la hierba recién regada; quise notar el tacto de la tierra bajo mis pies, sólida, viva, antigua, justo ahí cada vez que mi pie bajaba. Ahí, ahí y otra vez ahí; siempre ahí. Todo lo que debería ser una madre.

«Sí, claro, Deborah Fontanel. Se alojaba en el almacén de la miel. Era encantadora.»

Me senté en el catre con las rodillas dobladas, me rodeé las piernas con los brazos y dejé un hueco en el que apoyar la mejilla. Miré el suelo y las paredes con nuevos ojos. Ella había caminado por aquella habitación. Mi madre... Una persona real. No el fruto de mi imaginación, sino una persona viva, que respiraba.

Lo último que esperaba era quedarme dormida, pero tras una

fuerte impresión lo único que el cuerpo quiere es dormir y soñar con ello.

Alrededor de una hora después, desperté. Me encontraba en ese espacio aterciopelado en el que no recuerdas aún lo que has soñado. Al instante, de repente, todo volvió a mi cabeza.

Construía con miel un camino en espiral por una habitación que parecía estar en ese almacén y, acto seguido, en mi habitación de Sylvan. Lo empezaba en una puerta que no he visto nunca y lo terminaba a los pies de mi cama. Después, me sentaba en el colchón y esperaba. La puerta se abría y aparecía mi madre. Seguía el camino de miel, girando una y otra vez por la habitación, hasta que llegaba a mi cama. Sonreía; estaba preciosa, pero entonces veía que no era una persona normal. De entre su ropa asomaban unas patas de cucaracha a la altura del tronco, seis en total, tres a cada lado.

Era incapaz de creer que mi cabeza había inventado todo aquello. El aire era ahora rosa oscuro y lo bastante fresco para necesitar una sábana. Me cubrí las piernas. Tenía el estómago revuelto como si fuera a vomitar.

Si afirmase ahora que nunca me pregunté sobre ese sueño, o cerré los ojos y me la imaginé con patas de cucaracha, ni pensé por qué se acercó así a mí, con su peor cara al descubierto, recurriría a mi vieja costumbre de mentir. Una cucaracha es un animal al que nadie quiere, pero que no puedes matar. Siempre sigue ahí. Hay que intentar librarse de él.

Los siguientes días, los pasé hecha un manojo de nervios. Pegaba un brinco con sólo que alguien dejara caer una moneda al suelo. Durante la cena, jugueteaba con la comida del plato y mientras tanto mi mirada se perdía en el vacío, como si estuviera en trance. A veces, la imagen de mi madre con patas de cucaracha regresaba a mi cabeza y tenía que tragar una cucharada de miel para el estómago. Estaba tan inquieta que no podía ver cinco minutos seguidos el programa «American Bandstand», cuando por lo general estaba pendiente de todas las palabras de Dick Clark.

Caminaba de un extremo a otro de la casa y me detenía aquí y allá para imaginar a mi madre en las distintas habitaciones. Sentada con la falda extendida en el banco del piano. Arrodillada junto a Nuestra Señora. Leyendo las recetas que May recortaba de revistas y tenía pegadas en la nevera. Contemplaba estas visiones con los ojos fijos y, cuando los alzaba, veía que August, June o Rosaleen me observaban. Chascaban la lengua y me tocaban la cara para ver si tenía fiebre.

—¿Qué tienes? —me preguntaban—. ¿Qué te pasa?

—Nada —mentía, y sacudía la cabeza—. Nada.

En realidad, me sentía como si mi vida estuviera varada en el trampolín más alto, a punto de lanzarse hacia aguas desconocidas. Aguas peligrosas. Sólo quería posponer un poco el salto, sentir la cercanía de mi madre en la casa, fingir que no me daba miedo la historia que la había llevado ahí o que pudiera sorprenderme del modo en que lo había hecho en el sueño, cuando la había visto fea y con seis patas.

Deseaba ir a ver a August y preguntarle por qué mi madre había estado allí, pero el miedo me lo impedía. Anhelaba saber y no quería. Estaba suspendida en el limbo.

A última hora de la tarde del viernes, después de que termináramos de limpiar el resto de alzas y las guardáramos, Zach salió a echar un vistazo al motor del camión de la miel. No funcionaba bien del todo y se recalentaba, a pesar de que Neil lo había estado reparando.

Volví a mi habitación y me senté en el catre. El calor radiaba de la ventana. Pensé en levantarme para encender el ventilador, pero seguí sentada, mirando a través de los cristales el cielo azul lechoso, mientras en mi ánimo reinaba la inquietud y la aflicción. Podía oír la música que procedía de la radio del camión. Era Sam Cooke. Cantaba *Another Saturday Night*. Escuché que May, desde el otro lado del jardín, gritaba a Rosaleen algo sobre quitar las sábanas del tendedero. Y de pronto me sorprendió cómo todo seguía su curso regular mientras yo estaba suspendida, esperando, atrapada en el terrible dilema de vivir mi vida y no vivirla. No podía seguir deteniendo el tiempo como si no tuviera final, como si el verano no fuera a acabarse. Se me saltaron las lágrimas. Tenía que confesar. Lo que tuviera que pasar, pasaría.

Me acerqué al lavabo y me lavé la cara.

Inspiré a fondo, me metí la imagen de la Virgen negra y la fotografía de mi madre en el bolsillo y me dirigí a la casa rosa para hablar con August.

Pensé que nos sentaríamos a los pies de su cama o en las sillas del jardín, si no había demasiados mosquitos. Imaginé que August me preguntaría qué me pasaba y querría saber si, por fin, íbamos a hablar de ello. Yo sacaría la imagen de madera y le contaría hasta el último detalle, y después ella me explicaría lo de mi madre.

Ojalá hubiera ocurrido eso en lugar de lo que pasó.

Cuando avanzaba hacia la casa, Zach me llamó desde el camión.

—¿Quieres venir a la ciudad conmigo? Tengo que comprar un manguito para el radiador antes de que cierre la tienda.

—Voy a hablar con August —repuse.

Cerró el capó de golpe y se restregó las manos en los pantalones.

—August está con Sugar en el salón. Ha llegado llorando. Por lo visto Otis se ha gastado todos los ahorros para comprar un barco pesquero de segunda mano.

—Pero tengo algo muy importante que hablar con ella.

—Pues habrás de ponerte en la cola —comentó—. Ven, estaremos de vuelta antes de que Sugar se vaya.

—De acuerdo —accedí tras vacilar un instante.

La tienda de piezas de recambio de automóvil estaba dos puertas más abajo del cine. Cuando Zach se detuvo en el estacionamiento que había delante, los vi: cinco o seis hombres blancos apostados junto a las taquillas. Pululaban sin dejar de echar vistazos rápidos calle arriba y calle abajo, como si esperaran a alguien, todos ellos muy bien vestidos con la corbata sujeta con una aguja, como dependientes y empleados de banca. Un hombre llevaba en su mano lo que parecía el mango de una pala.

Zach paró el camión de la miel y los observó a través del parabrisas. Un perro, un viejo sabueso con la cara blanca, salió de la tienda de piezas de recambio y empezó a husmear algo en la acera. Zach tamborileó los dedos en el volante y suspiró. Y lo comprendí de golpe: era viernes y estaban esperando a Jack Palance y a la mujer de color.

Estuvimos un minuto sentados sin hablar, con los sonidos del camión amplificados. El crujido de un muelle bajo el asiento. El repiqueteo de los dedos de Zach. El fuelle de mi respiración.

Entonces, uno de los hombres gritó, lo que me hizo dar un brinco y golpearme la rodilla con la guantera. Observaba el otro lado de la calle.

—¿Qué estáis mirando? —bramó.

Zach y yo nos volvimos y echamos un vistazo por el cristal trasero. Tres adolescentes de color estaban en la acera bebiendo cola de la botella con los ojos fijos en los hombres.

—Volvamos en otro momento —sugerí.

—Todo irá bien —aseveró Zach—. Espera aquí.

«No, no irá bien. Nunca va bien.»

Cuando salió del camión de la miel, oí que los muchachos lo llamaban por su nombre. Cruzaron la calle y se acercaron al camión. Al verme por la ventanilla, dieron empujoncitos de broma a Zach. Uno de ellos agitó la mano frente a su cara, como si acabara de morder una guindilla.

—¿A quién llevas ahí? —preguntó.

Los miré e intenté sonreír, pero pensaba en los hombres, que nos estaban observando.

Los chicos también lo vieron y uno de ellos, que después sabría que se llamaba Jackson, exclamó en voz alta:

—Tienen que ser tontos de remate para creer que Jack Palance vendrá a Tiburon. —Y todos se echaron a reír. Incluido Zach.

El hombre que sujetaba el mango de la pala avanzó hasta el parachoques del camión con la misma medio sonrisa, medio gesto de desdén, que había visto en el rostro de T. Ray miles de veces, la clase de expresión que procedía del poder que no conoce el amor.

—¿Qué has dicho, chico? —bramó.

El murmullo de la calle se desvaneció. El sabueso bajó las orejas y se metió con sigilo bajo un coche estacionado. Vi que Jackson contraía las quijadas, alzaba la botella de cola sobre su cabeza y la lanzaba.

Cerré los ojos cuando salió despedida de su mano. Cuando volví a abrirlos, había cristales esparcidos por la acera. El hombre con el palo lo había soltado y se cubría la nariz con la mano. La sangre fluía entre sus dedos.

—Ese negro me ha partido la nariz —soltó furibundo tras volverse hacia los demás hombres. Parecía más sorprendido que otra cosa. Miró a su alrededor, perplejo por un momento, y después se metió en la tienda de al lado, goteando sangre.

Zach y los chicos se apiñaron junto a la puerta del camión, sin apartarse de la calzada. Los hombres se acercaron y formaron un semicírculo frente a ellos, rodeándolos contra el camión.

—¿Quién de vosotros ha lanzado esa botella? —inquirió uno de los hombres.

Ninguno de los chicos abrió la boca.

—Atajo de cobardes —masculló otro, que había recogido el mango de la pala de la acera y pinchaba con él el aire delante de los chicos cada vez que éstos se movían—. Decid quién fue y los otros tres podrán marcharse —aseguró.

Nada. De las tiendas había empezado a salir gente, que se reunía en grupos. Observé la nuca de Zach. Sentí como si mi corazón tuviera una pequeña repisa y yo estuviera en ella, inclinada cuanto era capaz para ver qué haría Zach.

Sabía que un chivato era considerado la peor clase de persona, pero quería que señalara con el dedo y dijera: «Fue ése de ahí. Él lo hizo.» De ese modo podría subirse al camión de la miel y podríamos irnos.

«Venga, Zach.»

Ladeó la cabeza y me miró de soslayo. Después, hizo un ligero movimiento de hombros y supe que estaba decidido. No abriría nunca la boca. Intentaba indicarme que lo sentía, pero que eran amigos suyos.

Eligió quedarse allí y ser uno de ellos.

Desde la cabina del camión, observé cómo el policía metía a Zach y a los otros tres chicos en el coche. Al irse, puso en marcha la sirena y las luces rojas. Parecía innecesario, pero supongo que no quiso decepcionar al público congregado en la calle.

Permanecí allí sentada como si me hubiera congelado y el mundo hubiera hecho lo mismo a mi alrededor. El gentío se dispersó y todos los coches desaparecieron poco a poco. Los comercios cerraron sus puertas. Mientras, yo seguía mirando absorta el parabrisas, como quien contempla la carta de ajuste del televisor a medianoche.

Cuando me recobré de la impresión, traté de pensar qué hacer, cómo regresar a casa. No sabía conducir. Además, Zach se había llevado las llaves. No había ninguna tienda abierta desde la que llamar por teléfono y cuando vi una cabina al final de la calle, me di cuenta de que no llevaba un centavo encima. Salí del camión y me puse a caminar.

Cuando llegué a la casa rosa media hora después, vi a August, a June, a Rosaleen, a Neil y a Clayton Forrest reunidos en las sombras largas cerca de las hortensias. El murmullo de sus voces flotaba en la luz mortecina. Oí el nombre de Zach. Oí al señor Forrest pronunciar la palabra «cárcel». Supuse que Zach le había telefoneado haciendo uso de la única llamada permitida y que había ido para dar la noticia.

Neil estaba al lado de June, de lo que deduje que aquello de «no vuelvas» y «egoísta» que se habían gritado no había ido en serio. Ninguno de ellos advirtió que me aproximaba. Carretera abajo, alguien quemaba hierba cortada y todo el cielo rezumaba amargor. Algunas cenizas sueltas revolotearon sobre mi cabeza.

—August... —balbucí al llegar junto a ellos.

—Gracias a Dios que estás aquí —exclamó, y me atrajo hacia ella—. Ahora iba a ir a buscarte.

Les conté lo que había sucedido mientras entrábamos en la casa. August me rodeaba la cintura con el brazo como si temiera que fuera a sufrir otro desmayo, pero en realidad jamás había estado más consciente. El azul de las sombras, sus formas recortadas contra la casa que me recordaban algunos animales poco amables (un cocodrilo, un oso pardo), el olor a Alka Seltzer que gravitaba en torno a la cabeza de Clayton Forrest, las canas de su cabello, el peso de nuestra preocupación, como una venda que ataba nuestros tobillos y apenas nos dejaba andar.

Nos sentamos todos alrededor de la mesa de la cocina, salvo Rosaleen, que sirvió vasos de té y puso un plato con bocadillos de queso y pimiento en la mesa, como si alguien pudiera comer. Rosaleen lucía unas trenzas perfectas que supuse que May le había hecho después de la cena.

—¿Y qué hay de la fianza? —preguntó August.

—El juez Monroe está fuera, de vacaciones, así que no parece que vaya a salir nadie antes del miércoles —explicó Clayton después de carraspear.

Neil se levantó y se acercó a la ventana. Llevaba los cabellos cortados en línea recta en la nuca. Intenté concentrarme en él para no perder el control. Faltaban seis días para el miércoles siguiente. Seis días.

—En fin... ¿Él está bien? —quiso saber June—. No está herido, ¿verdad?

—Sólo me permitieron verlo un minuto —explicó Clayton—. Pero parecía estar bien.

Fuera, el cielo de la noche se cernía sobre nosotros. Era consciente de ello y consciente también del modo en que Clayton había dicho que Zach estaba bien, como si todos comprendieran que no lo estaba, pero trataran de aparentar lo contrario.

August se alisó las arrugas de la frente con los dedos y cerró los ojos. Pude ver en ellos el brillo de unas lágrimas incipientes, reflejo del fuego que consumía su interior. Podías confiar en su llama, acercarte a aquel hogar y calentarte si sentías frío o cocinar algo con lo que alimentarte si tenías hambre. Me sentí como si todos estuviéramos perdidos en el mundo y sólo tuviéramos el fuego húmedo de sus ojos. Pero era suficiente.

Rosaleen me miró y pude leerle el pensamiento:

«Me sacaste de la cárcel, pero no vayas a tener ninguna idea brillante respecto a Zach.»

Comprendí que alguien pudiera convertirse en un delincuente reincidente. El primer delito era el más difícil, pero después no importaba tanto cometer otro. Total, se trataba sólo de pasar unos cuantos años más en la cárcel.

—¿Qué piensa hacer? —preguntó Rosaleen, que estaba de pie junto a Clayton y lo miraba desde arriba. Los senos reposaban sobre su barriga y tenía los puños hundidos en las caderas. Parecía como si quisiera que nos llenáramos todos la boca con tabaco y fuéramos directos a la cárcel de Tiburon a escupirlo en los zapatos de la gente.

Era evidente que Rosaleen también ardía por dentro. No con la tibia llama de un hogar, como August, sino con un fuego capaz de incendiar una casa, si era preciso, para acabar con el lío que había en su interior. Rosaleen me recordó la estatua de Nuestra Señora en el salón.

«Si August es el corazón rojo del pecho de la Virgen, Rosaleen es el puño», pensé.

—Haré lo que pueda para sacarlo —aseguró Clayton—. Pero me temo que tendrá que estar encerrado un tiempo.

Me metí la mano en el bolsillo y palpé la imagen de la Virgen negra. Recordé al instante todo lo que había planeado contar a August sobre mi madre. Pero ¿cómo iba a hacerlo ahora que algo tan terrible le ocurría a Zach? Eso tendría que esperar, y yo volvería a la misma animación suspendida en la que me encontraba antes.

—No creo que May deba saber nada de esto —comentó June—. La destrozaría. Ya sabéis cómo quiere a ese chico.

Todos nos volvimos para mirar a August.

—Tienes razón —corroboró—. Sería demasiado para May.

—¿Dónde está? —pregunté.

—En la cama, dormida —contestó Rosaleen—. Estaba agotada.

Recordé que la había visto por la tarde, en el muro, con un montón de piedras en el carretón. Construyendo otro tramo, como si hubiera adivinado que iba a necesitar una ampliación.

La cárcel de Tiburon no tenía cortinas como la de Sylvan. Era de hormigón gris, con las ventanas metálicas y una pésima iluminación. Me dije que era una estupidez entrar en ella, que yo era una prófuga de la justicia y estaba loca por meterme tan campante en una cárcel donde seguramente habría policías preparados para reconocerme. Pero August me había preguntado si quería acompañarla para visitar a Zach y no había podido negarme.

El policía que había dentro llevaba el pelo cortado al cero y era muy alto, más que Neil, y eso que Neil era tan corpulento como un jugador de baloncesto. No pareció alegrarse con nuestra visita.

—¿Es usted su madre? —preguntó a August.

Miré el nombre que ponía su chapa: Eddie Hazelwurst.

—Soy su madrina —aclaró August, muy erguida, como si le estuvieran midiendo la altura—. Y ella es una amiga de la familia.

Me recorrió con la mirada. Lo único que parecía resultarle sospechoso de mí era que una chica tan blanca como yo pudiera ser amiga de la familia. Tomó un sujetapapeles marrón de una mesa y jugueteó con él mientras trataba de decidir qué hacer con nosotras.

—Muy bien, pueden pasar cinco minutos —concedió.

Abrió una puerta y caminamos por un pasillo que conducía a un espacio en el que sólo había cuatro celdas alineadas, cada una de ellas con un chico negro. El olor a cuerpos sudados y a orinales casi me mareó. Quería taparme la nariz con los dedos, pero sabía que ése sería el peor de los insultos que podía hacerles: no podían evitar oler.

Estaban sentados en unos catres parecidos a bancos clavados en la pared y nos observaron al pasar. Uno de los muchachos lanzaba un botón contra la pared en alguna clase de juego. Se detuvo cuando nos acercamos.

El señor Hazelwurst nos llevó hasta la última celda.

—Zach Taylor —pronunció—. Tienes visita. —Y se miró el reloj.

Cuando Zach se acercó a nosotras, me pregunté si lo habrían esposado; si le habrían tomado las huellas, fotografiado, mangoneado. Deseaba con todas mis fuerzas alargar la mano, meterla entre los barrotes y tocarlo para sentir su piel entre mis dedos, porque creía que sólo así tendría la certeza de que todo aquello estaba pasando de verdad.

Cuando fue evidente que el señor Hazelwurst no se iría, August empezó a hablar. Explicó que una de las colmenas que tenía en la granja de Haney se había enjambrado.

—¿Sabes a la que me refiero? —comentó—. La que tenía problemas con los ácaros.

Entró en detalles minuciosos sobre cómo había buscado por todas partes hasta el anochecer, peinando el bosque por campos de sandías, para, al final, encontrar las abejas en una magnolia joven. Todo el enjambre pendía de ella como un globo negro atrapado en las ramas.

—Usé el embudo para hacerlas caer en un cazaenjambres —comentó—. Después, puse el enjambre en la colmena otra vez.

Creo que intentaba dar a entender a Zach que no descansaría hasta que estuviera de vuelta en casa con nosotras. Zach la escuchó y se nublaron sus ojos castaños. Pareció aliviado de que la conversación se ciñera a los enjambres de abejas.

Yo también había preparado un par de frases para decirle, pero no conseguía recordarlas. Me quedé plantada mientras August le preguntaba cómo estaba y si necesitaba algo.

Lo observé, henchida de ternura y pena, preguntándome qué era lo que nos conectaba. ¿Sería que el sufrimiento de las personas se buscaba para engendrar alguna suerte de amor entre sí?

—Se ha acabado el tiempo —anunció con aspereza el señor Hazelwurst—. Tienen que irse.

Zach volvió la vista hacia mí. Una vena palpitaba en su sien y sentí el fluir de toda la sangre por su cuerpo. Quería decirle algo que lo animase, como que teníamos más cosas en común de lo que creía, pero me pareció ridículo. Deseaba deslizar la mano entre los barrotes y tocarle la vena, para sentir la sangre que circulaba por ella. Pero tampoco lo hice.

—¿Estás escribiendo en el cuaderno? —me preguntó, y su voz me sonó extrañamente desesperada.

Lo miré y asentí. En la celda contigua, el tal Jackson emitió un sonido, una especie de silbido que hizo que aquel momento resultara tonto y de mal gusto. Zach le dirigió una mirada furiosa.

—Vamos, ya han pasado sus cinco minutos —insistió el policía.

August me puso una mano en la espalda para conducirme a la salida. Me dio la impresión de que Zach quería preguntarme algo. Abrió la boca y la cerró.

—Escribiré todo esto para ti —aseguré—. Lo pondré en una historia.

No sé si era eso lo que Zach deseaba que le dijese, pero supuse que, como a todo el mundo, también a él le gustaría que alguien reconociese el dolor que le habían infligido y escribiera sobre él.

Andábamos por la casa sin molestarnos en sonreír, ni siquiera delante de May. Cuando ella se encontraba presente, no hablábamos de Zach, pero tampoco actuábamos como si el mundo fuera color de rosa y nada malo ocurriese. June recurría a su violonchelo, como hacía siempre en los momentos de pesar. Y una mañana, al ir al almacén, August se detuvo y contempló las rodadas que el coche de Zach había dejado en el camino. Por el modo en que se quedó plantada, creí que iba a echarse a llorar.

Todo lo que hacía me resultaba pesado y difícil: secar los platos, arrodillarme para las oraciones de la tarde, hasta apartar las sábanas para meterme en la cama.

El segundo día de agosto, después de haber fregado los platos de la cena y de haber rezado los *Dios te salve, María*, August comentó que ya estaba bien de depresión por esa noche y que veríamos el programa de Ed Sullivan. Y era eso lo que hacíamos cuando sonó el teléfono. Desde entonces, August y June se preguntan cómo habrían cambiado nuestras vidas si una de ellas hubiese contestado a la llamada en lugar de May.

Recuerdo que August hizo ademán de moverse para contestar, pero May estaba más cerca de la puerta.

—Ya voy yo —exclamó. Nadie le dio importancia. Fijamos los ojos en el televisor, en el señor Sullivan, que presentaba una actuación de circo en la que participaban unos monos que pilotaban unos pequeños escúters por la cuerda floja.

Cuando May volvió a la habitación unos minutos después, sus ojos fueron recorriendo uno a uno nuestros rostros.

—Era la madre de Zach —anunció—. ¿Por qué no me dijisteis que lo habían encerrado en la cárcel?

No parecía alterada entonces y, durante un instante, ninguna de nosotras se movió. La observamos como si aguardásemos a que el techo se hundiera. Pero May se quedó allí plantada, de lo más tranquila.

Empecé a pensar que tal vez la noticia había obrado algún tipo de milagro y que, de algún modo, May se había curado.

—¿Estás bien? —preguntó August, mientras se ponía en pie. May no contestó.

—¿May? —exclamó June.

Yo incluso sonreí a Rosaleen y asentí, tratando de indicarle: «¿Te puedes creer lo bien que se lo está tomando?»

August, sin embargo, apagó el televisor y examinó a May con el ceño fruncido.

May tenía la cabeza ladeada y los ojos fijos en el cuadro de una pajarera realizado en punto de cruz que colgaba de la pared. De repente caí en la cuenta de que, en realidad, no veía el cuadro. Tenía los ojos totalmente vidriosos.

—Contéstame —insistió August, acercándose a ella—. ¿Estás bien?

En medio del silencio, oí cómo la respiración de May se tornaba fuerte y algo irregular. Dio varios pasos hacia atrás, hasta que tocó la pared. Después, se deslizó hasta el suelo sin emitir ningún sonido.

No estoy segura de cuándo nos dimos cuenta de que May se había ido a algún lugar recóndito de su interior. Ni siquiera August o June se percataron enseguida. Repetían su nombre una y otra vez, como si sólo se hubiese quedado sorda de forma temporal.

Rosaleen se inclinó hacia May y elevó el tono de voz, tratando de comunicarse con ella.

—Zach estará bien. No tienes por qué preocuparte. El señor Forrest lo sacará de la cárcel el martes.

May miraba hacia delante como si Rosaleen ni siquiera estuviera ahí.

—¿Qué le ha pasado? —preguntó June, y pude oír una nota de pánico en su voz—. Nunca la había visto así.

May estaba allí, pero no lo estaba, como si se hubiera sumido en alguna clase de trance. Tenía las manos muertas en el regazo, con las palmas hacia arriba. Unos círculos rojos le bordeaban los ojos, que seguían secos y distantes.

No sollozaba tapándose la cara con la falda del vestido. No se balanceaba hacia atrás y hacia delante. No se mesaba los cabellos. Estaba tan inmóvil, tan distinta... Parecía que algo en su interior se hubiese extinguido. O se hubiese rendido. Era como si hubiera llorado la última lágrima de su cuerpo y no tuviera la voluntad de producir otra.

Volví la cara al techo, no quería ver lo que le estaba pasando.

August fue a la cocina y regresó con un paño lleno de hielo. Se acercó la cabeza de May al cuerpo de modo que la recostó un minuto en su hombro. Después, levantó la cara de su hermana y pasó el paño por su frente, sus sienes, su cuello. Al cabo de unos minutos, dejó el paño y le dio unas palmaditas en las mejillas.

May parpadeó una o dos veces y la miró. Nos miró a todas, apiñadas a su alrededor, como si volviera de un largo viaje.

—¿Te encuentras mejor? —preguntó August.

—Estoy bien —asintió May. Pero el tono lineal de su voz indicaba lo contrario.

—Me alegra ver que puedes hablar —exclamó June—. Ven, vamos a meterte en la bañera.

August y June la levantaron.

—Voy al muro —dijo May.

—Está oscureciendo —intervino June, sacudiendo la cabeza.

—Sólo un ratito —pidió May. Entró en la cocina con todas nosotras a la zaga. Abrió un cajón, sacó una linterna, su libreta y un cabo de lápiz, y salió al porche. La imaginé escribiendo «Zach en la cárcel» y metiendo el papelito en una hendidura del muro.

Me pareció que alguien debería agradecer a todas las piedras de aquel muro el sufrimiento humano que habían absorbido, que era obligado a besarlas una por una y decirles:

—Lo sentimos, pero algo sólido y persistente tenía que hacer esto por May, y vosotras habéis sido las elegidas. Que Dios bendiga vuestros corazones pétreos.

—Te acompaño —sugirió August.

—No, por favor, August —replicó May por encima del hombro—. Quiero ir sola.

—Pero...

—Quiero ir sola —insistió May, y, volviéndose hacia nosotras, añadió—: Quiero ir sola.

Mientras la observábamos, bajó los peldaños del porche y avanzó hacia los árboles. Hay cosas en la vida que no se pueden olvidar por mucho que se desee. Ésta habría de ser una de ellas. Sigue viva en mi memoria la imagen de May caminando hacia los árboles con el pequeño círculo de luz oscilando frente a ella, para desaparecer después en la oscuridad.

10

La vida de una abeja es corta. En primavera y verano, los períodos más agotadores de recolección, una obrera, por lo general, no vive más de cuatro o cinco semanas... Amenazadas por toda clase de peligros durante sus vuelos de pecoreo, muchas obreras mueren antes de haber alcanzado siquiera esa edad.

The Dancing Bees

Estaba sentada en la cocina con August, June y Rosaleen mientras la noche envolvía la casa. May llevaba cinco minutos fuera cuando August se levantó y empezó a caminar arriba y abajo. Salió al porche trasero y regresó, y se quedó mirando la pared.

—Se acabó —exclamó pasados veinte minutos—. Vamos a buscarla.

Tomó la linterna del camión y salió disparada hacia el muro mientras June, Rosaleen y yo nos apresurábamos para seguirle el paso. Un pájaro nocturno gorjeaba desde una rama, con todas sus fuerzas, vehemente y perentorio, como si estuviera allí para lograr con su canto que la luna llegara a lo alto del cielo.

—¡Maaay! —gritó August. June también la llamó y, después, Rosaleen y yo. Seguimos adelante coreando su nombre a voz en cuello, pero no nos llegó ningún sonido. Sólo los trinos del pájaro nocturno que le cantaba a la luna.

Después de haber recorrido el muro de un extremo a otro, retrocedimos y volvimos a recorrerlo, como si no lo hubiésemos hecho bien la primera vez. Anduvimos más despacio, miramos con más atención, gritamos con más fuerza, convencidas de hallar a May arrodillada, con las pilas de la linterna agotadas. Nos parecía imposible no haberla visto la primera vez.

Pero no, no estaba en el muro, de modo que nos adentramos en el bosque llamándola cada vez más fuerte, hasta que la ronquera se adueñó de nuestras voces. Ninguna de nosotras quería admitir que algo terrible ocurría.

A pesar de que era de noche, el calor apretaba más que nunca, y podía oler el sudor cálido de nuestros cuerpos mientras peinábamos el bosque en busca de un punto de luz de diez centímetros de diámetro.

—June, ve a la casa y llama a la policía —indicó por fin August—. Diles que necesitamos ayuda para encontrar a nuestra hermana. Cuando cuelgues, arrodíllate ante Nuestra Señora y suplícale que vele por May. Después, regresa. Vamos a ir en dirección al río.

June se marchó corriendo. Mientras avanzábamos hacia la parte posterior de la propiedad, donde discurría el río, podíamos oír el murmullo del agua entre la maleza. Las piernas de August se movían más y más rápido. Rosaleen se esforzaba por mantener el ritmo, jadeante.

Cuando llegamos al río, nos detuvimos un momento. Llevaba el tiempo suficiente en Tiburon para haber visto ya dos lunaciones completas, de modo que de nuevo había luna llena. Estaba suspendida sobre el río, ocultándose y asomando entre las nubes. Observé un árbol de la orilla opuesta que tenía las raíces retorcidas al descubierto y sentí que un sabor acre y metálico inundaba mi boca.

Quise tomar la mano de August, pero ésta había torcido a la derecha y recorría la orilla gritando el nombre de su hermana.

—¡Maaaaay!

Rosaleen y yo la seguimos muy de cerca, tanto que los animales nocturnos debieron de creer que éramos un gran organismo con seis patas. Me sorprendí cuando la oración que decíamos todas las noches después de cenar, aquella en la que usábamos las cuentas, empezó a recitarse por sí sola en algún lugar recóndito de mi mente. Podía oír cada palabra con total claridad: «Dios te salve,

María; llena eres de gracia; el Señor es contigo; bendita Tú eres entre todas las mujeres, y bendito es el fruto de tu vientre, Jesús. Santa María, Madre de Dios, ruega por nosotros, pecadores, ahora y en la hora de nuestra muerte. Amén.»

—Sí, Lily. Todas deberíamos rezar —aseveró August, y entonces me di cuenta de que lo había estado haciendo en voz alta. No sabía si lo decía a modo de oración o lo murmuraba como método para reprimir el miedo. August recitó las palabras conmigo y, después, Rosaleen también. Recorrimos el río con las palabras ondeando tras nosotras como cintas en la noche.

Cuando June regresó, llevaba otra linterna que había encontrado en algún lugar de la casa. Su mancha de luz oscilaba a medida que June se acercaba por el bosque.

—¡Estamos aquí! —gritó August, y apuntó su linterna a través de los árboles. Esperamos a que June llegara a la orilla del río.

—La policía está de camino —anunció.

«La policía está de camino.» Miré a Rosaleen, y las comisuras de sus labios se torcieron hacia abajo. La policía no me había reconocido el día que había visitado la cárcel; esperaba que Rosaleen tuviera la misma suerte.

June gritó el nombre de May y se adentró en la oscuridad río arriba, seguida de Rosaleen, pero August avanzaba despacio, con cuidado. Me quedé detrás de ella, rezando *Dios te salve, María* en silencio, cada vez más deprisa.

De repente, August se detuvo en seco. Yo también. Descubrí que el canto del pájaro nocturno había cesado.

No podía apartar la mirada de August. Estaba tensa y alerta mirando algo que había en la orilla. Algo que yo no lograba ver.

—June —llamó con una voz extraña, susurrante, pero June y Rosaleen siguieron río arriba sin oírla. Sólo yo la escuché.

El aire era demasiado denso para respirar. Di un paso adelante para situarme junto a August y dejé que mi codo le rozara el brazo porque necesitaba sentirla a mi lado. Entonces vi la linterna de May, apagada e inmóvil sobre la tierra mojada.

Todavía hoy me resulta extraño que nos quedáramos allí de pie durante otro minuto. Yo esperaba que August dijera algo, pero no lo hizo. Se limitó a permanecer quieta y en silencio, como si tratara de absorber ese último momento. Entonces, una ráfaga de viento dejó oír su murmullo entre las ramas de los árboles y nos golpeó la cara, como si alguien acabase de abrir de pronto un horno. Aquella repentina brisa parecía proceder del mismísimo Infierno. August me miró un instante y, acto seguido, dirigió el haz de la linterna hacia el agua.

La luz recorrió la superficie y la cubrió de destellos dorados, antes de detenerse con brusquedad. May yacía en el río, cubierta por sus aguas. Tenía los ojos abiertos e inmóviles, y la falda extendida de su vestido ondeaba con la corriente.

Oí un ruido que surgía de los labios de August, un gemido bajo.

—¡Oh, May! —exclamó con la voz anudada.

Me agarré frenética al brazo de August, pero ella se soltó, dejó caer la linterna y se metió en el río.

La seguí. El agua me cubrió las piernas y resbalé en el fondo licuoso. Traté de asirme a la falda de August pero no pude. Me levanté como pude y, cuando llegué a su lado, la encontré mirando a su hermana pequeña con las manos en la garganta, una sobre la otra.

—June —gritó—. ¡June!

May yacía en medio metro de agua con una gran piedra del río sobre el pecho.

«Enseguida se levantará —pensé al mirarla—. August le quitará la piedra de encima y May sacará la cabeza para tomar aire. Y después volveremos a la casa para que se seque.»

Quería alargar el brazo y tocarla, zarandearle un poco el hombro. No podía haberse muerto así en el río. Era imposible.

La única parte de ella que no estaba sumergida eran las manos. Flotaban, y los cuencos de sus palmas parecían extrañas tacitas que oscilaban en la superficie, mientras el agua pasaba entre sus dedos. Incluso ahora, esa imagen me despierta por la noche. No los ojos de May, abiertos e inmóviles, ni la piedra que cubría su pecho, como una lápida, sino sus manos.

June avanzó con rapidez por el agua.

—Dios mío —repetía sin cesar.

Cuando llegó donde estaba May, se quedó junto a August, jadeante, con los brazos colgando a sus costados. Empezó a gemir con un hilo de voz. Ni siquiera era un sonido humano, sino más bien el de un animal herido. Pasados unos segundos, me percaté de que, en realidad, pronunciaba unas palabras.

—¡Oh, May! —musitaba.

Al mirar hacia la orilla, vi a Rosaleen con el agua hasta los tobillos y todo el cuerpo temblando.

August se arrodilló en el agua y retiró la piedra del pecho de May. Agarró a su hermana por los hombros y la incorporó. Su cuerpo produjo un terrible sonido al surgir del agua. La cabeza se le inclinó hacia atrás y vi que tenía la boca medio abierta y los dientes cubiertos de barro. Unos juncos se le habían quedado atrapados entre las trenzas. Desvié la mirada. Entonces lo supe: May estaba muerta.

También August lo sabía y, sin embargo, acercó la oreja al pecho de May buscando los latidos de su corazón. En vano. Pasado un minuto, se apartó y se apoyó la cabeza de May en el pecho, como si quisiera que May escuchara ahora su corazón.

—La hemos perdido —anunció.

Me estremecí. Incluso mis dientes tiritaban. August y June pasaron los brazos bajo el cuerpo hinchado de May y la condujeron hacia la orilla. Estaba abotagada. Le sujeté los tobillos y traté de ponérselos bien. El río, al parecer, se le había llevado los zapatos.

Cuando la depositaron en la orilla, le salió agua de la boca y de la nariz.

«Así es como llegó Nuestra Señora arrastrada por la corriente en el río cerca de Charleston —pensé—. Mira sus dedos, sus manos; son preciosos.»

Imaginé cómo May había hecho rodar la piedra desde la orilla hacia el río, se había echado y se la había colocado encima. La había sujetado con fuerza, como a un bebé, y esperado a que sus pulmones se llenaran. Me pregunté si se habría agitado e impulsado hacia la superficie en el último segundo o si se habría ido sin luchar, abrazada a la piedra, dejando que ésta absorbiera todo el dolor que sentía. Pensé en los animales que habrían pasado nadando a su lado mientras moría.

June y August, empapadas, se agacharon a cada lado de ella, mientras los mosquitos zumbaban en nuestros oídos y el río seguía su curso, serpenteando en la oscuridad. August intentó cerrar los ojos de May con los dedos, pero se quedaron medio abiertos. Estaba segura de que ellas también imaginaban los últimos momentos de May pero ya no vi horror en sus rostros, sino sólo una aceptación desconsolada. Creo que habían estado esperando aquello la mitad de sus vidas sin ni siquiera saberlo.

—Igual que April —comentó June, y soltó otro de esos gemidos terribles.

—Enfoca a May con la linterna —le pidió August. Sus palabras eran de nuevo sosegadas y regulares, pero apenas pude oírlas por encima del martilleo de los latidos de mi corazón.

Bajo el pequeño haz de luz, August quitó las hojitas verdes que se habían adherido a las trenzas de May y se las guardó en el bolsillo. Las dos eliminaron hasta la última mota de suciedad que el río había depositado en la piel y la ropa de su hermana. Mientras, Rosaleen, la pobre Rosaleen, que comprendía que había perdido a su nueva mejor amiga, permanecía quieta y sin hacer ruido, pero su mentón temblaba de tal modo que hubiera querido alargar la mano para sujetárselo.

Entonces un sonido que jamás olvidaré brotó de golpe de la boca de May, un suspiro largo y borbollante. Unas a otras nos miramos confundidas, con un segundo de esperanza, como si el mayor de los milagros fuera a producirse después de todo, pero en vano. Aquella exhalación no era sino la última bocanada de aire de May que ahora su cuerpo liberaba de repente. Me recorrió la cara, y olía como el río, como un trozo de madera que se hubiera enmohecido.

Bajé los ojos hacia el rostro de May y me vinieron náuseas. Me tambaleé hacia los árboles y me agaché para vomitar, procurando no hacer ruido para que ninguna de ellas lo oyera.

Después, mientras me limpiaba la boca con el dobladillo de la camisa, oí que un alarido rasgaba la oscuridad. Había tanto dolor en aquel grito que me partió el corazón. Miré hacia atrás y vi a August, enmarcada por la luz de la linterna de June: el sonido procedía de lo más profundo de su garganta. Cuando terminó, dejó caer la cabeza sobre el pecho empapado de May.

Alargué el brazo hacia la rama de un cedro y me agarré fuerte, como si todo cuanto tenía fuera a caerse de mis temblorosas manos.

—¿De modo que eres huérfana? —preguntó el policía. Era el tal Eddie Hazelwurst, el agente alto y con el cabello cortado al cero que nos había acompañado a August y a mí en nuestra visita a Zach en la cárcel.

Rosaleen y yo estábamos sentadas en las mecedoras del salón, mientras él se encontraba de pie frente a nosotras, sujetando una libretita, dispuesto a anotar hasta la última palabra. Su compañero estaba fuera, buscando no podía imaginarme qué alrededor del muro de las lamentaciones.

Mi silla se mecía tan deprisa que pensé que de un momento a otro saldría despedida de ella. En cambio la de Rosaleen, que mostraba un semblante impenetrable, permanecía inmóvil.

Cuando volvimos a la casa después de encontrar a May, August había visto a los dos policías y nos había enviado a mí y a Rosaleen al piso de arriba.

—Subid y secaos —me había indicado.

Me quité los zapatos y me froté con una toalla mientras mirábamos por la ventana. Habíamos visto a los hombres de la ambulancia traer a May desde el bosque en una camilla y escuchado después a los dos policías preguntar a August y a June toda clase de cosas. Sus voces habían ascendido por el hueco de la escalera: «Sí, últimamente estaba deprimida. Bueno, en realidad, siempre lo estaba. Estaba enferma. No parecía distinguir el sufrimiento de los demás del suyo propio. No, no hemos encontrado ninguna nota. ¿Una autopsia? De acuerdo, lo comprendemos.»

El señor Hazelwurst había querido hablar con todas nosotras, de modo que bajamos al salón. Le detallé lo sucedido exactamente desde el momento en que May contestó el teléfono hasta el momento en que la encontramos en el río. Luego, empezó con la retahíla de preguntas personales. ¿No era yo esa chica que había ido a la cárcel la semana anterior a ver a uno de los muchachos de color? ¿Qué hacía viviendo ahí? ¿Quién era Rosaleen?

Le expliqué que mi madre murió cuando yo era pequeña y que mi padre se había reunido con el Creador a principios de verano, tras sufrir un accidente con el tractor, pues era la historia que seguía contando. Afirmé que Rosaleen era mi niñera.

—Supongo que podría decirse que soy huérfana —le indiqué—. Pero tengo familia en Virginia. Fue el último deseo de mi padre que fuera a vivir con mi tía Bernie. Está esperando que vaya con Rosaleen. Nos enviará el dinero para el autobús o conducirá hasta aquí para recogernos en persona. No deja de decir que se muere de ganas de que nos reunamos con ella. Y yo le explico que llegaremos antes de empezar las clases. Me cuesta creerlo, pero voy a cursar cuarto de secundaria.

Entrecerró los ojos como si intentara seguir el curso de mis palabras. Me percaté de que estaba quebrantando todas las normas de una buena mentira.

«No hables tanto», me aconsejé a mí misma. Pero no parecía poder detenerme.

—Estoy muy contenta de ir a vivir con ella. Es muy simpática. No se creería la cantidad de cosas que me ha enviado a lo largo de los años. Sobre todo, bisutería y peluches. Un osito tras otro.

Me alegraba que August y June no estuvieran presentes para oírme. Habían seguido a la ambulancia en el camión de la miel porque querían asegurarse de que el cadáver de May llegaba sano y salvo a dondequiera que fuera. Ya era bastante malo que Rosaleen estuviera en la habitación. Tenía miedo de que fuera a descubrirnos, a decir algo como que, en realidad, habíamos llegado a Tiburon después de que yo la ayudara a escapar de la cárcel. Pero siguió sentada, hermética, en un mutismo total.

—¿Y cómo has dicho que era tu apellido? —quiso saber.

—Williams —respondí, por tercera vez. Me pregunté qué clase de requisitos educativos exigían a los policías en Tiburon. Me dio la impresión que los mismos que en Sylvan.

Se acercó y pareció aún más alto.

—Hay algo que no entiendo: si vas a Virginia a vivir con tu tía, ¿qué haces aquí?

Que era otra forma de decirme: «No entiendo por qué una chica blanca como tú está viviendo en una casa de gente de color.»

—Bueno, verá —solté tras inspirar a fondo—. Mi tía Bernie tenía que operarse. Un problema de mujeres. Así que Rosaleen, aquí presente, sugirió que las dos podríamos alojarnos en casa de su amiga August Boatwright en Tiburon hasta que la tía Bernie se recuperara. No tenía sentido que fuéramos ahí mientras ella estaba en el hospital.

Lo estaba anotando en su libreta. ¿Por qué lo haría? Quería gritarle que su visita no tenía nada que ver con Rosaleen, conmigo ni con la operación de la tía Bernie. Tenía que ver con May. Estaba muerta. ¿O acaso no se había dado cuenta?

En aquel instante debería estar en mi habitación llorando desconsolada, pero no, me encontraba allí, manteniendo la conversación más estúpida de mi vida.

—¿No tienes a nadie blanco en Spartanburg con quién puedas vivir?

Traducción: «Cualquier cosa sería mejor que vivir en una casa de gente de color.»

—No, señor. No tenía demasiados amigos. Por alguna razón no me llevaba del todo bien con mis compañeros. Creo que era porque sacaba tan buenas notas. Una señora de la iglesia me dijo que podía quedarme con ella hasta que la tía Bernie se recuperara, pero le salió un herpes zoster y no pudo ser.

«Dios mío, que alguien me detenga.»

—¿Y de qué conoce usted a August? —pregunté a Rosaleen.

Contuve el aliento, consciente de que mi mecedora se había quedado paralizada.

—Es prima carnal de mi marido —afirmó Rosaleen—. Ella y yo seguimos en contacto después de que mi marido me abandonara. August era la única de su familia que sabía lo sinvergüenza que él era.

Me lanzó una mirada como para indicarme: «¿Lo ves? No eres la única que sabe improvisar mentiras a la mínima ocasión.»

El policía cerró la libreta de golpe y, con un gesto del dedo, me conminó a que lo acompañara hasta la puerta.

—Sigue mi consejo y telefonea a tu tía para que venga a recogerte, aunque no esté recuperada del todo —exclamó después de salir—. Esta gente es de color. ¿Comprendes lo que quiero decir?

—No, señor —contesté frunciendo el ceño—. Me temo que no.

—Lo que trato de explicarte es que no es natural, que no deberías estar... bueno, rebajándote.

—Oh...

—Volveré pronto, y espero no encontrarte todavía aquí. ¿Entendido? —Sonrió y posó su enorme manaza sobre mi cabeza, como si fuéramos dos personas blancas que tienen un pacto secreto.

—Entendido.

Cerré la puerta tras él. El pegamento que había impedido que me hiciera añicos hasta entonces se volatilizó. Cuando regresé al salón, ya sollozaba. Rosaleen me rodeó con el brazo y vi que a ella también le resbalaban lágrimas por las mejillas.

Subimos las escaleras hacia la habitación que había compartido con May.

—Vamos, métete —me indicó, tras apartar las sábanas de su cama.

—Pero ¿y tú? ¿Dónde vas a dormir?

—Aquí mismo —contestó, y retiró la colcha rosa y marrón de ganchillo tunecino que cubría la cama de May y que ésta había tejido. Rosaleen se arrebujó en ella y recostó la cara en los pliegues de la almohada. Sabía que buscaba el olor de May.

Sería de esperar que hubiera soñado con May, pero cuando me dormí quien apareció fue Zach. No recuerdo qué soñé, aunque me desperté jadeante y con la certeza de haberlo sentido muy cerca, tan real que casi podía rozar su mejilla con la punta de mis dedos. Entonces recordé dónde estaba y me embargó un hondo pesar. Me imaginé su catre, con sus zapatos debajo, y lo vi a él, a buen seguro despierto en ese mismo instante, mirando el techo, escuchando la respiración de los demás chicos.

Al otro lado de la habitación, un frufrú me sobresaltó y experimenté uno de esos momentos extraños en los que uno no sabe muy bien dónde está. Medio dormida aún, pensaba que me hallaba en el almacén de la miel, pero comprendí que el sonido lo producía Rosaleen al darse la vuelta en la cama. Y entonces recordé a May, en el río.

Tuve que levantarme, caminar con sigilo hasta el cuarto de baño y echarme agua en la cara. Estaba de pie frente al lavamanos, con la luz de la noche proyectando su tenue brillo, cuando bajé los ojos y vi la bañera con los calcetines rojos que May había colocado en las patas de porcelana. Sonreí, no pude evitarlo. Ésa era la cara de May que no quería olvidar nunca.

Cerré los ojos y me vinieron a la cabeza sus mejores imágenes. Vi cómo le brillaban los tirabuzones bajo el agua del aspersor, cómo disponía las migajas de las galletas integrales con los dedos y se esforzaba por salvar la vida de una simple cucaracha. Y el sombrero que llevaba el día que bailó la conga con las Hijas de María. Pero, sobre todo, vi la expresión de amor y de angustia que tantas veces se había dibujado en su rostro.

Al final, el dolor la había consumido.

Después de la autopsia, cuando la policía hizo oficial su suicidio y una vez que la funeraria la hubo arreglado lo mejor posible, May llegó a la casa rosa. A primera hora del miércoles cinco de agosto, un coche fúnebre se paró en el camino de entrada y cuatro hombres con trajes oscuros cargaron el ataúd y lo llevaron hasta el salón. Pregunté a August por qué May cruzaba la puerta principal en su féretro.

—Vamos a sentarnos con ella hasta que la entierren —respondió.

No esperaba aquello. Todo el mundo que conocía en Sylvan llevaba a sus difuntos directamente de la funeraria al cementerio.

—Nos sentamos con ella para poder decirle adiós —explicó August—. Se llama velatorio. A veces, a la gente le cuesta mucho aceptar la muerte de un ser querido, no logra despedirse de él, y el velatorio nos ayuda a hacerlo.

No hay duda de que, si el difunto está en el salón de tu casa, la pérdida se asume mejor. Se me hacía extraño pensar en una persona muerta en la casa, pero si así nos despedíamos mejor de May, me parecía bien. Le encontraba sentido.

—También ayuda a May —añadió August.

—¿Qué ayuda a May?

—Como sabes, todos tenemos un alma, Lily. Y, cuando morimos, vuelve con Dios, pero nadie sabe cuánto tiempo le lleva hacerlo. Puede que pase en un santiamén o que tarde una o dos semanas. En cualquier caso, al sentarnos junto a May, le estamos diciendo que no pasa nada, que sabemos que éste es su hogar pero que puede irse porque todo irá bien.

El ataúd descansaba abierto sobre su propia mesa con ruedas, que August hizo colocar a los hombres de la funeraria justo delante de Nuestra Señora de las Cadenas. Cuando al fin nos quedamos solas, August y Rosaleen se acercaron al féretro y contemplaron a May, pero yo me quedé atrás.

Entonces June bajó con su violonchelo y empezó a tocar. Interpretó *Oh, Susana*, lo que distendió el ambiente y nos hizo sonreír a todas. No hay nada como una pequeña broma para relajarte un poco en un velatorio. Me acerqué al ataúd y me situé entre August y Rosaleen.

Era la misma May de siempre, sólo que su piel se mostraba tirante sobre los huesos de la cara. La luz de la lámpara que iluminaba el ataúd le confería una especie de brillo. Le habían puesto un vestido azul marino que yo no había visto nunca, con botones de nácar y escote de ojal, y el sombrero azul. Parecía que fuera a abrir los ojos y sonreírnos en cualquier momento.

Ésa era la mujer que había enseñado a mi madre todo lo que había que saber acerca de cómo librarse de las cucarachas sin lastimarlas. Conté con los dedos los días que hacía desde que May me había dicho que mi madre había estado ahí. Seis. Parecían seis meses. Todavía deseaba contar a August lo que sabía. Supongo que podría haberme sincerado con Rosaleen, pero era con August con quien de verdad quería hablar. Ella era la única que tenía la clave de todo aquello.

Junto al ataúd, al mirar a August, sentí el impulso irrefrenable de decirle en ese mismo instante: «No soy Lily Williams, sino Lily Owens, y sé que mi madre se había alojado aquí. May me lo dijo.» Y entonces todo saldría a la luz. Las cosas terribles que hubieran de pasar, pasarían. Pero vi que se enjugaba las lágrimas del rostro con un pañuelo que acaba de sacar de su bolsillo y supe que sería egoísta añadir más dolor a su compungido corazón.

June tocaba con los ojos cerrados, como si dependiera sólo de ella que el alma de May llegara al Cielo. Jamás había oído una melodía igual; nos hacía creer que la muerte no era sino un umbral.

August y Rosaleen se sentaron por fin en unas sillas próximas, pero yo, una vez que estuve junto al ataúd, no pude separarme de él. May tenía los brazos cruzados sobre el pecho, como unas alas dobladas sobre sí mismas, en una postura que no me pareció favorecedora. Le tomé una mano. Estaba fría como la cera, pero no me importó.

«Espero que seas más feliz en el Cielo —musité en silencio—. Espero que en él no necesites ninguna clase de muro. Y, si ves a María, Nuestra Señora, dile que haremos todo lo posible para que su recuerdo siga vivo, a pesar de que aquí abajo Jesús es el más importante.»

Por alguna razón, sentí que el alma de May estaba suspendida en un rincón del techo y que había escuchado cada una de mis palabras, a pesar de no haberlas pronunciado.

«Y deseo que busques a mi madre —proseguí—. Dile que me has visto, que, al menos por el momento, estoy lejos de T. Ray y que me gustaría que ella me mandase una señal para saber que me ama, que me conformo con una pequeña señal.»

Solté el aire con fuerza con su mano aún sujeta, mientras pensaba lo grandes que parecían sus dedos entre los míos.

«Supongo que esto es la despedida», concluí. Un escalofrío me recorrió el cuerpo y noté un escozor en los ojos. Por las mejillas me cayeron unas lágrimas que le mancharon el vestido.

Pero antes de dejarla, le puse las manos juntas y se las situé bajo el mentón como si estuviese pensando seriamente en el futuro.

A las diez en punto de esa mañana, mientras June seguía tocando para May y Rosaleen husmeaba en la cocina, me senté en los peldaños del porche trasero, con la intención de escribir sobre todo lo ocurrido en mi cuaderno, aunque, en realidad, estaba esperando a August, que había ido al muro de las lamentaciones. La imaginé junto a él con la intención de que todo su dolor fuese a parar a las hendiduras que rodeaban las piedras.

Cuando vi que volvía, dejé de escribir y me puse a garabatear en los márgenes. Se detuvo a mitad del jardín y dirigió la mirada hacia el camino de entrada, protegiéndose con una mano los ojos del sol.

—¡Mirad quién está aquí! —exclamó a voz en cuello, al tiempo que echaba a correr.

Nunca había visto tanta ligereza en los pasos de August y me sorprendió lo deprisa que cruzó la hierba, con ágiles zancadas y las piernas extendidas bajo la falda.

—¡Es Zach! —me gritó. Dejé el cuaderno y bajé en un suspiro los peldaños.

Oí a Rosaleen, detrás de mí, en la cocina, llamar a June para darle la noticia y, al poco, el sonido del violonchelo se interrumpió en mitad de una nota. Cuando llegué al camino de entrada, Zach estaba bajando del coche de Clayton. August lo estrechó entre sus brazos, mientras Clayton miraba la hierba y sonreía.

Cuando August soltó a Zach, vi lo mucho que había adelgazado. Estaba frente a mí, mirándome. No podía interpretar la expresión de su cara. Me acerqué a él, deseando saber qué decir. Una brisa me lanzó un mechón de pelo a la cara y él alargó la mano para apartarlo. Después, me atrajo con fuerza hacia su pecho y me abrazó unos instantes.

—¿Estás bien? —preguntó June, que se acercó con rapidez y le acarició la mejilla—. Estábamos muy preocupadas.

—Ahora estoy bien —contestó Zach. La palabra «bien» sonó débil e inconsistente, como un tembloroso pañuelo de papel. Algo que no sabía precisar había desaparecido de su rostro.

—Al parecer, la taquillera del cine lo vio todo —explicó Clayton—. Le costó bastante tiempo, pero al final indicó a la policía cuál de los chicos lanzó la botella. Así que han retirado los cargos contra Zach.

—¡Oh, gracias a Dios! —exclamó August, y creo que todas soltamos el aire a la vez.

—Sólo hemos venido a comunicaros lo mucho que sentimos lo de May —añadió Clayton. Abrazó a August y a June. Luego, se volvió hacia mí y me puso las manos en los hombros. No era un abrazo, pero intuí la intención.

—Lily, me alegro de volver a verte —afirmó y, al momento, miró a Rosaleen que se había quedado atrás, junto al coche—. Y a ti también, Rosaleen.

August tomó la mano de Rosaleen y la acercó al grupo. Después, siguió sujetándola del mismo modo que en ocasiones solía hacer con May. Y se me ocurrió que la quería, que le gustaría cambiarle el nombre por July e incluirla entre sus hermanas.

—No podía creerlo cuando el señor Forrest me contó lo de May —dijo Zach.

Mientras regresábamos a la casa para que Clayton y Zach pudieran estar también junto al ataúd, pensaba que hubiera estado bien haberme arreglado el cabello y habérmelo dejado al estilo de uno de esos nuevos peinados tipo colmena.

Nos reunimos en torno a May. Clayton agachó la cabeza, pero Zach la miró a la cara.

Permanecimos allí un buen rato. Rosaleen tarareaba vacilante una cancioncilla, creo que porque se sentía incómoda, pero al final paró.

Miré de nuevo a Zach y descubrí que estaba llorando.

—Lo siento —susurró—. Ha sido culpa mía.

Pensé que quizá nunca llegaría a averiguar que había sido su detención lo que había conducido a May al río. Pero estaba equivocada.

—Si hubiera delatado al chico que lanzó la botella —prosiguió—, no me habrían detenido y nada de esto habría pasado.

—¿Quién te lo ha dicho? —le pregunté.

Sacudió la mano, dando a entender que aquello no importaba.

—Otis se lo dijo a mi madre —contestó—. Ella no quería contármelo, pero sabía que tarde o temprano me enteraría de algún modo. —Se secó la cara—. Ojalá hubiera...

August se acercó y tocó el brazo de Zach.

—Mira, yo también podría reprocharme no haberle dicho a May desde el principio que te habían detenido, en lugar de habérselo ocultado, o no haber impedido que fuese al muro esa noche, o haber tardado tanto en salir a buscarla... —Miró el cadáver de May—. Fue ella quien lo hizo, Zach. Y ya está.

Aún así, yo tenía miedo de que la culpa encontrara la manera de aferrarse a ellos. La culpa era así.

—Una vez —explicó Zach pasado un minuto—, May me hizo un bocadillo de embutido para almorzar, y... —Se detuvo y se miró los pies.

—¿Y qué? —August le apretó el brazo.

—Y lo cortó en forma de corazón —concluyó Zach.

—Me iría bien que me ayudaras ahora a tapar las colmenas —indicó August a Zach cuando iban a marcharse—. ¿Recuerdas cómo lo hicimos cuando Esther murió? —Se volvió hacia mí y aclaró—: Esther era una Hija de María que murió el año pasado.

—Por supuesto, puedo quedarme a ayudar —contestó Zach.

—¿Quieres venir, Lily? —preguntó August.

—Sí.

Tapar las colmenas... No tenía idea de qué era eso, pero no me lo habría perdido por nada del mundo.

Después de que Clayton se despidiera, nos pusimos los sombreros con el velo y nos dirigimos hacia las colmenas cargados con crespón negro cortado en enormes cuadrados. August nos mostró cómo tapar cada colmena con uno de ellos y nos enseñó a sujetarlos con un ladrillo, de modo que nos aseguráramos de dejar la entrada de las abejas abierta.

Observé a August: se detenía un momento frente a cada colmena, con los dedos unidos entre sí bajo la barbilla. Las cutículas de sus uñas relucían como pequeñas lunas crecientes en la oscuridad de su piel. Quería preguntarle por qué hacíamos todo aquello, pero parecía formar parte de un ritual sagrado que no debía interrumpir.

Cuando tuvimos todas las colmenas tapadas, nos situamos bajo los pinos y las contemplamos. Se habían convertido en un pueblecito de edificios negros, en una ciudad enlutada. Hasta el zumbido se volvió lúgubre bajo las telas negras, grave y sostenido como el sonido de una sirena que avisa de la niebla nocturna en el mar.

August se quitó el sombrero y se dirigió hacia las sillas de jardín de la parte trasera de la casa. Zach y yo la seguimos, y los tres nos sentamos con el sol a nuestras espaldas en dirección al muro de las lamentaciones.

—Hace mucho tiempo, los apicultores tapaban siempre las colmenas cuando fallecía alguien de su familia —explicó August.

—¿Y eso? —Quería saber más.

—Se suponía que el hacerlo evitaba que las abejas se fueran. Verás, lo último que querían cuando había una defunción era que las abejas formaran un enjambre y emigraran. Tener abejas cerca garantizaba que la persona muerta volvería a vivir.

—¿De verdad? —Abrí los ojos de par en par.

—Todo empezó hace mucho tiempo —aseguró.

—Cuéntale lo de Aristeo —intervino Zach.

—Oh, sí. Aristeo. Todos los apicultores tendrían que conocer esta historia. —Me sonrió de un modo que me hizo sentir que estaba a punto de superar la segunda parte de la iniciación en la apicultura; la primera había sido la picadura—. Aristeo fue el primer apicultor. Un día, todas sus abejas murieron. Caminaba muy triste por el camino y... ¿qué encontró sino el cadáver de un toro? Cuando miró en su interior, vio que un enjambre salía volando de él. Eran sus propias abejas, que habían renacido. Las llevó a casa, a sus colmenas, y después de aquello, la gente comenzó a creer que las abejas tenían poder sobre la muerte. Los reyes de Grecia construían sus tumbas en forma de colmenas por esa misma razón.

Zach estaba sentado con los codos apoyados en las rodillas y observaba el círculo de hierba verde esmeralda, todavía tupido, desde nuestro baile en torno al aspersor.

—Cuando una abeja vuela, un alma se eleva —afirmó.

Le lancé una mirada que suplicaba una explicación.

—Es un viejo dicho —apostilló August—. Significa que el alma de una persona renacerá en la otra vida si hay abejas cerca.

—¿Está eso en la Biblia? —pregunté.

—No —exclamó August divertida—. Pero cuando los cristianos se ocultaban de los romanos en las catacumbas, solían dibujar abejas en las paredes. Para no olvidar que, cuando murieran, resucitarían.

Me metí las manos bajo los muslos y me incorporé, mientras intentaba imaginarme las catacumbas, fueran lo que fueran.

—¿Crees que tapar las colmenas con telas ayudará a May a llegar al Cielo? —pregunté.

—No, por Dios —contestó August—. Tapamos las colmenas con telas negras por nosotros, para recordarnos que la vida da paso a la muerte y que la muerte da paso a la vida.

Me recosté en la silla y observé el cielo, lo infinito que era, el modo en que encajaba en el mundo como la tapa de una colmena. Deseaba, por encima de todo, que pudiésemos enterrar a May en una tumba en forma de colmena. Que yo misma pudiera yacer en una y renacer.

Cuando llegaron las Hijas de María, iban cargadas de comida. La última vez que las había visto, Queenie y su hija, Violet, llevaban los sombreros más pequeños del grupo; ahora iban con la cabeza descubierta. Intuyo que a Queenie no le gustaba taparse la blancura de sus cabellos, de la que se enorgullecía, y que Violet, que debería de tener no menos de cuarenta años, era incapaz de ponerse sombrero si su madre no lo hacía. Si Queenie hubiera ido a la cocina para meter la cabeza en el horno, Violet la habría seguido y habría hecho lo mismo.

Mabelee, Cressie y Sugar llevaban sombreros negros más discretos que los de la vez anterior. Lunelle, por su parte, lucía uno algo más llamativo, con una pluma y un velo rojos. Todas ellas se descubrieron y dejaron sus tocados sobre el piano en cuanto entraron. Me pregunté cuál era, pues, su utilidad.

En la cocina, se afanaban cortando jamón, colocando pollo frito en bandejas y espolvoreando pimentón dulce sobre huevos duros con salsa picante. Tomamos judías verdes, nabos, macarrones con queso, pastel de caramelo, todo lo que suele comerse en un funeral, y lo hicimos de pie, en la cocina, sujetando nuestros platos de papel y repitiendo sin cesar lo mucho que a May le habría gustado todo.

Cuando estábamos tan llenas que lo que hubiéramos necesitado habría sido echar una cabezadita, fuimos al salón y nos sentamos con May. Las Hijas pasaron un cuenco de madera lleno de algo que llamaban maná. Era una mezcla salada de semillas de girasol, sésamo, calabaza y granada rociada con miel y horneada a la perfección, que comieron con las manos. Aseguraron que no se sentarían nunca con un difunto sin comer semillas, pues éstas evitaban que los vivos cayeran en la desesperación.

—Se la ve muy bien, ¿verdad que sí? —exclamó Mabelee.

—Claro... Quizá deberíamos mostrarla en el escaparate para automóviles de la funeraria —bromeó Queenie.

—¡Oh, Queenie! —recriminó Mabelee.

Cressie se percató de que Rosaleen y yo no habíamos entendido nada.

—La funeraria del pueblo tiene un escaparate para automóviles. Antes era un banco.

—Ahora colocan el ataúd abierto en el escaparate, donde antes solíamos ponernos para cobrar los cheques —explicó Queenie—. La gente puede pasar en el coche y presentar sus respetos sin tener que bajar. Incluso te dan el libro de condolencias por la bandeja de ventanilla para que lo firmes.

—No lo diréis en serio —se sorprendió Rosaleen.

—Ya lo creo —aseguró Queenie—. Muy en serio.

Puede que estuvieran diciendo la verdad, pero no lo parecía. Se caían unas sobre otras riendo, y allí estaba May, muerta.

—Yo fui una vez para ver a la señora Lamar cuando se murió, ya que había trabajado para ella tiempo atrás —contó Lunelle—. La mujer que estaba sentada en el escaparate junto al ataúd había sido la cajera del banco y, cuando me iba en el coche, soltó: «Que tenga un buen día.»

Me volví hacia August, que se estaba secando lágrimas de hilaridad de los ojos.

—No permitirás que pongan a May en el escaparate del banco, ¿verdad? —exclamé.

—No te preocupes, cielo —contestó Sugar—. El escaparate para automóviles está en la funeraria para blancos. Ellos son los únicos que tienen dinero suficiente para montar algo tan ridículo.

Les dio de nuevo a todas un ataque de risa, y no pude evitar reír también, en parte aliviada porque la gente no se acercaría en coche a la funeraria para ver a May y en parte porque cuando las Hijas reían, era imposible permanecer impasible junto a ellas.

Pero he de confesar que además hubo otra razón para sentirme alegre, otro motivo que ninguna de ellas, ni siquiera August, captó: Sugar había hablado delante de mí como si yo fuera una más y nadie la había reprendido por decir aquellas cosas en presencia de una persona blanca. No me consideraban alguien distinto.

Creía, hasta ese momento, que había que conseguir que la gente blanca y la de color se llevaran bien, pero, después de aquello, decidí que lo mejor era no hacer distingos, como si todos fuésemos incoloros. Pensé en aquel policía, en Eddie Hazelwurst, que había comentado que me estaba rebajando al vivir en esa casa de mujeres de color. Por más que lo intentaba, no entendía por qué se las consideraba inferiores. Sólo había que mirarlas para apercibirse al instante de lo especiales que eran. Ellas eran reinas y Eddie Hazelwurst, un pobre estúpido.

Era tanto el cariño que sentía por ellas que pensé que, si me moría, estaría encantada de que me mostraran en el escaparate del banco si aquello hacía reír a las Hijas de María.

La segunda mañana del velatorio, mucho antes de que llegaran las Hijas, incluso antes de que June bajara de su habitación, August encontró la nota de suicidio de May entre las raíces de un roble, a menos de diez metros del lugar donde había muerto. Habían brotado algunas de esas hojas que suelen crecer de noche y la habían sepultado.

Rosaleen estaba preparando pastel de plátano en honor a May, y yo desayunaba a la mesa mis cereales, mientras trataba de sintonizar algo decente en la radio, cuando August irrumpió en la cocina. Sujetaba la nota con las dos manos, como si las palabras pudieran desprenderse de ella si no iba con mucho cuidado.

—June, baja enseguida —gritó escaleras arriba—. He encontrado un escrito de May.

Extendió el papel en la mesa y se inclinó hacia él. Apagué la radio de plástico y observé aquella hoja arrugada y rígida con las palabras medio borradas debido a su exposición a la intemperie.

Oímos el sonido de los pies descalzos de June en los peldaños y, acto seguido, la vimos entrar en la habitación.

—Dios mío, August. ¿Qué dice?

—Es tan... típica de May —comentó August, y cogió la nota para leérnosla.

> Queridas August y June,
> Siento dejaros así. No deseo que estéis tristes, pero pensad en lo feliz que seré con April, mamá, papá y la abuela. Imaginadnos ahí arriba juntos y eso os ayudará un poco. Estoy cansada de cargar con el peso del mundo. Ahora sólo voy a soltarlo. Es el momento de morir para mí y el momento de vivir para vosotras. No lo estropeéis.
> Besos,
>
> MAY

August dejó la nota y se volvió hacia June. Abrió los brazos y June corrió hacia ella para fundirse ambas en un abrazo de hermana mayor a hermana menor, con el mentón de una apoyado en el cuello de la otra. Permanecieron así el tiempo suficiente como para que me preguntara si Rosaleen y yo deberíamos salir de la habitación, pero antes de haber de decidirlo se soltaron y nos quedamos todas allí, envueltas en el aroma del pastel de plátano.

—¿Crees que de verdad era el momento de morir para ella? —preguntó June.

—No lo sé —contestó August—. Puede que sí. Pero sé que

May tenía razón en algo: es el momento de vivir para nosotras. Es su último deseo que lo hagamos, June, así que hemos de cumplirlo. ¿De acuerdo?

—¿Qué quieres decir? —inquirió June.

Observamos cómo August se acercaba a la ventana, apoyaba las manos en la encimera y contemplaba el cielo, de color aguamarina y reluciente como el tafetán. Daba la impresión de estar tomando una decisión importante.

June corrió una silla y se sentó.

—¿Qué, August?

Cuando August se volvió, tenía las mandíbulas apretadas.

—Voy a decirte algo, June. —Se acercó y se quedó de pie frente a ella—. Llevas demasiado tiempo viviendo tu vida a medias. Lo que May trataba de explicarnos es que, cuando es el momento de morir, hay que morir, y cuando es el momento de vivir, hay que vivir. No te mantengas al margen de tu vida, entrégate a ella por completo y no tengas miedo.

—No entiendo qué quieres decir —exclamó June.

—Digo que te cases con Neil.

—¿Qué?

—Desde que Melvin Edwards te dejó plantada en el altar, y de aquello hace ya muchos años, has tenido miedo del amor y te has negado a correr el riesgo. Como dice May en la nota: «Es el momento de vivir para ti. No lo estropees.»

June tenía la boca entreabierta, pero ni una sola palabra le salió de los labios.

De repente, todo olía a quemado. Rosaleen abrió el horno de un golpe y sacó el pastel, que tenía hasta el último pedacito de merengue chamuscado.

—Lo comeremos así —aseveró August—. Un poco de sabor a quemado no ha matado nunca a nadie.

Velamos a May durante cuatro días seguidos. August llevaba su nota encima a todas horas, guardada en el bolsillo o metida bajo el cinturón. Yo observaba a June, que se mostraba mucho más taciturna desde que August la había reprendido por no casarse con Neil. No parecía estar enfadada, sino más bien meditabunda. En más de una ocasión la encontré sentada junto al ataúd con la frente apoyada en él. Sabía que no sólo estaba despidiéndose de May, sino también tratando de encontrar sus propias respuestas a tanta incógnita.

Una tarde, August, Zach y yo fuimos a las colmenas y retiramos las telas negras. August explicó que no podíamos dejarlas puestas demasiado tiempo porque las abejas lo habían memorizado todo sobre su colmena y un cambio tan drástico podría desorientarlas. Aseguró que podrían no encontrar el camino de vuelta a casa.

«Dímelo a mí», pensé.

Las Hijas de María venían cada día justo antes del almuerzo, se sentaban en el salón con May toda la tarde y contaban historias sobre ella. Fue mucho lo que lloramos, pero notaba que empezábamos a sentirnos mejor, a asumir la despedida. Esperaba que May también se sintiera aliviada.

Neil estaba en la casa casi tanto tiempo como las Hijas y parecía confundido del todo por el modo en que June lo miraba fijamente a la cara.

Apenas podía tocar el violonchelo, porque eso significaba soltarle la mano. A decir verdad, los demás nos pasábamos casi tanto tiempo observando a June y a Neil como acompañando a May en su paso hacia la otra vida.

La tarde que la funeraria vino a recoger a May para enterrarla, unas abejas revolotearon alrededor del parabrisas del coche fúnebre y el zumbido creció cuando cargaron en él el féretro, fundiéndose con los colores del crepúsculo. Amarillo dorado. Rojo. Pinceladas marrones.

Durante el entierro, aún era capaz de escuchar su zumbido, a pesar de que estábamos a kilómetros de distancia, en un cementerio para personas de color con indicadores caídos y malas hierbas. El sonido llegaba con la brisa, mientras nos apiñábamos para observar cómo descendían el ataúd de May y lo cubrían de tierra. Pero antes, August nos pasó una bolsa de papel llena de maná para que tomásemos puñados y lanzásemos aquellas semillas a la fosa, con el ataúd. Mis oídos sólo podían oír el zumbido de las abejas.

Esa noche, en mi cama del almacén, cuando cerré los ojos, el zumbido de las abejas recorrió mi cuerpo. Recorrió la tierra entera. Era el sonido más viejo del mundo. Almas que se iban volando.

11

Las obreras tienen que hacer veinte millones de viajes para reunir el néctar necesario para producir un kilo de miel.

Bees of the World

Tras el entierro de May, August interrumpió la producción y la venta de miel e, incluso, la patrulla de las abejas. Tanto ella como June tomaban en sus dormitorios las comidas que, ahora, preparaba Rosaleen. Apenas veía a August, salvo por la mañana, cuando cruzaba el jardín en dirección al bosque. Me saludaba con la mano y, si corría hacia ella y le preguntaba adónde iba y si podía acompañarla, sonreía y contestaba que no, porque todavía estaba llorando la pérdida de su hermana. A veces se quedaba en el bosque hasta pasado el almuerzo.

Tenía que refrenar el impulso de decirle que necesitaba hablar con ella. La vida es extraña en ocasiones: me había pasado más de un mes perdiendo el tiempo, sin querer hablar con August sobre mi madre, cuando podría haberlo hecho con tanta facilidad, y ahora que necesitaba contárselo, no podía. No se puede molestar a alguien que está apesadumbrado por la muerte de un ser querido para hablarle de tus problemas, por importantes que sean.

Por mi parte, ayudaba un poco a Rosaleen en la cocina, pero, sobre todo, gozaba de libertad para holgazanear y escribir en mi cuaderno. Volqué mi alma en él en tantas ocasiones que acabé todas las páginas.

Me sorprendía lo mucho que extrañaba nuestra vida corriente, rutinaria: desde el simple acto de verter cera en un molde de velas o de reparar una colmena rota, hasta la solemnidad de arrodillarme entre August y June por las noches para rezarle a Nuestra Señora.

Caminaba por el bosque por la tarde, cuando estaba segura de que August no se encontraba allí llorando por su hermana. Elegía un árbol y me decía que si un pájaro se posaba en él antes de que hubiera contado hasta diez significaba que mi madre me mandaba su señal de amor. Cuando llegaba a siete, empezaba a contar muy despacio, tratando de alargar la espera. A veces llegaba a cincuenta... En vano.

De noche, cuando todas dormían, estudiaba mi mapa de Carolina del Sur intentando decidir adónde podríamos ir después Rosaleen y yo. Siempre había querido ver las casas de colores de Charleston, las calesas con sus caballos de verdad en la calle, pero a pesar de lo atractivo que todo aquello me parecía, el hecho de pensar en marcharnos me abatía por completo. Y, aunque apareciera de modo milagroso otro camión de melones y nos llevara hasta esa ciudad, Rosaleen y yo tendríamos que encontrar trabajo en algún sitio, alquilar un lugar en el que vivir y esperar que nadie hiciera demasiadas preguntas.

A veces, ni siquiera me apetecía salir de la cama. Incluso me dio por alterar el orden de mis braguitas con el día de la semana, así que cuando era lunes yo podía llevar la ropa interior que ponía «jueves». Me daba igual.

Sólo veía a June cuando Neil venía, lo que ocurría a diario. Ella aparecía con aretes en las orejas y se marchaban a dar largos paseos en coche, lo que, según decía, le sentaba muy bien. El viento ponía en orden sus ideas y el paisaje le mostraba cuánto de bello había por vivir. Neil se sentaba al volante y June se acomodaba a su lado, muy pegada a él. He de reconocer que me preocupaba que pudieran sufrir algún percance circulando en aquella posición.

Zach se presentó un par de veces de visita y me encontró en una silla del jardín, sentada sobre las piernas y releyendo mi cuaderno. Cuando lo veía, casi siempre me daba un vuelco el estómago.

—Eres una tercera parte de amigo, una tercera parte de hermano, una tercera parte de compañero apícola y una tercera parte de novio —le dije un día.

Me hizo ver que había una tercera parte de más en mi ecuación, aunque yo ya lo sabía: las matemáticas se me daban mal, pero no tanto. Nos miramos a los ojos, como si quisiéramos adivinar qué tercera parte debería suprimirse.

—Si fuera negra... —insinué.

Me cruzó los labios con un dedo y pude notar el sabor salado de su piel.

—No podemos pensar en cambiar nuestra piel —comentó—. En lo que tenemos que pensar es en cambiar el mundo.

Lo único de lo que hablaba era de ir a la facultad de Derecho y propinar patadas en el culo. No decía que fuera a dárselas a los blancos, y se lo agradecía, pero creo que era eso a lo que se refería.

Había ahora un lugar en su interior que no existía antes. Acalorado, hastiado, airado. Situarse ante él era como acercarse a una estufa de gas, a una llama de fuego azul que ardía en la curva oscura y húmeda de sus ojos.

Sus conversaciones solían centrarse en los disturbios raciales de Nueva Jersey, en policías que golpeaban con la porra a chicos negros que les lanzaban piedras, en cócteles molotov, en sentadas, en causas justas, en Malcolm X y el grupo Afro-American Unity, que pagaba al Ku Klux Klan con su misma moneda.

Deseaba preguntar a Zach si recordaba el día que comimos los cubitos de lima de May bajo los pinos, si se acordaba de cuando cantó *Blueberry Hill*. Quería saber si no lo había olvidado.

Después de llevar toda una semana de luto, justo cuando empezaba a creer que seguiríamos para siempre en nuestros particulares mundos de pesar y no volveríamos a comer nunca juntas ni a trabajar una al lado de la otra en el almacén, me encontré a Rosaleen en la cocina poniendo la mesa para cuatro con la vajilla de los domingos, que tenía unas flores rosas y unos festones en el borde. Estallé de felicidad porque la vida parecía volver a la normalidad.

Rosaleen colocó una vela en la mesa. Aquélla fue para mí la primera vez en mi vida que comí a la luz de una vela. El menú consistió en pollo asado, arroz y salsa de carne, fríjoles, tomates cortados a rodajas, galletas y, claro, la luz de la vela.

—¿Entonces qué? —inquirió Rosaleen a June cuando apenas habíamos empezado—. ¿Te vas a casar con Neil o no?

August y yo dejamos de masticar y prestamos atención.

—Eso es algo que yo sé y que vosotras tendréis que averiguar —contestó June.

—¿Y cómo vamos a averiguarlo si no nos lo cuentas? —insistió Rosaleen.

Cuando terminamos de comer, August sacó cuatro botellas de Coca-Cola fría de la nevera, junto con cuatro paquetitos de cacahuetes salados de la despensa. Miramos cómo destapaba las botellas.

—¿Qué demonios es esto? —exclamó June.

—Es el postre favorito de Lily y mío —refirió August, al tiempo que me dirigía una sonrisa—. Nos gusta meter los cacahuetes dentro de la botella, pero podéis comerlos solos si lo preferís.

—Me parece que sí —comentó June, con los ojos entornados.

—Yo quería preparar un pastel de frutas, pero August me indicó que tomaríamos colas con cacahuetes —explicó Rosaleen a June, y dijo «colas» y «cacahuetes» como podría decirse «mocos» y «cacas».

—No saben qué es una exquisitez, ¿verdad Lily? —August me dedicó una sonrisa.

—No —corroboré.

Vacié la bolsa de cacahuetes dentro de la botella, donde provocaron una ligera reacción de espuma antes de flotar en el líquido marrón. Bebí y mastiqué, maravillada por el contraste de aquel sabor salado y dulce a la vez en mi paladar, mientras contemplaba a través de la ventana el vuelo de los pájaros, que regresaban a sus nidos, y la luz de la luna, que empezaba a proyectarse sobre el centro de Carolina del Sur, sobre aquel lugar en el que yo me escondía al lado de tres mujeres cuyos rostros relucían ahora a la luz de una vela.

Cuando hubimos terminado las colas, fuimos al salón a rezar el *Ave María* juntas por primera vez desde la muerte de May.

Me arrodillé en la alfombra junto a June, mientras que Rosaleen, como siempre, se arrellanaba en la mecedora. August se situó al lado de Nuestra Señora y dobló la nota de suicidio de May de modo que parecía un pequeño avión de papel. Lo introdujo en una grieta profunda que la talla tenía en la zona del cuello, dio unas palmaditas en el hombro de la Virgen negra y soltó un largo suspiro, que hizo que aquel salón mal ventilado volviera a cobrar vida.

—Bueno, ya está —concluyó.

Había dormido con Rosaleen en la habitación de May desde que ésta había muerto, pero cuando esa noche Rosaleen y yo comenzábamos a subir las escaleras, tuve un impulso.

—¿Sabes qué? —exclamé—. Creo que volveré al almacén de la miel.

Descubrí de pronto que echaba de menos disponer de una habitación para mí sola.

—¡Por Dios! —Rosaleen se había puesto en jarras—. El follón que armaste cuando me marché y te dejé, y ahora eres tú quien quiere irse.

De hecho, creo que no le importaba en absoluto que quisiera trasladarme, pero no podía dejar escapar la oportunidad de importunarme un poco.

—Vamos, te ayudaré a llevar tus cosas —añadió.

—¿Quieres decir ahora?

—No hay nada como el presente —aseveró, y comprendí que también ella prefería dormir sola.

Cuando Rosaleen se fue, eché un vistazo en torno de mi antigua habitación en el almacén.

Me pareció muy tranquila, pero al momento pensé que al día siguiente, a esa misma hora, se sabría la verdad y todo cambiaría, y empezaría a desear volver a estar con Rosaleen y escuchar el reconfortante sonido de sus ronquidos.

Busqué la imagen de la Virgen negra y la fotografía de mi madre en la bolsa. Se las mostraría a August al día siguiente.

Las metí bajo la almohada, pero cuando apagué la luz el miedo invadió mi duro y estrecho camastro, y me mostró todas las formas en que la vida podía ir mal. Me vi en un campo de prisioneros para chicas en los Everglades de Florida. ¿Por qué los Everglades? No lo sé, la verdad. Pero siempre pensé que sería el peor lugar para estar en la cárcel. Estaba infestado de caimanes y de serpientes, y hacía un calor horroroso, peor que el de Carolina del Sur, donde, según había oído, algunas personas habían frito, además de huevos, beicon y salchichas en las aceras. El aire de Florida me asfixiaría. Aunque lo peor sería no volver a ver a August.

No pude pegar ojo en toda la noche de puro terror. En cambio, Rosaleen roncaba en la habitación de May.

A la mañana siguiente, dormí hasta tarde debido a la mala noche que había pasado. Además, había adquirido hábitos perezosos al no tener que ocuparme de mis tareas en el almacén. Pero el olor a pastel recién horneado que llegaba desde la casa rosa se coló en mi nariz y me hizo saltar de la cama.

Cuando llegué a la cocina, me encontré a August, June y Rosaleen cubiertas de harina y preparando pastelitos de una sola capa de igual tamaño que los que hacían de miel. Cantaban mientras trabajaban, y lo hacían como las Supremes, como las Marvelettes, como las Crystals, moviendo sus traseros al ritmo de la música.

—¿Qué estáis haciendo? —pregunté desde la puerta con una sonrisa.

Dejaron de cantar y rieron, a la vez que se daban empujoncitos y codazos cariñosos.

—Vaya, mirad quién está aquí —soltó Rosaleen.

June llevaba una especie de *culote* azul con botones de margarita a un lado; en mi vida había visto yo nada igual.

—Preparamos pasteles para el Día de María —me aclaró—. Ya

es hora de que vengas a ayudarnos. ¿No te explicó August que hoy era el Día de María?

—No, no me lo explicó —contesté tras dirigir una mirada a Agust.

August, que llevaba puesto uno de los delantales de May, el de volantes en los hombros, se secó las manos en la parte delantera.

—Supongo que se me olvidó mencionarlo —se excusó—. Hemos celebrado el Día de María todos los agostos desde hace quince años. Desayuna y podrás ayudarnos. Tenemos mucho que hacer y no sé si nos dará tiempo.

Llené un cuenco con copos de arroz y leche, y me lo comí, intentado pensar por encima de sus crujidos. ¿Cómo iba a tener una conversación que cambiaría mi vida con August en medio de aquel ajetreo?

—Hace mil años las mujeres hacían exactamente lo mismo —comentó August—. Preparaban pasteles para María el día de su fiesta.

—Hoy es el día de la Asunción —explicó June, al ver la expresión de mi cara—. El 15 de agosto. No me digas que nunca lo habías oído.

Sí, claro. El día de la Asunción. El hermano Gerald lo predicaba domingo sí, domingo no... Por supuesto que no lo había oído nunca.

—En realidad, en nuestra Iglesia sólo permitíamos la presencia de María en Navidad —aclaré, sacudiendo la cabeza.

August sonrió y sumergió una espátula de madera en el recipiente de la miel que estaba en la encimera, junto a la tostadora. Mientras la vertía en los pastelillos que había colocado en una bandeja, me contó con detalle que la Asunción suponía nada menos que la ascensión de María al Cielo. Al parecer, María murió y despertó, y los ángeles se la llevaron en un remolino de nubes.

—Fue May quien empezó a llamarlo el Día de María —apostilló June.

—Pero no se trata sólo de la Asunción —prosiguió August mientras distribuía los pastelitos en las rejillas—. Es una celebración especial en honor de Nuestra Señora de las Cadenas. Representamos su historia y damos las gracias por la miel. Las Hijas de

223

María se unen a nosotras. La verdad es que son nuestros dos días favoritos del año.

—¿Dura dos días?

—Empezamos esta noche y terminamos mañana por la tarde —matizó August—. Date prisa con los cereales porque tienes que preparar las serpentinas y las guirnaldas, colgar las luces de Navidad, sacar las palmatorias, lavar el camión y preparar las cadenas.

«Alto, un momento —pensé—. ¿Lavar el camión? ¿Colgar las luces de Navidad? ¿Preparar las cadenas? Por cierto, ¿qué cadenas?»

Llamaron a la puerta trasera justo cuando estaba dejando el cuenco en el fregadero.

—Si ésta no es la casa que huele mejor de Tiburon, yo soy el tío de un mono —soltó Neil al entrar.

—Bueno, entonces supongo que te has salvado de una relación muy especial —contestó June.

Le ofreció un pastel de miel, pero él sacudió la cabeza, lo que delataba que estaba preocupado por algo. Neil no rechazaba la comida. Nunca. Se quedó plantado en medio de la habitación, cambiando el peso de un pie a otro.

—¿Qué haces aquí? —preguntó June.

Neil carraspeó y se frotó las patillas.

—He venido... Porque tenía la esperanza de hablar contigo.

Eso sonó tan forzado en sus labios que June entrecerró los ojos y lo observó un segundo.

—¿Estás bien?

—Sí. —Se metió las manos en los bolsillos. Las sacó—. Sólo quiero hablar contigo.

—Adelante, estoy escuchando —afirmó June sin moverse.

—Había pensado que podríamos ir a dar una vuelta.

—Por si no te has dado cuenta, tengo mucho trabajo, Neil —aclaró June, al tiempo que echaba un vistazo alrededor de la cocina.

—Ya lo veo, pero...

—Mira, dime de qué se trata —insistió June, que empezaba a enojarse—. ¿Qué es tan importante y urgente?

Miré a August: torcía la boca, simulando estar muy atareada.

Rosaleen, por el contrario, había interrumpido cualquier apariencia de trabajo y no apartaba los ojos de ambos.

—Demonios —masculló Neil—. He venido con la intención de pedirte, por enésima vez, que te cases conmigo.

Dejé caer la cuchara en el fregadero. August soltó la espátula de la miel. Y June abrió la boca y volvió a cerrarla, sin pronunciar una sola palabra. Todos nos quedamos inmóviles.

«Vamos. No estropees tu momento para vivir.»

La casa crujió como hacen las casas viejas. Neil bajó la vista. Y yo me noté la camisa empapada bajo los brazos. Recordé que me sucedía lo mismo en primaria, cuando la profesora escribía alguna palabra absurda en la pizarra, como «enteafel», y nos daba dos minutos para ordenarla, y descubrir la correcta, «elefante», por ejemplo, antes de que tocara la campana. Solía sudar en mi carrera contra el reloj. Ahora tenía la misma sensación, como si Neil fuera a salir por la puerta antes de que June lograra ordenar la respuesta en su interior.

—No te quedes ahí parada con la boca abierta, June —le espetó Rosaleen—. Di algo.

June miró a Neil y vi la lucha reflejada en su rostro. Sabía que tenía que rendirse. No a Neil, sino a la vida. Por fin, soltó un largo suspiro.

—Muy bien —susurró—. Vamos a casarnos.

Rosaleen se golpeó el muslo y lanzó un grito de júbilo, mientras August esbozaba la sonrisa más grande que recuerdo haberle visto en la cara. Yo me limité a dirigir la mirada de unos a otros, esforzándome por asimilarlo.

Neil se acercó a June y la besó en la boca. Pensé que no iban a separarse nunca para tomar aire.

—Vamos a la joyería ahora mismo a elegir un anillo antes de que cambies de opinión —propuso Neil.

June miró a August.

—No quisiera dejarlas con todo este trabajo —comentó, pero me di cuenta de que, en el fondo, no le importaba lo más mínimo.

—Ve —la animó August.

Cuando se fueron, August, Rosaleen y yo nos sentamos y comimos pastel de miel mientras todavía estaba caliente, a la vez que comentábamos lo ocurrido. Nos quedaba mucho trabajo por hacer, pero había que meditar ciertos asuntos antes de seguir adelante. Dijimos: «¿Visteis la expresión de la cara de Neil? ¡Menudo beso!» Pero sobre todo nos miramos y exclamamos: «¡June se va a casar!»

Preparar el Día de María era un trabajo que no permitía reposo. August me dio instrucciones para que hiciera las serpentinas antes que nada. Corté crespón azul y blanco en tiras hasta que me salió una ampolla en la mano. Les di una forma ondulada en los bordes con los dedos y después saqué la escalera pequeña al jardín y las colgué de los mirtos.

Corté el arriate de gladiolos y preparé guirnaldas de casi dos metros atando las flores a un cordel, algo que pensé que jamás haría bien. Luego pregunté a August qué debía hacer con todo aquello.

—Ponlo alrededor del carretón —me contestó.

Claro, ¿cómo no se me había ocurrido?

Después, busqué en el armario del recibidor las luces de Navidad, que me hizo colocar alrededor de los arbustos que había junto a los peldaños del porche trasero, sin mencionar todos los alargues que tuve que instalar.

Mientras trabajaba, Zach manejaba la segadora de césped, desnudo de cintura para arriba. Puse las mesas plegables junto a los mirtos para que las serpentinas quedaran encima y nos rozaran la cara mientras comíamos. Intenté no mirarlo para no ver su piel tersa, reluciente de sudor, la placa de identificación colgada de la cadena alrededor de su cuello, los pantalones cortos que le cubrían las caderas, el vello que crecía bajo su ombligo.

Pasó la azada por una zona de malas hierbas sin que fuera necesario pedírselo, y la ondeó con un derroche de gruñidos furiosos mientras yo estaba sentada en los peldaños y arrancaba las gotas de cera de dos docenas de palmatorias de cristal. Les puse velas nuevas y las deposité entre el césped, bajo los árboles, en su mayoría en los agujeritos donde habían crecido las malas hierbas.

En el porche trasero, August removía el helado. Junto a los pies tenía un rollo de cadenas. Me lo quedé mirando.

—¿Qué harás con eso?

—Ya lo verás —contestó.

A las seis de la tarde ya estaba agotada por los preparativos del Día de María y eso que la verdadera celebración ni siquiera había empezado. Terminé el último de mis encargos y me dirigí al almacén para cambiarme. Entonces, June y Neil aparecieron por el camino de entrada.

La mano de June se extendió delante de mí para mostrarme su anillo. Lo miré y admití al instante que Neil se había superado a sí mismo. Cierto que no era demasiado grande, pero era precioso. El diamante estaba engastado en plata labrada.

—¡Es el anillo más bonito que he visto! —exclamé.

Mantuvo la mano extendida y la balanceó con suavidad para que el diamante destellara bajo la luz.

—Creo que a May también le habría gustado —comentó.

En aquel momento llegaron las primeras Hijas y June caminó despacio hacia ellas con la mano por delante.

Una vez en el almacén, levanté la almohada de mi cama para asegurarme de que la imagen de la Virgen negra y la fotografía de mi madre seguían debajo, donde las había dejado. Día de fiesta o no, esa noche August debía conocer la verdad. La idea hizo que un escalofrío de inquietud me recorriera el cuerpo. Me senté en el catre y sentí que algo bullía en mi interior y me oprimía el pecho.

Al volver a la casa rosa, con unos pantalones cortos y una camisa limpios, y los cabellos bien peinados, me detuve para contemplarlo todo. August, June, Rosaleen, Zach, Neil, Otis y todas las Hijas de María se agrupaban sobre la hierba recién cortada, junto a las mesas plegables, entre risas tenues y vibrantes. Había montones de comida y serpentinas azules y blancas ondeando con la brisa. Las luces de Navidad brillaban en espirales de color en el porche y las velas estaban encendidas, a pesar de que el sol aún no había desaparecido por el horizonte. Todas las partículas de aire resplandecían.

«Amo este sitio con toda el alma», me dije a mí misma.

Las Hijas me colmaban de halagos. Elogiaron lo bien que olía, lo bonito que me quedaba el cabello cuando lo llevaba bien peinado.

—¿Te gustaría que te hiciera un sombrero, Lily? —me preguntó Lunelle.

—¿De verdad? ¿Me harías un sombrero?

Desconocía cuándo tendría ocasión de lucir un sombrero obra de Lunelle, pero, aun así, quería uno. Al menos, podrían enterrarme con él algún día.

—Por supuesto que sí. Te haré uno increíble. ¿De qué color te gustaría que fuera?

—Azul —intervino August, que estaba escuchando, y me guiñó el ojo.

Primero, comimos. Para entonces ya sabía que comer era prioritario para las Hijas. Cuando terminamos, los tonos rojizos del crepúsculo habían dado paso al negror de la noche, refrescando el ambiente, manchando y tiñendo las últimas horas de la jornada de púrpura y de azul oscuro. Rosaleen sacó la bandeja con pasteles de miel y la dejó en una de las mesas.

August nos indicó que nos situáramos en torno a esa mesa formando un círculo. El programa de actos del Día de María acababa de comenzar.

—Éstos son los pasteles de miel de María. Pasteles para la Reina del Cielo —proclamó August.

Tomó uno con la mano y, tras cortar un trozo, lo sujetó ante Mabelee, que estaba a su lado en el círculo.

—Éste es el cuerpo de María —añadió, al tiempo que introducía en la boca de Mabelee el pedacito de pastel, mientras ésta cerraba los ojos.

Cuando Mabelee lo hubo tragado, hizo lo mismo que August, esto es, cortó otro trozo y se lo dio a la siguiente persona del círculo, que resultó ser Neil. Mabelee, que no mediría metro y medio ni con tacones de aguja, casi necesitaba una escalera para alcanzar su boca. Neil se agachó.

—Éste es el cuerpo de María —anunció Mabelee, ofreciéndole el pastel.

En realidad no sabía nada sobre la Iglesia católica, pero estaba convencida de que el Papa se habría desmayado si hubiera visto aquello. Aunque no el hermano Gerald: él no se habría detenido en desvanecimientos, sino que habría corrido a preparar un exorcismo al momento.

Yo, por mi parte, no había visto nunca a adultos que se dieran de comer entre sí, y contemplé aquel acto con un nudo en la garganta. No sabría decir por qué, pero lo cierto es que el círculo de alimentación hizo que me sintiese mejor respecto del mundo.

Caprichos del destino, quien me dio el pastel fue June. Abrí la boca, cerré los ojos y esperé el cuerpo de María.

—Siento haber sido tan dura contigo cuando llegaste aquí —me susurró June al oído, poco antes de que la dulzura del pastel de miel se extendiera por mi boca.

Deseé que Zach estuviese a mi lado. Me hubiera encantado ponerle el pastel en la lengua.

«Espero que suavice tu visión del mundo —le habría dicho—. Espero que te regale una nueva sensación de ternura.»

Pero me tocó ofrecer el trozo de pastel a Cressie, quien dio cuenta de él con los ojos cerrados.

Cuando todos hubimos tomado pastel, Zach y Neil fueron al salón, regresaron con Nuestra Señora y la dejaron erguida sobre el carretón rojo. Otis llegó tras ellos, portando el montón de cadenas. Entonces, August se inclinó hacia mí.

—Ahora vamos a representar la historia de Nuestra Señora de las Cadenas —me indicó—. La llevaremos al almacén de la miel y la encadenaremos para que pase en él la noche.

«Nuestra Señora pasará la noche conmigo», pensé.

Mientras August tiraba despacio del carretón por el jardín, Zach y Neil sujetaban a Nuestra Señora con las manos. Quizá peque de soberbia, pero debo reconocer que la guirnalda de flores que yo había hecho confería al conjunto un efecto grandioso.

June portaba el violonchelo, y las Hijas seguían el carretón en ordenada comitiva, con velas encendidas.

—María, estrella del mar —cantaban—. María, la luna más brillante. María, panal de miel.

Rosaleen y yo, con sendas velas, cerrábamos el séquito, tratando de tararear la melodía, ya que no conocíamos la letra. Rodeé la llama de mi vela con una mano para asegurarme de que no se apagara.

Cuando el cortejo llegó al almacén, Neil y Zach sacaron la estatua del carretón y la entraron. Sugar dio un codazo a Otis y éste fue a ayudarlos a situarla entre el extractor y el filtro.

—Muy bien —exclamó August satisfecha—. Ahora dará comienzo la última parte de nuestro oficio. ¿Por qué no formáis un semicírculo alrededor de Nuestra Señora?

Al tiempo que June interpretaba al violonchelo una pieza triste por demás, August volvió a relatar la historia de la Virgen negra de principio a fin. Cuando llegó a la parte en que los esclavos tocaban el corazón de Nuestra Señora y Ella les insuflaba audacia y les susurraba planes de huida, la música de June fue *in crescendo*.

—Nuestra Señora se volvió tan poderosa que el amo se vio obligado a encerrarla en la casa, a encadenarla en la cochera —explicó August—. Estaba oprimida y atada.

—Bienaventurada —murmuró Violet.

A la luz de las velas, Neil y Otis tomaron las cadenas y empezaron a rodear con ellas a Nuestra Señora. Otis las manejaba de un modo tal que, por un momento, creí que sólo un milagro nos salvaría de sufrir un accidente.

—María se dejó encadenar para mostrar que era una de nosotros, la hermana de todas las personas encadenadas —prosiguió August.

—Sintió todo lo que hemos sentido nosotros —intervino ahora Cressie.

—El amo de los esclavos no se percató de la clase de alma que habitaba en Nuestra Señora —contó August—. Creía que María era una mujer dócil, que hacía lo que se le decía.

—Le esperaba una sorpresa —añadió burlona Lunelle.

—Cada vez que el amo encadenaba a María en la cochera, ésta rompía las cadenas y regresaba con su gente —apostilló August esbozando una sonrisa.

Se detuvo. Recorrió el círculo y nos miró uno a uno, dejando que sus ojos descansaran en cada rostro como si el tiempo no contara más.

Luego, elevando el tono de voz, se dispuso a recitar lo que entendí sería la oración final.

—Lo que está atado, se desatará. Lo que está oprimido, se liberará. Ésta es la promesa de Nuestra Señora.

—Amén —culminó Otis.

June comenzó de nuevo a tocar, esta vez una melodía más alegre, gracias a Dios. Dirigí la mirada a la Virgen, envuelta de pies a cabeza en cadenas oxidadas. Fuera, el cielo se iluminó al paso de una serie de relámpagos.

Todos parecían absortos, meditando o lo que fuera que hicieran. Todos tenían los ojos cerrados. Excepto Zach: él me estaba mirando.

Observé a la pobre Virgen. No soportaba verla rodeada de cadenas.

—Sólo es una representación —había referido August—. Para ayudarnos a recordar. Porque recordar es lo más importante.

Aun así, la idea me entristecía. Detestaba recordar.

Me volví y salí del almacén buscando el silencio cálido de la noche.

Zach me atrapó cuando llegaba al huerto de tomates. Me tomó la mano y seguimos andando. Saltamos el muro de May y nos adentramos en el bosque sin hablar. Las cigarras estaban inspiradas y llenaban el aire con su extraño canto. Sin querer, rompí dos telas de araña, y sus finos y transparentes hilos rozaron mi cara. Me gustó el tacto de aquel velo tejido en la noche.

Necesitaba llegar al río. Me urgía su braveza. Toda yo quería yacer desnuda en él y dejar que el agua lamiera mi piel. Anhelaba coger una piedra de su lecho y chuparla, como había hecho la noche que Rosaleen y yo habíamos dormido en la orilla. Ni siquiera la muerte de May me apartaba de él, pues estaba segura de que el río había hecho todo lo posible para que ella abandonara esta vida de modo apacible. Pensé que si alguien moría en un río, tal vez también podía renacer en él, como en las tumbas en forma de colmena de las que August me había hablado.

La luz de la luna iluminaba ya los árboles. Conduje a Zach hacia la orilla.

El agua puede ser muy brillante en la oscuridad. Observamos el vaivén de las bolsas de luz que surcaban la superficie, mientras dejábamos que el murmullo del agua nos envolviera. Era capaz de ver su música: sus notas azul verdoso, sus notas blancas.

Con mi mano entre la suya, noté que los dedos de Zach se entrelazaban alrededor de los míos.

—Había una laguna cerca de donde vivía antes —comenté—. A veces iba y me metía en el agua. Un día, vi a los chicos de la granja de al lado en ella. Estaban pescando y tenían un montón de pececitos que habían capturado atados a un cordel. Me sujetaron en la orilla y me lo colgaron al cuello, demasiado estrecho para que pudiera pasármelo por la cabeza. Les grité que me soltaran, que me lo quitaran, pero se rieron y me preguntaron si no me gustaba mi collar de peces.

—¡Malditos chicos! —exclamó Zach.

—Unos cuantos peces ya estaban muertos, pero la mayoría se agitaba con los ojos puestos en mí, con aspecto asustado. Sabía que si me sumergía hasta el cuello, podrían respirar. Me adentré hasta que el agua me llegó a las rodillas. Pero no pude seguir: me daba demasiado miedo. Creo que lo peor fue eso, que no los ayudé, cuando estaba en mis manos salvarlos.

—No podías quedarte en la laguna para siempre —comentó Zach.

—Pero sí hubiera podido quedarme un buen rato. Lo único que hice fue suplicar a aquellos chicos que soltaran el cordel. Se lo supliqué... Me gritaron que me callara, que era su sujetapeces, así que me quedé sentada hasta que todos los peces murieron en mi pecho. Estuve un año soñando con ellos. A veces, me veía colgada del cordel como un pececillo moribundo más.

—Conozco esa sensación —afirmó Zach.

Lo miré a los ojos. Quería llegar al fondo de su alma.

—Que te detuvieran... —No sabía cómo expresarlo.

—¿Qué pasa con eso? —preguntó.

—Te ha cambiado, ¿verdad?

—A veces, Lily, estoy tan enfadado que siento deseos de matar —contestó, con los ojos clavados en el agua.

—Esos chicos que me colgaron los peces también estaban enfadados así, enfadados con el mundo, y eso los volvía malos. Tienes que prometerme que no serás como ellos, Zach.

—No querría —aseguró.

—Yo tampoco.

Acercó su cara a la mía y me besó. Al principio, fue como si las alas de una mariposa me rozaran los labios. Luego, su boca se abrió en la mía y me rendí a él. Me besó con suavidad, pero con avidez al mismo tiempo, y me gustó su sabor, la fragancia de su piel, el modo en que sus labios se abrían y se cerraban, se abrían y se cerraban. Flotaba en un río de luz. Acompañada de peces. Adornada de peces. Y, a pesar de ese hermoso dolor en mi cuerpo, de la vida palpitando bajo mi piel y de la urgente sensación de amor que se apoderaba de mí, a pesar de todo eso, notaba que los peces se morían en mi pecho.

Cuando el beso terminó, me miró con pasión.

—Nadie se imagina lo mucho que voy a estudiar este curso. Esa celda hará que consiga notas más altas que nunca. Y, cuando este año se acabe, nada impedirá que me marche de aquí y vaya a la universidad.

—Sé que lo lograrás —afirmé—. Lo sé.

Y no eran sólo palabras. Tengo un sexto sentido para las personas y sabía con certeza que llegaría a ser abogado. Incluso en Carolina del Sur, las cosas estaban cambiando, hasta el aire lo sabía, y Zach contribuiría a ello. Sería uno de esos tambores mayores de la libertad de los que Martin Luther King había hablado. Así era cómo me gustaba pensar en Zach. En un tambor mayor.

Me miró y se movió algo inquieto.

—Quiero que sepas que yo... —empezó a decir, pero se detuvo y alzó los ojos hacia la copa de los árboles.

Me acerqué más a él y admiré la parte de debajo de su mentón, mientras pensaba lo oculta y delicada que era.

—¿Qué quieres que sepa?

—Que me importas mucho. Pienso en ti todo el tiempo.

Se me ocurrió comentar que había cosas de mí que él desconocía y que quizá yo no le importaría tanto si llegara a conocerlas.

—Tú también me importas mucho —exclamé, en cambio, con una sonrisa.

—Ahora no podemos estar juntos, Lily, pero cuando logre ser alguien después de haberme marchado, regresaré y te buscaré y entonces no nos separaremos.

—¿Me lo prometes?

—Te lo prometo. —Se pasó la cadena con la placa de identificación por la cabeza y me la colgó al cuello.

—Para que no lo olvides, ¿de acuerdo?

El rectángulo de plata se deslizó bajo mi blusa, donde permaneció frío y firme entre mis senos. Zachary Lincoln Taylor reposaba allí, junto a mi corazón.

Mientras regresábamos, palpé la placa metálica a través de la camisa. Me debatía entre el amor y el miedo. Estaba metiéndome en el agua, hasta el cuello.

12

Si la reina tuviera más inteligencia, a buen seguro padecería neurosis. Pero, así las cosas, es esquiva y asustadiza, quizá porque jamás abandona la colmena y se pasa la vida confinada en la penumbra, en una especie de noche eterna, siempre de parto... Su función real no es tanto la de reina como la de madre de la colmena, un título que a menudo se le concede, aunque resulta algo grotesco, pues carece de instinto maternal y no se ocupa de su descendencia.

The Queen Must Die: And Other
Affairs of Bees and Men

Esperé a August en su habitación. Esperar era algo en lo que tenía mucha experiencia. Esperar a que las compañeras de clase me invitaran a ir a algún sitio. A que T. Ray cambiara de actitud. A que la policía apareciera y nos llevara a la cárcel de los Everglades. A que mi madre me enviara una señal de amor.

Zach y yo habíamos estado fuera hasta que las Hijas de María terminaron en el almacén de la miel. Las ayudamos a poner orden en el jardín. Yo amontonaba platos y copas mientras que Zach plegaba las mesas.

—¿Cómo es que os fuisteis antes de que acabáramos? —había dicho Queenie entre sonrisas.

—Se hizo demasiado largo —contestó Zach.

—Así que fue eso —bromeó, y Cressie se rió.

Cuando Zach se fue, regresé al almacén y saqué la imagen de la Virgen negra y la fotografía de mi madre de debajo de la almohada. Con ellas en las manos, pasé junto a las Hijas mientras terminaban de fregar los platos en la cocina.

—¿Adónde vas, Lily? —me preguntaron.

No me gustaba ser maleducada, pero no podía contestarles, no podía entretenerme con una conversación ociosa, pues lo único que quería era hablar sobre mi madre. Nada mas.

Me fui directa a la habitación de August y, en cuanto abrí la puerta, me invadió el aroma de la cera de abeja. Encendí una lámpara y me senté en el arcón de cedro que había a los pies de su cama. Abrí y cerré las manos ocho o diez veces. Estaban frías, húmedas y tenían vida propia. Lo único que querían era juguetear y hacer crujir los dedos. Me las metí bajo los muslos.

Era la segunda vez que estaba en el dormitorio de August. La primera había sido cuando me desmayé durante la reunión de las Hijas de María y me desperté en su cama. Debí estar demasiado aturdida para verla, porque todo me parecía nuevo ahora. Sentí que sería capaz de pasarme horas enteras allí encerrada sin llegar a aburrirme entre sus cosas.

Para empezar, todo era azul. La colcha, las cortinas, la alfombra, el cojín, las lámparas. Pero no azul uniforme. No. Conté hasta diez tonalidades distintas. Azul cerúleo, azul marino, azul turquesa, azul eléctrico... Toda la gradación del azul. Me sentí en el mar, buceando bajo sus aguas.

En el tocador, donde alguien menos interesante habría colocado un joyero o una foto enmarcada, August tenía una pecera vuelta del revés con un trozo enorme de panal en su interior. La miel había rezumado y se había depositado sobre la bandeja que había debajo.

En las mesillas de noche, unas velas se consumían en unas palmatorias doradas. Me pregunté si serían de las que yo había hecho. Me agradó pensar que podía estar ayudando a August a iluminar sus noches.

Crucé la habitación y examiné los libros cuidadosamente dispuestos en una estantería. *El lenguaje avanzado de la apicultura,*

Ciencia apícola, La polinización de las abejas, La edad dorada del mito y la leyenda, Los mitos de Grecia, Curación con miel, Leyendas sobre las abejas de todo el mundo, María a través de los siglos. Tomé el último del estante y lo abrí en mi regazo para observar las ilustraciones. Unas veces, la Virgen era morena y tenía los ojos castaños; otras, rubia con ojos azules, pero siempre radiante. Parecía una aspirante a miss América. A miss Misisipí... Casi siempre son ellas las que ganan el certamen. No pude evitar verla en bañador y con tacones, antes de su embarazo, por supuesto.

Lo que me impresionó, sin embargo, fue que en todas las imágenes el arcángel Gabriel le ofrecía un lirio a la Virgen. En todas ellas, cuando le anunciaba que iba a tener el Niño de los niños a pesar de no estar aún casada, le ofrecía un lirio. Como si fuera el premio de consolación por todas las habladurías de las que iba a ser objeto. Cerré el libro y lo devolví al estante.

La brisa se coló en la habitación a través de la ventana entreabierta. Me dirigí hacia ella y observé el margen oscuro de árboles en el límite del bosque y una media luna colocada como una moneda de oro en una ranura, a punto de caer por el cielo con un tintineo. Unas voces se filtraron a través de la mosquitera. Voces de mujer. Ascendían alegres y se desvanecían en el aire. Las Hijas se iban. Me retorcí el pelo con los dedos mientras describía círculos por la alfombra, como un perro haría antes de aposentarse en el suelo.

Pensé en las películas que había visto sobre la cárcel en las que estaban a punto de electrocutar a algún preso, condenado por error, por supuesto. La cámara iba del pobre hombre que sudaba en su celda al reloj que avanzaba hacia las doce.

Volví a sentarme en el arcón de cedro.

Se oyeron unos pasos en las tablas de madera del pasillo; unos pasos precisos, pausados. Los pasos de August. Me senté más erguida, más firme, y los latidos de mi corazón sonaron al compás.

—Pensé que podría encontrarte aquí —comentó nada más entrar.

Tuve el impulso de cruzar la puerta de la habitación a toda velocidad, de saltar por la ventana.

«No estás obligada a hacer esto», me dije, pero el ansia aumentó. Necesitaba saber.

—¿Recuerdas cuando...? —empecé. Mi voz apenas era un susurro. Carraspeé—. ¿Recuerdas cuando afirmaste que deberíamos hablar?

Cerró la puerta. Fue un sonido definitivo. Indicaba que no había vuelta atrás, que había llegado la hora de la verdad.

—Lo recuerdo muy bien.

Dejé la fotografía de mi madre sobre el arcón de cedro.

August se acercó y la recogió.

—Eres su vivo retrato —comentó.

Volvió sus ojos hacia mí, aquellas enormes pupilas que centelleaban con un ardor cobrizo en su interior. Deseaba poder ver el mundo a través de ellos aunque sólo fuera una vez.

—Es mi madre —exclamé.

—Ya lo sé, cielo. Tu madre era Deborah Fontanel Owens.

La miré y pestañeé. Avanzó hacia mí y la lánguida luz de la lámpara se reflejó en sus gafas. No podía ver sus ojos y necesitaba hacerlo. Di unos pasos y comprobé que su mirada era ahora más suave, más tierna.

Corrió la silla del tocador hacia el arcón de cedro y se sentó frente a mí, muy cerca, tanto que su rodilla rozaba la mía.

—Estoy muy contenta de que por fin vayamos a hablar sobre esto.

Pasó un minuto entero sin que ninguna de las dos pronunciara una sola palabra. Ella sujetaba la fotografía, y yo entendí que aguardaba a que fuese yo quien rompiera el silencio.

—Desde el primer momento supiste que era mi madre —susurré, sin acabar de comprender si lo que sentía era enfado, traición o sólo sorpresa.

Puso su mano en la mía y me acarició la piel con el pulgar.

—El día que llegaste, nada más mirarte, vi a Deborah cuando tenía tu edad. Sabía que ella tenía una niña, pero pensé que no podías ser tú; me costaba creer que la hija de Deborah pudiera aparecer en el salón de mi casa. Y en cuanto dijiste que te llamabas Lily, supe quién eras.

Quizá debería haberlo esperado. Noté que el llanto se me anudaba en la garganta y ni siquiera sabía por qué.

—Pero... Pero nunca me dijiste nada. ¿Por qué no me lo comentaste?

—Porque no estabas preparada para hablar de ella. No podía arriesgarme a que te escaparas una segunda vez. Quería darte tiempo para que te sintieras segura, para permitir que tu corazón cobrara fuerzas. Todo en la vida tiene su momento, Lily. Has de saber cuándo insistir y cuándo mantenerte callada, cuándo dejar que las cosas sigan su curso. Eso es lo que yo he intentado hacer.

Se hizo un gran silencio. ¿Cómo podía enfadarme con ella? Yo había hecho lo mismo. Había callado lo que sabía, y mis motivos no eran nobles como los suyos.

—May me lo dijo —comenté.

—¿Qué te dijo?

—La vi formando un camino con galletas integrales y malvaviscos para que lo siguieran las cucarachas. Mi padre me contó una vez que mi madre hacía lo mismo. Imaginé que lo habría aprendido de May. Así que le pregunté si había conocido a Deborah Fontanel y me respondió que sí, que Deborah se había alojado en el almacén de la miel.

—Dios mío. —August sacudió la cabeza—. Hay tanto que contar... ¿Recuerdas que te dije que trabajé de ama de llaves en Richmond antes de conseguir un empleo como maestra? Bueno, pues fue en casa de tu madre.

«La casa de mi madre.» Me costaba pensar en ella con un techo sobre su cabeza. Una persona que se acostaba en una cama, comía sobre una mesa y se aseaba en una bañera.

—¿La conociste cuando era pequeña?

—Solía cuidar de ella —contestó August—. Le planchaba los vestidos, le metía el almuerzo del colegio en una bolsa de papel... Le encantaba la mantequilla de cacahuete. Era lo único que quería. Mantequilla de cacahuete de lunes a viernes.

Solté el aliento y me di cuenta de que lo había estado conteniendo.

—¿Qué más le gustaba?

—Le gustaban sus muñecas. Les ofrecía té en el jardín y les preparaba unos bocadillitos diminutos que les ponía en los platos. —Se detuvo, como si estuviera recordando—. Lo que no le gustaba eran los deberes.

»Tenía que recordárselos sin cesar, perseguirla mientras le deletreaba palabras. Una vez se subió a un árbol y se escondió en él para no tener que aprenderse de memoria un poema de Robert Frost. La encontré y me subí con el libro, y no la dejé bajar hasta que lo memorizó todo.

Cerré los ojos y vi a mi madre sentada junto a August en la rama de un árbol, repasando las líneas de *Bajo los árboles una noche nevada*, que yo también había tenido que aprenderme para la clase de inglés. Incliné la cabeza y cerré los ojos.

—Antes de que sigamos hablando sobre tu madre, Lily, quiero que me cuentes por qué viniste aquí, ¿de acuerdo?

Abrí los ojos y asentí.

—Aseguraste que tu padre estaba muerto.

Bajé la mirada y la deposité en su mano, todavía sobre la mía, temerosa de que pudiera moverla.

—Me lo inventé —expliqué—. En realidad no está muerto.

«Sólo merecería estarlo», pensé.

—Terrence Ray —exclamó.

—¿También conoces a mi padre?

—No, nunca lo vi. Pero Deborah me habló de él.

—Yo lo llamo T. Ray.

—¿No lo llamas papá?

—No es como los papás normales.

—¿A qué te refieres?

—Grita a todas horas.

—¿A ti?

—A todo el mundo. Pero no me marché por eso.

—Entonces, ¿por qué, Lily?

—T. Ray... Él dijo que mi madre... —Las lágrimas se asomaron a mis ojos y me impidieron seguir hablando. Mis labios emitían sonidos que no lograba reconocer—. Dijo que ella me dejó, que nos había abandonado a los dos y se había marchado.

Una pared de cristal se rompió en mi pecho, una pared que ni siquiera sabía que existía.

August se deslizó hacia la punta de la silla y abrió los brazos, del mismo modo que los había abierto para June el día en que leyeron la nota de suicidio de May. Me incliné hacia ellos, sentí como se cerraban a mi alrededor y al instante supe que jamás olvidaría la belleza de aquel gesto.

Estaba tan apretada contra ella que notaba su corazón como una ligera presión palpitante en mi pecho. Me acariciaba la espalda con las manos. Agradecí que no dijese: «Vamos, deja de llorar, todo irá bien», que es lo que la gente exclama sin pensar cuando quiere hacerte callar.

—Sé que es doloroso —dijo en cambio—. Desahógate. Desahógate todo lo que quieras.

Y lo hice. Con la boca contra su vestido, parecía como si traspasara a través de ella todo el sufrimiento de mi vida a su pecho, impulsado por la fuerza de mi llanto, sin que ella se arredrara.

August estaba empapada de lágrimas. Tenía el cuello de algodón del vestido pegado a la piel. Podía ver su tonalidad oscura transparentándose en las partes mojadas. Era como una esponja que absorbía lo que yo ya no podía seguir conteniendo.

Sus manos eran cálidas en mi espalda, y cada vez que me detenía para sorber por la nariz o tomar un poco de aire, oía su respiración. Regular y tranquila. Inspiración y espiración. Cuando mi llanto se serenó, dejé que el compás de su aliento me meciera.

Al poco, me separé y la miré, asombrada por la fuerza de lo que había brotado de mí. La habitación estaba en silencio entonces. Recorrió con un dedo el perfil de mi nariz y me sonrió con cierta tristeza.

—Lo siento —musitó.

—No lo sientas —repliqué.

Se dirigió al tocador y sacó un pañuelo blanco del cajón superior. Estaba doblado, planchado y tenía bordado con hilo plateado el monograma A. B. en la parte delantera. Me secó con suavidad la cara.

—Quiero que sepas que no creí a T. Ray cuando me contó eso

—aseguré—. Sé que ella jamás me habría dejado así. Quería averiguar qué sucedió y demostrarle lo equivocado que estaba.

August se llevó la mano bajo las gafas y se oprimió los costados de la nariz, donde éstas se apoyaban.

—¿Y eso fue lo que te llevó a escaparte?

—Además —contesté tras asentir—, Rosaleen y yo tuvimos problemas en la ciudad y sabía que, si no me iba, T. Ray sería muy duro conmigo. Estaba cansada de sus castigos.

—¿Qué clase de problemas?

Deseaba no tener que continuar. Miré al suelo.

—¿Te refieres a cómo Rosaleen se hizo los cardenales y el corte en la cabeza?

—Ella sólo quería registrarse para votar.

August entrecerró los ojos como si intentara comprender.

—Muy bien, empieza por el principio. ¿De acuerdo? Tómatelo con calma y cuéntame qué pasó.

Le expliqué los lastimosos detalles lo mejor que pude, con cuidado de no dejarme nada: cómo Rosaleen practicó la escritura de su nombre, cómo los tres hombres la provocaron y cómo ella les tiró el líquido del tabaco en los zapatos.

—Un policía nos llevó a la cárcel —conté, y comprobé lo extrañas que esas palabras me sonaban. No podía ni imaginarme cómo le sonarían a August.

—¿La cárcel? —exclamó sorprendida, como si todos los huesos de su cuerpo flaquearan un poco—. ¿Os metieron en la cárcel? ¿Acusadas de qué?

—El policía aseguró que Rosaleen había agredido a los hombres; pero yo estaba allí y lo único que vi es que se había protegido. Nada más.

La mandíbula de August se tensó de pronto, al tiempo que su espalda se erguía por completo.

—¿Cuánto tiempo estuvisteis encerradas?

—Yo no me quedé demasiado. T. Ray vino a sacarme, pero no dejaron salir a Rosaleen y aquellos hombres regresaron y la apalearon.

—¡Dios mío! —exclamó August, y sus palabras quedaron suspendidas sobre nosotras.

Pensé en el alma de la Virgen, oculta en todas partes. Su corazón era una vasija roja llena de coraje entre las cosas corrientes. ¿No era eso lo que August había dicho? Que ella estaba allí, en todas partes, aunque no se dejase ver.

—¿Y cómo logró salir al final?

En algunas ocasiones, lo mejor es inspirar a fondo y soltarlo todo, sin más.

—Fui al hospital donde la habían llevado para ponerle puntos y... Y la saqué de allí, sin que el policía que la vigilaba se diese cuenta.

—¡Dios mío! —exclamó por segunda vez. Se puso de pie y deambuló por la habitación.

—Jamás lo hubiera hecho de no ser porque T. Ray comentó que el hombre que había pegado a Rosaleen era el racista más cruel del mundo y que no sería extraño que volviera para matarla. Entendí que no podía dejarla allí.

Aquella situación era horrible. Todos mis secretos se hallaban esparcidos por la habitación, como si un camión de basuras hubiera reculado y vertido sin querer su lamentable contenido por el suelo para que August lo recogiera. Pero eso no era lo peor. Lo que más me alteró fue el modo en que ella se recostó en la silla y miró hacia la ventana por encima de mi cabeza, sin contemplar otra cosa que el aire pegajoso, de modo que sus pensamientos eran un misterio que me crispaba los nervios.

Sentí un enorme calor que ascendía por mi cuello.

—No quiero ser una mala persona —aseguré, y me miré las manos; las tenía unidas como si rezara—. Pero, por lo visto, no puedo evitarlo.

Cualquiera habría imaginado que ya no me quedaban lágrimas, pero lloré de nuevo.

—Hago todo aquello que no debe hacerse —proseguí—. Digo mentiras sin parar. A ti no. Bueno, sí, pero por un buen motivo. Y odio a la gente. No sólo a T. Ray, sino a muchas personas. A mis compañeras de clase, y no me han hecho nada aparte de ignorarme. Odio a Willifred Marchant, la poetisa de Tiburon, y ni siquiera la conozco. A veces odio a Rosaleen, porque me avergüenza. Y al principio de estar aquí, odiaba a June.

El silencio se desbordó. Se elevó como agua; oí un estruendo en mi cabeza, lluvia en mis oídos.

«Mírame. Vuelve a poner tu mano en la mía. Di algo.»

Para entonces me goteaba tanto la nariz como los ojos. Hipaba y me secaba las mejillas, incapaz de impedir que de mi boca salieran todas las cosas horribles que podía recordar sobre mí misma. Quizá cuando acabase, si ella todavía podía amarme, si acertaba a decir que era una flor especial plantada en la tierra, tal vez podría mirarme en los espejos del salón y ver el río brillando en mis ojos, fluyendo a pesar de las cosas que habían muerto en él.

—Pero todo esto no es nada —dije entre sollozos, dispuesta a seguir.

Estaba de pie porque necesitaba ir a alguna parte, pero no había ningún sitio al que ir.

Nos hallábamos en una isla; una isla azul que flotaba en una casa rosa donde había contado mi vida y milagros, y esperado después que no me lanzaran al mar hasta que llegase la hora de mi castigo.

—Yo... —August me miraba, aguardando. No sabía si sería capaz de decirlo—. Fue culpa mía que se muriese. Yo... Yo la maté.

Sollocé y caí de rodillas en la alfombra. Por primera vez había pronunciado esas palabras en voz alta ante otra persona y su sonido me partió el corazón.

Creo que en la vida de todos hay un par de momentos en que oyes susurrar a un espíritu siniestro, a una voz que procede del centro de las cosas. Tiene hojas afiladas en lugar de labios y no se detiene hasta que revela el secreto que se oculta en el corazón de todo lo demás. Arrodillada en el suelo, incapaz de dejar de temblar, lo oí con claridad.

«Nadie puede quererte, Lily Owens. Es imposible. ¿Quién podría hacerlo? ¿Quién podría quererte nunca?»

Me hundí aún más sobre mis tobillos, apenas consciente de que murmuraba las palabras en voz alta.

—Nadie puede quererme.

Cuando alcé los ojos, vi partículas de polvo que flotaban en la luz de la lámpara y a August de pie, mirándome. Pensé que intentaría levantarme, pero en lugar de eso se arrodilló a mi lado y me apartó los cabellos de la cara.

—Oh, Lily —exclamó—. Pequeña.

—La maté sin querer —añadí, mirándola a los ojos.

—Escúchame bien —dijo August, mientras sujetaba mi mentón—. Es terrible que tengas que vivir con esa culpa, pero no significa que nadie te pueda amar. Aunque la mataras sin proponértelo, sigues siendo la chica más querida y digna de amor que conozco. ¡Caramba! Rosaleen te quiere. May te quería. No hace falta ser un genio para darse cuenta de que Zach te quiere. Y todas las Hijas de María te quieren. Y June, a pesar de su actitud, también te quiere. Sólo le costó un poco más porque estaba molesta con tu madre.

—¿Estaba molesta con mi madre? Pero ¿por qué? —pregunté, y comprendí que June también debió de saber quién era yo desde el primer momento.

—Oh, es complicado; como la misma June. No aceptó nunca que yo trabajara como sirvienta en casa de tu madre. —August sacudió la cabeza—. Sé que no es justo, pero se desquitó con Deborah y después contigo. De todos modos, hasta ella ha acabado queriéndote, ¿no es cierto?

—Supongo —balbucí.

—Pero, sobre todo, has de saber que yo te quiero. Igual que quería a tu madre.

August se incorporó, pero yo seguí donde estaba, guardando sus palabras en mi interior.

—Dame la mano —indicó, y me tendió la suya.

Me sentí algo mareada cuando me puse de pie, como si lo hubiera hecho demasiado deprisa. Era tanto el amor que de pronto recibía... y no sabía qué hacer con él.

Deseaba explicarle que yo también la quería, que los quería a todos. Aquel anhelo se elevó en mí como una ráfaga de viento, pero cuando llegó a mis labios, me encontré sin voz, sin palabras. En mi pecho no había más que aire y deseos.

—Las dos necesitamos un respiro —concluyó August, y se dirigió a la cocina.

August llenó dos vasos de agua fría de la nevera y salimos al porche trasero para acomodarnos en el balancín mientras bebíamos sorbitos de frescura y escuchábamos el crujir de las cadenas. Me sorprendió lo tranquilizante que podía resultar ese sonido. No nos habíamos molestado en encender la luz del porche y el hecho de estar allí sentadas en la oscuridad también aplacó mi desasosiego.

—Lo que no logro entender, Lily, es cómo supiste llegar aquí —comentó August pasados unos minutos.

Me saqué la imagen de madera de la Virgen negra del bolsillo y se la tendí.

—Era de mi madre —expliqué—. La encontré en el desván, el mismo día que encontré su fotografía.

—¡Oh, Dios mío! —exclamó a la vez que se llevaba una mano junto a la boca—. Se la di a tu madre poco antes de que muriera.

Dejó el vaso de agua en el suelo y deambuló por el porche. No sabía si seguir hablando, así que esperé a que ella dijera algo y, al ver que no lo hacía, me aproximé a ella. Se había detenido y tenía los labios apretados con fuerza. Sus ojos escrutaban la noche, mientras sujetaba la imagen en la mano, por detrás de su espalda.

Tardó un minuto entero en ponérsela delante, de modo que ambas pudimos contemplarla.

—Detrás está escrito «Tiburon, Carolina del Sur» —le dije.

—Eso debió de ponerlo Deborah —indicó August tras darle la vuelta. Y, tratando de esbozar una sonrisa, añadió—: Era propio de ella. Tenía un álbum repleto de fotografías y en todas ellas había anotado en el reverso el lugar donde se habían tomado, aunque fuera su casa.

Me devolvió la imagen. La miré mientras repasaba con el dedo la palabra «Tiburon».

—Quién lo habría pensado —musitó August.

Regresamos al balancín y nos mecimos dándonos ligeros impulsos con los pies apoyados en el suelo. La mirada de August se perdía en el horizonte.

Uno de los tirantes de su combinación le había resbalado hasta el codo y ni siquiera se había dado cuenta.

June solía comentar que la mayoría de gente abarcaba más de

lo que podía, pero que ése no era el caso de August. Le encantaba tomar el pelo a August por el modo en que cavilaba sobre las cosas, porque estaba hablando contigo y, de repente, se había sumido en un mundo particular donde daba vueltas y más vueltas a sus asuntos para digerir cuestiones que a muchos de nosotros se nos habrían atragantado. Quería pedirle que me enseñara cómo hacerlo. Necesitaba asimilar todo aquello.

El estruendo de un trueno sobre los árboles me estremeció. Pensé en bocadillitos diminutos para muñecas y en August cortando el pan con la chapa de una botella. Me embargó la tristeza. Quizá porque me habría gustado muchísimo presenciar algo así. Quizá porque todos los bocadillos habrían sido de mantequilla de cacahuete, los favoritos de mi madre, y a mí ni siquiera me gustaban demasiado. Me pregunté si, después de haberse casado, habría seguido recordando el poema que August le había obligado a aprender. ¿Lo habría recitado en la cama para tratar de conciliar el sueño, roto por los ronquidos de T. Ray, mientras deseaba con toda su alma poder escaparse con Robert Frost?

Miré de soslayo a August. Me obligué a regresar a ese momento en su habitación en que yo había confesado las peores cosas del mundo. Al oírlas, ella me había dicho que me quería, como había querido a mi madre.

—Muy bien —soltó August, como si no hubiésemos dejado de hablar—. La imagen explica cómo viniste a parar a Tiburon, pero ¿cómo diablos diste conmigo?

—Fue fácil —respondí—. Acabábamos de llegar a la ciudad cuando vi tus tarros de miel de la Virgen negra. En seguida me di cuenta de que llevaba la misma imagen que encontré de mi madre. La Virgen negra de Breznichar de Bohemia.

—Lo has pronunciado muy bien —afirmó con afecto.

—He estado practicando.

—¿Y dónde viste la miel?

—En la tienda Frogmore Stew, la que está a la entrada de la ciudad. Pregunté al hombre de la pajarita dónde la conseguía, y me indicó dónde vivías.

—Debió de ser el señor Grady. —August sacudió la cabeza—.

Te aseguro que todo esto me hace pensar que estaba escrito que nos encontraras.

Estaba escrito, no me cabía la menor duda. Pero me hubiera gustado saber cómo estaba escrito que acabaría. Bajé la vista hacia nuestros regazos y vi que las dos teníamos las manos apoyadas con la palma hacia arriba en la parte superior de los muslos, como si ambas esperáramos que algo fuera a caer en ellas.

—¿Por qué no hablamos un poco más sobre tu madre? —sugirió.

Asentí. Todo mi cuerpo sentía la necesidad de hablar sobre ella.

—En cuanto necesites parar y tomarte otro respiro, avísame.

—De acuerdo —asentí, aunque no acertaba imaginar qué me esperaba. Algo que exigía respiros. ¿Respiros para qué? ¿Para que pudiera bailar de alegría? ¿Para que pudiera recuperarme después de haberme desmayado? ¿O para que pudiera asimilar, quizá, las malas noticias?

Un perro comenzó a ladrar a lo lejos. August aguardó a que parara.

—Empecé a trabajar para la madre de Deborah en 1931 —explicó entonces—. Deborah tenía cuatro años. Era una ricura de niña, pero siempre estaba metida en líos. Quiero decir que era muy traviesa. Para empezar, era sonámbula. Una noche salió de la casa y se subió a una escalera que los techadores habían dejado apoyada en la pared. Su sonambulismo casi volvió loca a tu abuela.

August soltó una carcajada antes de proseguir.

—Y tu madre tenía una amiga imaginaria. ¿No has tenido nunca una? —Sacudí la cabeza—. La llamaba Tica Tee. Hablaba con ella en voz alta como si estuviera con nosotras y se enfadaba muchísimo si yo olvidaba ponerle plato a la mesa. Sin embargo, otras veces, me regañaba por ponérselo, pues yo no había advertido que Tica Tee no estaba: se había ido a rodar una película. A tu madre le encantaba Shirley Temple.

—Tica Tee —repetí, con el deseo de sentir aquel nombre en mis labios.

—Esa Tica Tee era demasiado —siguió contando August—. Todo lo que costaba esfuerzo a Deborah, Tica Tee lo hacía a la perfección. Tica Tee sacaba un diez en los trabajos del colegio, la felicitaban en la catequesis, se hacía la cama, dejaba limpio el plato. La gente decía a tu abuela, que se llamaba Sarah, que debería llevar a Deborah a un médico de Richmond que estaba especializado en niños con problemas. Pero yo le repliqué: «No se preocupe, sólo está resolviendo las cosas a su manera. Con el tiempo se olvidará de Tica Tee.» Y lo hizo.

¿Dónde había estado yo todo aquel tiempo que no había oído hablar de los amigos imaginarios? Ahora le encontraba sentido. Una parte perdida de ti salía y te recordaba quién podrías ser con algo de esfuerzo.

—No da la impresión de que mi madre y yo nos parezcamos demasiado —comenté.

—Oh, pero os parecéis. Tenía algo especial, como tú. De repente, se levantaba y hacía algo que las demás niñas ni siquiera soñarían.

—¿Cómo qué?

—Una vez se escapó de casa. —Miraba por encima de mi hombro con una sonrisa—. Se había disgustado por algo, aunque no recuerdo qué. La buscamos todo el día hasta que, después del anochecer, la encontramos acurrucada en una zanja de drenaje, profundamente dormida.

El perro había empezado otra tanda de ladridos y August guardó silencio. Lo escuchamos como si estuviera ofreciéndonos una serenata. Yo había cerrado los ojos para tratar de imaginarme a mi madre dormida en una zanja.

—¿Cuánto tiempo trabajaste para mi abuela? —pregunté pasado un rato.

—Mucho tiempo. Más de nueve años. Hasta que conseguí ese empleo de maestra que te comenté. Pero seguimos en contacto después de que me fuera.

—Seguro que no les gustó nada cuando te trasladaste aquí, a Carolina del Sur.

—La pobre Deborah se deshizo en lágrimas. Tenía diecinueve años, pero lloró como si tuviera seis.

El balancín había ido reduciendo su vaivén hasta detenerse y ninguna de las dos pensó en volverlo a mecer.

—¿Cómo fue que mi madre vino a esta casa?

—Yo llevaba aquí dos años —contestó August—. Ya había empezado el negocio de la miel y June daba clases en el colegio cuando recibí una conferencia de Deborah. Lloraba desconsolada porque su madre había muerto. No dejaba de decir que yo era la única persona que le quedaba en el mundo.

—¿Y su padre? ¿Dónde estaba?

—Oh, el señor Fontanel murió cuando tu madre era pequeña. Yo ni siquiera llegué a conocerlo.

—¿Así que se trasladó aquí contigo?

—Deborah tenía una amiga de la secundaria que acababa de trasladarse a Sylvan. Ella fue quien la convenció de que era un buen sitio para vivir. Le indicó que había empleos y hombres que volvían de la guerra. Así que Deborah se mudó. Aunque creo que lo hizo sobre todo por mí. Me parece que quería tenerme cerca.

Todas las piezas comenzaban a encajar.

—Mi madre fue a Sylvan —sugerí—. Conoció a T. Ray y se casó.

—Exacto —corroboró August.

Cuando habíamos salido al porche, el cielo estaba cuajado de estrellas y la Vía Láctea fulgía como una carretera que podías recorrer y en la que podías encontrar a tu madre en jarras al final. Pero ahora una niebla húmeda había avanzado por el jardín y se había aposentado en el porche. Un minuto después, descargaba una lluvia fina.

—Lo que nunca entenderé es por qué se casó con él.

—No pienses que tu padre fue siempre como ahora. Deborah me habló de él. Estaba muy orgullosa de que lo hubieran condecorado en la guerra. Creía que era muy valiente. Aseguraba que la trataba como a una princesa.

Por poco me muero de risa.

—No es el mismo Terrence Ray, te lo aseguro —repliqué.

—¿Sabes qué, Lily? La gente es de una forma y, cuando la vida acaba con ella, es de otra por completo distinta. Estoy segura de que al principio amaba a tu madre. De hecho, creo que la adoraba. Y tu madre lo absorbía. Como muchas mujeres jóvenes, se dejaba llevar por el romanticismo. Pero pasados unos seis meses, todo aquello empezó a desvanecerse. Recuerdo que en una de sus cartas mencionaba que Terrence Ray llevaba las uñas sucias. Después, me escribía que no sabía si podría vivir en una granja y ese tipo de cosas. Cuando él se declaró, ella lo rechazó.

—Pero se casó con él —exclamé del todo confundida.

—Más adelante, cambió de parecer y lo aceptó.

—¿Por qué? —pregunté—. Si el amor se había acabado, ¿por qué se casó con él?

August me acarició la nuca y deslizó sus dedos entre mis cabellos.

—He reflexionado mucho sobre si debería contártelo o no, pero puede que sirva para que entiendas mucho mejor lo que pasó. Deborah estaba embarazada, cielo. Por eso se casó.

Un instante antes de que lo dijera lo había supuesto, pero aun así sus palabras cayeron sobre mí como una losa.

—¿Me estaba esperando a mí? —Mi voz sonó cansada. La vida de mi madre era un peso demasiado grande para mí.

—Sí, te esperaba a ti. Ella y Terrence Ray se casaron hacia Navidad. Me llamó para contármelo.

«No deseada —pensé—. Fui una hija no deseada.»

Y no sólo eso: mi madre tuvo que aguantar a T. Ray por mi culpa. Me alegró que la noche le ocultara mi abatimiento a August. Uno cree que desea saber algo y, cuando lo hace, sólo piensa en cómo borrarlo de su mente. A partir de entonces, cuando alguien me preguntara qué quería ser de mayor diría que amnésica.

Escuché el siseo de la lluvia. Sus diminutas gotas me salpicaban las mejillas mientras contaba con los dedos.

—Nací sietes meses después de que se casaran.

—Me llamó justo después de que vinieras al mundo y me dijo que eras tan bonita que le dolían los ojos al mirarte.

Por alguna razón, me dolieron también a mí los ojos, como si de repente me hubiera entrado arena en ellos. Puede que, después de todo, a mi madre se le cayese la baba conmigo y hasta me hablase con lengua de trapo y me peinase los cabellos de recién nacida con pequeños remolinos y bonitos lazos rosas. Que no hubiera planeado tenerme no significaba que no me hubiese amado.

August siguió hablando mientras yo regresaba a la conocida historia que siempre me había contado a mí misma, aquella en la que mi madre me quería con locura. Había vivido en ella como un pez en su pecera, como si fuera el único mundo posible. Abandonarla significaría la muerte para mí.

Estaba allí sentada con los hombros hundidos, mirando el suelo. Sólo podía pensar en las palabras «no deseada».

—¿Estás bien? —preguntó August—. ¿Quieres irte a dormir y que sigamos hablando por la mañana?

—No. Estoy bien, de verdad. —Inspiré a fondo y procuré sonar serena—. Sólo necesito un poco de agua.

Tomó mi vaso vacío y se fue a la cocina, aunque no sin volverse para mirarme un par de veces. Cuando regresó, traía consigo también un paraguas rojo colgado de la muñeca.

—En un ratito te acompañaré al almacén —anunció.

Mientras bebía, el vaso me temblaba en la mano y a duras penas lograba tragar el agua. El sonido que mi garganta emitía al hacerlo era tan intenso que apagó el de la lluvia durante unos segundos.

—¿Estás segura de que no quieres irte a dormir ahora? —insistió August.

—Lo estoy. Tengo que saber...

—¿Qué tienes que saber, Lily?

—Todo —respondí.

August se sentó a mi lado en el balancín, resignada.

—Muy bien —concedió—. De acuerdo.

—Sé que sólo se casó con él por mi culpa, pero ¿crees que al menos fue un poco feliz? —pregunté.

—Creo que lo fue un tiempo. Lo intentó, eso lo sé. Recibí unas doce cartas y por lo menos otras tantas llamadas telefónicas a lo largo del primer par de años y vi que estaba esforzándose. Escribía sobre todo de ti, cómo te sentabas, cómo dabas tus primeros pasos, cómo jugabas a dar palmadas. Pero las cartas fueron cada vez menos frecuentes y, cuando llegaban, notaba que era desdichada. Un día me llamó. Fue a finales de agosto o principios de septiembre; lo recuerdo porque poco antes habíamos celebrado el Día de María.

»Explicó que iba a dejar a T. Ray, que tenía que irse de casa. Quería saber si podría quedarse con nosotras unos meses hasta decidir adónde ir. Por supuesto le contesté que no había ningún problema. Cuando la recogí en la estación de autobuses, ni siquiera parecía ella misma. Había adelgazado mucho y tenía unas ojeras muy pronunciadas.

Se me hizo un nudo en el estómago. Sabía que habíamos llegado al punto de la historia que yo más temía. Mi respiración se aceleró.

—Yo estaba con ella cuando la fuiste a buscar a la estación de autobuses. Me trajo con ella, ¿verdad?

—No, cielo —susurró August muy cerca de mi cabeza—. Vino sola.

Me di cuenta de que me había mordido por dentro el carrillo. El sabor de la sangre hizo que me entraran ganas de escupir, pero me contuve.

—¿Por qué? —exclamé—. ¿Por qué no me trajo con ella?

—Lo único que sé es que estaba deprimida, Lily. Se estaba viniendo abajo. El día que se fue de casa, no ocurrió nada fuera de lo corriente. Se despertó y decidió que no podía seguir allí ni un segundo más. Llamó a una mujer de la granja de al lado para que te cuidase y condujo el camión de Terrence Ray hasta la estación de autobuses. Pensé que te traería con ella...

El balancín crujió, mientras percibíamos la fragancia de la lluvia cálida, la madera mojada, la hierba podrida.

Mi madre me había abandonado.

—La odio. —Hubiera querido gritar aquellas palabras, pero, para mi sorpresa, mi voz brotó calmada, grave y rasposa como el ruido de un coche al avanzar despacio sobre la grava.

—Espera un momento, Lily.

—De verdad que la odio. No era en absoluto como yo creía.

Me había pasado la vida imaginando cuánto me amaba, qué ejemplar tan perfecto de madre era. Y todo eran mentiras. La había inventado por completo.

—Le resultó fácil dejarme porque, para empezar, nunca había querido tenerme —solté.

August alargó la mano hacia mí, pero yo me había levantado y abierto de un empujón la puerta mosquitera que daba acceso a la escalera del porche. Dejé que se cerrara de golpe tras de mí y me senté en los peldaños empapados de lluvia, encorvada bajo el alero.

Oí que August recorría el porche, noté que el aire se volvía más denso cuando se puso detrás de mí al otro lado de la mosquitera.

—No voy a buscarle excusas, Lily —aseguró—. Tu madre hizo lo que hizo.

—¡Menuda madre! —exclamé. Me sentía implacable. Implacable y furiosa.

—¿Quieres escucharme un minuto? Tu madre estaba muy mal cuando llegó aquí, a Tiburon. Se había quedado en los huesos y May no lograba que comiera nada. Se pasó una semana entera llorando. Después fuimos conscientes de que había sufrido una crisis nerviosa, pero en aquel momento no supimos qué tenía. La llevé al médico local y él le recetó aceite de hígado de bacalao y le preguntó dónde estaba su familia blanca. Comentó que tal vez necesitara pasar algún tiempo en Bull Street. Así que no volví a aparecer con ella en la consulta.

—¿Bull Street? ¿El manicomio? —La historia empeoraba a cada minuto que pasaba—. Pero ese sitio es para los locos...

—Supongo que no sabía qué más hacer por ella, pero no estaba loca. Deprimida sí, pero no loca.

—Deberías haber dejado que la encerrara. Ojalá se hubiera podrido ahí dentro.

—¡Lily!

La había horrorizado, y eso me alegró.

Mi madre había buscado amor y, en lugar de eso, había encontrado a T. Ray y la granja, y luego a mí, y yo no le había bastado. Me había dejado con T. Ray Owens.

El recorrido zigzagueante de un rayo dividió el cielo, pero ni siquiera entonces me moví. El cabello me volaba en todas direcciones como si fuera humo. Noté que se me endurecían los ojos. Los entrecerré mientras miraba un excremento de pájaro en el peldaño inferior y observaba cómo la lluvia lo arrastraba hacia las grietas de la madera.

—¿Me estás escuchando? —inquirió August. Su voz me llegó a través de la mosquitera y cada palabra sonó punzante como un dardo—. ¿Lily?

—Te escucho.

—Las personas deprimidas hacen cosas que no harían de ordinario.

—¿Cómo qué? ¿Abandonar a sus hijos? —No podía parar. La lluvia me salpicaba las sandalias y se colaba entre mis dedos.

August resopló y regresó al balancín para sentarse. Parecía como si la hubiera lastimado, decepcionado. Se abrió un vacío en mí y parte de mi orgullo desapareció en él.

Me levanté y volví a entrar en el porche. Me acomodé a su lado en el balancín y puso su mano en la mía. El calor fluyó desde su palma hacia mi piel. Me estremecí.

—Ven aquí —susurró, al tiempo que me atraía hacia ella. Sentí que el ala protectora de un ave me rodeaba.

—¿Por qué estaba tan deprimida? —quise saber, todavía fundida en su abrazo.

—No sé qué responder. Aunque creo que, en parte, era por estar en la granja, aislada de todo y casada con un hombre con quien en realidad no quería vivir.

La lluvia volvió a tomar fuerza y cayó en densas cortinas negras y plateadas. Traté de entender lo que sentía mi corazón, pero no pude. Detestaba a mi madre tanto como la compadecía.

—De acuerdo, tenía una crisis nerviosa, pero ¿cómo fue capaz de abandonarme así? —clamé.

—Cuando llevaba aquí tres meses y se sentía un poco mejor, empezó a hablar de lo mucho que te extrañaba. Al final, regresó a Sylvan a buscarte.

Me incorporé para mirar a August y un suspiro cruzó mis labios.

—¿Volvió a buscarme?

—Quería traerte a vivir a Tiburon con ella. Incluso habló con Clayton para empezar a tramitar el divorcio. La última vez que la vi, iba en un autobús y me saludaba con la mano por la ventanilla.

Recosté la cabeza en el hombro de August y supe exactamente qué había ocurrido después. Cerré los ojos y regresé a aquel día del pasado que jamás había olvidado: la maleta en el suelo, mi madre lanzando ropa en ella sin doblarla... «Deprisa», repetía una y otra vez.

T. Ray me había contado que ella sólo había vuelto por sus cosas. Pero también había ido a buscarme. Quería llevarme a Tiburon, a la casa de August.

Ojalá lo hubiera logrado. Cerré los ojos y recordé el sonido de las botas de T. Ray en las escaleras. Quería dar puñetazos a algo, gritar a mi madre por haber dejado que él la descubriera, por no haber hecho la maleta más rápido, por no haber venido antes a buscarme.

Cuando por fin levanté los ojos hacia August y hablé, noté un sabor amargo en mi boca.

—Lo recuerdo. Recuerdo que vino a buscarme.

—Lo imaginaba —comentó.

—T. Ray la encontró haciendo la maleta. Gritaron y se pelearon. Ella... —Me detuve al oír sus voces en mi interior.

—Continúa —me animó August.

Me miré las manos y vi que me temblaban.

—Sacó una pistola del vestidor, pero él se la arrebató. Ocurrió muy deprisa y no lo recuerdo con claridad. Vi la pistola en el suelo y la recogí. No sé por qué lo hice. Quería ayudar. Devolvérsela a mi madre. ¿Por qué lo hice? ¿Por qué la recogí?

August se deslizó hasta el borde del balancín y se volvió para mirarme. Descubrí en sus ojos una expresión de determinación.

—¿Recuerdas qué pasó a continuación, después de que la recogieras?

—Sólo el ruido. —Sacudí la cabeza—. Muy fuerte. La detonación.

Las cadenas del balancín se movieron. Levanté la mirada y vi que August fruncía el ceño.

—¿Cómo te enteraste de que mi madre había muerto? —quise saber.

—Cuando Deborah no regresó como había prometido... Bueno, traté de averiguar qué había sucedido, así que llamé a tu casa. Me contestó una mujer. Dijo que era una vecina.

—¿Te lo explicó una vecina nuestra? —pregunté.

—Sólo que Deborah había muerto en un accidente con una pistola. No quiso contarme nada más.

Me volví y me quedé contemplando la noche, las ramas goteantes de los árboles, las sombras que se movían por el porche apenas iluminado.

—¿No sabías que fui yo quien lo hice?

—Jamás había imaginado tal cosa —contestó—. Es más, no estoy segura de poder imaginarla tampoco ahora. —Sacudió la cabeza y entrelazó los dedos—. Intenté averiguar más detalles. Volví a llamar y me contestó Terrence Ray, pero se negó a hablarme de ello. No dejaba de preguntarme quién era. Incluso llamé a la comisaría de policía de Sylvan, pero ellos tampoco quisieron darme ninguna información y se limitaron a decirme que había sido un accidente. Así que tuve que vivir sin saberlo. Todos estos años.

La quietud nos rodeaba ahora. La lluvia casi había cesado, legándonos calma y un cielo sin luna.

—Ven —indicó August—. Debes acostarte.

Nos sumimos en la noche, en el canto desdibujado de los saltamontes, en el chapoteo sordo de las gotas de lluvia en el paraguas, en todos esos terribles ritmos que se apoderan de ti cuando bajas la guardia.

«Te dejó —martilleaban—. Te dejó. Te dejó.»

Saber puede llegar a ser la peor de las maldiciones. Acababa de canjear un montón de mentiras por un montón de verdades y no sabía qué carga era más pesada. ¿Para llevar cuál a cuestas se necesitaba más fuerza? Era una pregunta estúpida, porque cuando sabes la verdad ya no puedes volver atrás para recuperar tu maleta de mentiras. Más o menos pesada, la verdad es toda tuya.

August se quedó conmigo en el almacén hasta que me metí en la cama. Después, se agachó y me besó la frente.

—Todas las personas cometen errores, Lily. Nadie se salva. Todos somos humanos. Tu madre cometió un error terrible, pero trató de enmendarlo.

—Buenas noches —musité, y me volví de lado.

—No hay nada perfecto —insistió August desde la puerta—. Sólo existe la vida.

13

Una (abeja) obrera no mide más de un centímetro de longitud y pesa sólo alrededor de sesenta miligramos; aun así, puede volar portando una carga más pesada que ella misma.

The Honey Bees

El calor se acumulaba en los pliegues de mis codos, en las zonas sensibles de detrás de mis rodillas. Echada sobre las sábanas, me toqué los párpados. Había llorado tanto que los tenía hinchados y medio cerrados. De no haber sido por esa evidencia, quizá no acabara de creerme nada de lo que había pasado entre August y yo.

No me había movido desde que ella se había ido. Me había quedado tumbada, mirando la superficie lisa de la pared, la grey de bichitos nocturnos que salen a pasear cuando creen que estás dormida. Cuando me cansé de observarlos, me tapé los ojos con el brazo y me dije: «Duerme, Lily. Duerme, por favor.» Pero no pude, claro.

Me incorporé, con la sensación de que mi cuerpo pesaba cien kilos. Me sentía como si alguien hubiese llevado una hormigonera al almacén y hubiese vertido su contenido sobre mi pecho. Odiaba aquella sensación.

Más de una vez, mientras había estado contemplando la pared, había pensado en Nuestra Señora. Deseaba hablar con ella y preguntarle qué hacer a continuación. Pero cuando la había visto antes, al llegar con August, no creí que pudiera ser útil a nadie, atada con todas aquellas cadenas. Quieres que aquel a quien rezas por lo menos parezca capaz.

Abandoné la cama y fui a verla de todos modos. Decidí que ni siquiera la Virgen tenía que ser siempre capaz del todo. Sólo quería que me comprendiera. Necesitaba que alguien dejara escapar un enorme suspiro y se compadeciera de mí, que me susurrara que sabía cómo me sentía. Puestos a elegir, prefería a alguien que comprendiera mi situación, aunque no pudiera resolverla, que al revés. No puedo evitar ser así.

Enseguida percibí el olor denso y oxidado de las cadenas. Sentí el impulso de quitárselas, pero me contuve, consciente de que aquello habría arruinado toda la representación que August y las Hijas estaban llevando a cabo.

La vela roja parpadeaba a los pies de la Virgen. Me dejé caer en el suelo y me senté con las piernas cruzadas frente a ella. De fuera me llegó el murmullo del viento entre los árboles, una voz cantarina que me transportaba a tiempos pasados en los que me despertaba de noche con ese mismo sonido y, confundida por el sueño y la añoranza, me imaginaba que era la voz de mi madre, que estaba entre los árboles y me cantaba su amor infinito. Una vez fui corriendo a la habitación de T. Ray y le grité que mi madre estaba fuera. Me respondió con cuatro palabras:

—Y una mierda, Lily.

No soportaba que tuviera razón. Jamás había habido ninguna voz en el viento. Ninguna madre cantando fuera. Nada de amor infinito.

Lo terrible, lo verdaderamente terrible, era la rabia que sentía. Se había adueñado de mí en el porche trasero cuando la historia de mi madre se había desmoronado y había creído que el suelo se hundía bajo mis pies. No deseaba sentir aquella rabia.

«No estás enfadada —me dije a mí misma—. No tienes derecho a estarlo. Lo que hiciste a tu madre es mucho peor que lo que ella te hizo a ti.»

Pero no es tan fácil disipar un enfado. O se está enfadado o no se está.

La habitación estaba caldeada y tranquila. Un minuto más y la cólera que me invadía me impediría respirar. Acabaría oprimiéndome los pulmones, cerrándomelos.

Me puse de pie y caminé arriba y abajo en la oscuridad. Detrás de mí, en la mesa de trabajo, media docena de tarros de miel de la Virgen negra esperaban a que Zach los entregara en algún sitio de la ciudad; tal vez a Clayton, a la tienda Frogmore Stew, a los almacenes Amen Dollar o al Divine Dos, el salón de belleza para gente de color.

«¿Cómo pudo? ¿Cómo pudo abandonarme? Era su hija.»

Miré por la ventana y quise romper el cristal. Quería lanzar algo hasta el cielo y derrumbar a Dios de su trono. Levanté uno de los tarros de miel y lo arrojé con todas mis fuerzas. No dio en la cabeza de la Virgen negra por unos centímetros y se estrelló en la pared de atrás. Tomé otro y también lo tiré. Se rompió en el suelo junto a un montón de alzas. Uno a uno, tiré todos los tarros de la mesa hasta que la miel cubrió todo de salpicaduras, como la masa de pastel que sale disparada de la batidora eléctrica. Estaba en una habitación pegajosa llena de cristales rotos y me daba igual. Mi madre me había abandonado. ¿A quién podía importarle que hubiera miel en las paredes?

Acto seguido agarré un cubo metálico y, con un gruñido, lo estrellé con tal ímpetu que dejó una marca en la pared. Empezaba a sentirme agotada, pero aún encontré fuerzas para lanzar una bandeja con moldes de velas que encontré.

Después, me quedé quieta observando el lento goteo de la miel desde la pared hasta el suelo. Un hilito de sangre serpenteaba por mi brazo izquierdo. No tenía idea de cómo me lo había hecho. Qué más daba. El corazón me latía desbocado. Por un momento creí haber abandonado mi cuerpo para entregarlo a la ira de una demente.

La habitación daba vueltas como un tiovivo y mi estómago iba subiendo en él. Sentí la necesidad de correr hacia la pared para tratar de frenarla con ambas manos. Pero me limité a retroceder para apoyarme en la mesa, donde antes estaban los tarros de miel. Era incapaz de pensar qué era lo que debía hacer. Sentía una enorme tristeza, no por lo que había hecho, por malo que fuera, sino porque todo parecía haberse extinguido: las cosas que había creído sobre ella, el modo en que me había sentido, todas esas historias sobre ella de las que había vivido como si fueran alimento, agua y aire. Porque me había abandonado. Todo se reducía a eso.

Al echar un vistazo al caos que acababa de provocar, me pregunté si alguien de la casa rosa habría escuchado el estruendo de los tarros al romperse. Me acerqué a la ventana y agucé la vista para tratar de acomodarla a la penumbra del jardín. No vi luz alguna en la habitación de August. Sentí el corazón en el pecho. Me dolía muchísimo. Como si me lo hubiesen pisoteado.

—¿Por qué me abandonaste? —susurré, mientras mi aliento formaba un círculo de vaho en el cristal.

Seguí apoyada en la ventana un rato, y después recogí algunos trozos de cristal del suelo delante de Nuestra Señora. Me tumbé de lado, en posición fetal. Frente a mí, la Virgen negra rezumaba miel y no parecía nada sorprendida. Yací en el vacío, en el cansancio, y sentí que todo, hasta el odio, se había agotado. No quedaba nada por hacer. Ningún sitio adónde ir. Sólo aquel lugar y aquel momento, donde estaba la verdad.

Me dije a mí misma que no debía levantarme en la oscuridad y caminar por la habitación a no ser que quisiera cortarme los pies con algún trozo de cristal. Después, cerré los ojos y empecé a idear el sueño que quería tener: una puertecita de la estatua de la Virgen negra se abriría, justo encima de su abdomen, y yo entraría en una habitación oculta. No era sólo fruto de mi imaginación, ya que había visto una imagen así en el libro de August; la imagen de una estatua con una puerta abierta y, dentro, el mundo secreto de la consolación. Quería encontrarla con toda el alma, aunque sólo fuera en un sueño.

Desperté con el zarandeo de las recias manos de Rosaleen y abrí los ojos a una claridad terrible. Su rostro estaba tan pegado al mío que noté el aroma de café y de jalea de uva procedente de su boca.

—Lily —gritó—. ¿Qué diablos ha pasado aquí?

Había olvidado que tendría sangre seca en el brazo. Lo miré y vi que, engastado en mi piel, había un pequeño diamante de cristal. Todo el suelo estaba cubierto de trozos irregulares de tarros y de charquitos de miel. También había salpicaduras de sangre.

Rosaleen no apartaba sus ojos de mí. Había en ellos una expresión perpleja. Le devolví la mirada, al tiempo que procuraba enfocarle la cara. La luz del sol brillaba sobre Nuestra Señora y se proyectaba a nuestro alrededor.

—Contéstame —insistió Rosaleen.

Entorné los ojos a la luz. Me costaba abrir la boca y hablar.

—Mírate. Has estado sangrando.

Mi cabeza asentía, se movía sobre mi cuello. Eché un vistazo alrededor de la habitación. No podía creer el destrozo que había causado. Me sentí avergonzada, ridícula, estúpida.

—Lancé algunos tarros de miel.

—¿Este desastre es obra tuya? —preguntó como si no pudiera acabar de creérselo, como si lo que hubiera esperado que le explicase era que una pandilla de vándalos había entrado durante la noche.

Se sopló una bocanada de aire hacia la cara, con tanta fuerza que le levantó el flequillo, lo que no era fácil si se tiene en cuenta la cantidad de laca que se ponía.

—¡Dios santo! —exclamó.

Me puse de pie. Quería que me regañara, pero trató de arrancarme el cristal del brazo con sus gruesos dedos.

—Hay que ponerte algo de mercromina en la herida antes de que se infecte —afirmó—. Vamos.

Parecía desconcertada, exasperada. Creo que hubiera preferido agarrarme por los hombros y zarandearme hasta que se me cayeran todos los dientes.

Estaba sentada en el borde de la bañera mientras Rosaleen me frotaba el brazo con una gasa que parecía hecha de brasas.

—Así al menos no te morirás de una infección —gruñó, tras ponerme una tirita.

Guardó el botiquín y cerró la puerta del cuarto de baño. Acto seguido, bajó la tapa del inodoro y se sentó con la barriga apoyada sobre las piernas, de modo que el retrete desapareció por completo bajo ella. Yo seguía sentada en el borde de la bañera, y pensando en lo mucho que me alegraba que August y June siguieran aún en sus habitaciones.

—Muy bien. —Rosaleen volvió a la carga—. ¿Por qué lanzaste toda esa miel?

Miré la hilera de caracolas que había en el alféizar de la ventana, conocedora de que ése era su sitio, aunque estábamos a cientos de kilómetros del mar. August me había comentado que todo el mundo necesitaba una caracola en el cuarto de baño para recordarle que el mar era su hogar. Según ella, las caracolas son los objetos favoritos de Nuestra Señora, después de la luna.

Me acerqué a ellas y levanté una bastante blanca. Era plana y con los bordes amarillos.

—Cuando quieras —me animó Rosaleen, que me observaba.

—T. Ray tenía razón sobre mi madre —anuncié con la mirada puesta en aquel trocito de mar. Sentí náuseas al pronunciar aquellas palabras—. Me abandonó. Fue como él dijo. Me abandonó.

Por un segundo, me invadió de nuevo la rabia de la noche anterior y me pasó por la cabeza estrellar la caracola contra la bañera, pero en lugar de eso inspiré. Ya había descubierto que tener arrebatos no proporcionaba verdaderas satisfacciones.

Rosaleen cambió de postura y la tapa del retrete crujió y se movió sobre la taza. Se pasó los dedos por encima de la cabeza. Yo la observé y desvié después la mirada hacia la cañería que había bajo el lavabo, hacia una mancha de óxido en el linóleo.

—Así que tu madre te abandonó después de todo —repitió—. Dios mío, me lo temía.

Levanté la cabeza. Recordé la primera noche después de haber huido, junto al río, cuando le conté lo que T. Ray me había dicho. Quería que se riera de la idea de que mi madre me hubiera abandonado, pero había vacilado.

—Ya lo sabías, ¿verdad? —le pregunté.

—No con certeza —respondió mientras se levantaba—. Sólo había oído cosas.

La observé: era inmensa y llenaba el diminuto cuarto de baño.

—¿Qué cosas?

Suspiró.

En realidad fue algo más que un suspiro.

—Después de que muriera tu madre —contó—, oí a T. Ray hablar por teléfono con esa vecina, la señora Watson. Le decía que ya no necesitaba que te cuidara porque se lo había encargado a una de las recolectoras del melocotonar. Se refería a mí, así que escuché.

Fuera, pasó volando un cuervo y su frenético graznido se coló en el baño. Rosaleen esperó a que se desvaneciera.

Conocía a la señora Watson de la iglesia y de las veces que se había detenido para comprarme melocotones. Era de lo más amable, pero siempre me había mirado como si en mi frente hubiera escrito algo triste por demás, como si deseara acercarse y borrármelo.

Me agarré al borde de la bañera mientras Rosaleen proseguía, sin saber si quería que lo hiciera.

—Oí a tu padre decirle a la señora Watson: «Ya has hecho más de lo que te correspondía al cuidar a Lily todos estos meses, Janie. No sé qué habríamos hecho sin ti.» —Rosaleen me miró y sacudió la cabeza—. Siempre me había preguntado qué habría pretendido decir con eso. Supongo que lo supe cuando me contaste que T. Ray afirmaba que tu madre te había abandonado.

—¿Por qué no me lo dijiste? —pregunté.

—¿Por qué iba a querer lastimarte con algo así? ¿Algo sobre lo que no podías hacer nada? —Sus palabras contenían una dulzura poco corriente, como si antes de soltarlas las hubiera estado meciendo en una hamaquita de ternura en su garganta—. ¿Cómo lo averiguaste? —quiso saber Rosaleen.

—August me lo dijo —respondí. Recordé todo lo que había llorado en su habitación, agarrada a su vestido con ambas manos. El monograma de su pañuelo, que me arañaba la mejilla.

—¿August? —repitió Rosaleen, con cara de asombro por una vez en su vida.

—Conocía a mi madre. Cuando era pequeña y vivía en Virginia, August la cuidó.

La miré unos segundos para dejar que lo asimilara.

—Aquí es donde mi madre vino después de marcharse —proseguí—. Cuando... Cuando la señora Watson se ocupó de mí. Vino aquí, a esta casa.

Rosaleen entrecerró todavía más los ojos, si tal cosa era posible.

—Tu madre... —Se detuvo. Entendí que trataba de que todas las piezas encajasen entre sí. El abandono de mi madre. La razón de que la señora Watson me cuidase. El regreso de mi madre antes de morir.

—Ella estuvo aquí tres meses, antes de volver a Sylvan —apostillé—. Supongo que un día por fin cayó en la cuenta: «Oh, sí, es verdad, tengo una hija en casa. Caramba, me parece que iré a buscarla.»

Oí el tono amargo de mi voz y se me ocurrió que podía dejarlo ahí para siempre. A partir de entonces, cada vez que pensara en mi madre podría deslizarme con mucha facilidad a un lugar frío donde reinara la mezquindad. Oprimí la caracola y noté que se me clavaba en la palma de la mano.

Rosaleen me rodeó el hombro con el brazo.

—No te culpo por lanzar cosas —exclamó, y era lo más bonito que podía haberme dicho, pero entonces tuvo que arruinarlo—. Ojalá hubieras tenido el sentido común de arrojar algo más fácil de limpiar que la miel —añadió.

Rosaleen y yo volvimos al almacén. Portaba una fregona al hombro y una espátula en la mano. Yo llevaba un cubo con trapos y el limpiador. La espátula nos sirvió para arrancar la miel de sitios increíbles. Parte de ella había logrado llegar incluso hasta la calculadora de August.

Limpiamos el suelo y las paredes; después, nos ocupamos de Nuestra Señora y la habitación quedó tal cual estaba antes. Ninguna de las dos pronunció una sola palabra en todo ese tiempo.

Trabajé con un peso en mi interior, con el alma vacía. Lanzaba por la nariz fuertes e intensos suspiros, pero supe apreciar que el corazón de Rosaleen estaba tan lleno de cariño por mí que rezumaba por su rostro sudoroso. Nuestra Señora hablaba con sus ojos y me susurraba cosas que yo no lograba entender. Y no había nada más.

Las Hijas y Otis llegaron a mediodía, cargados con todo tipo de platos, como si no hubiésemos comido hasta la saciedad la noche antes. Los metieron en el horno para que se conservaran calientes y se quedaron en la cocina degustando los buñuelos de maíz de Rosaleen. Aseguraron que eran los buñuelos más ricos que habían tenido el placer de comer, lo que hizo que Rosaleen no cupiera en sí de orgullo.

—Dejad de una vez los buñuelos de Rosaleen —exclamó June—. Son para el almuerzo.

—No pasa nada —intervino Rosaleen complacida.

Estaba desconcertada: Rosaleen jamás permitía que yo diese un solo pellizco a sus buñuelos antes de comer. En cambio aquel día no protestó ni una sola vez mientras daban cuenta de ellos. Así, cuando Neil y Zach llegaron, los buñuelos ya se habían terminado, y Rosaleen corría el riesgo de salir flotando hacia las nubes henchida como estaba de satisfacción.

Yo me quedé entumecida y algo alelada en un rincón de la cocina. Me hubiera gustado volver a gatas al almacén y acurrucarme en la cama. Quería que todos se callaran y que se marcharan a sus casas.

En cuanto llegó, Zach avanzó hacia mí, pero yo me volví y me quedé mirando el desagüe del fregadero. De soslayo, me percaté de que August me observaba; vi que tenía los labios brillantes como si se hubiera aplicado vaselina, por lo que supe que ella también había estado comiendo buñuelos. Se acercó a mí y me tocó la mejilla con una mano. No creía que August supiera que había convertido el almacén en una zona catastrófica. Claro que ella tenía una forma especial de adivinar las cosas. Puede que sólo tratara de indicarme que no pasaba nada.

—Quiero que se lo digas a Zach —pedí—. Lo de mi escapada, lo de mi madre. Todo.

—¿No prefieres contárselo tú misma?

—No puedo. —Los ojos se me empañaron—. Hazlo tú, por favor.

—Como quieras —concedió, al tiempo que lo buscaba con la mirada—. Se lo diré en cuanto tenga ocasión.

Se llevó al grupo fuera para el acto final de la ceremonia del Día de María. La comitiva, con manchas de grasa en los labios, desfiló hacia el jardín trasero. June ya se hallaba allí, esperándonos; tocaba el violonchelo sentada en una silla sin brazos de la cocina. Nos reunimos en torno a ella, mientras las luces del mediodía nos envolvían. Su música era aquel día de esa que penetra en lo más profundo de tu ser, alcanza las cámaras secretas de tu corazón y libera la tristeza. Mientras entregaba a ella mis sentidos, imaginé a mi madre sentada en un autobús Trailways en dirección a Sylvan, y a mí, con cuatro años, dando cabezadas en la cama sin saber aún lo que me depararía el nuevo día.

Las notas de June se convirtieron en aire, y el aire, en dolor. Me moví inquieta y procuré no inspirarlo.

Cuando Neil y Zach salieron del almacén de la miel portando a Nuestra Señora me sentí aliviada, pues mi mente se alejó del autobús Trailways. La transportaban bajo los brazos, como quien lleva una alfombra enrollada. Las cadenas la golpeaban con el traqueteo. Al verla así, me pareció que si la hubieran sacado en el carretón, por ejemplo, todo habría resultado un poco más digno. Y, por si eso fuera poco, cuando la depositaron en el suelo, lo hicieron justo en un hormiguero, lo que provocó tal estampida de hormigas que no pudimos por menos que brincar para alejarlas con los pies.

Le peluca de Sugar, que por algún motivo ella insistía en llamar peluca-sombrero, cubría ahora parte de sus cejas debido a los saltos, de modo que tuvimos que esperar a que fuera dentro a colocársela bien.

—Te dije que no te colocaras ese trasto —le gritó Otis—. Hace demasiado calor para llevar peluca. El sudor hace que te resbale sobre la cabeza.

—Si me apetece ponerme la peluca-sombrero, me la pongo —aseveró ella tajante por encima del hombro.

—No hace falta que lo digas —le replicó Otis, y nos miró como si todos estuviéramos de su parte, cuando, en realidad, apoyábamos a Sugar. No porque nos gustara su peluca, que era la cosa más horrible del mundo, sino porque odiábamos que Otis le diera órdenes.

—En fin, aquí estamos. Y aquí está Nuestra Señora —anunció August cuando las aguas volvieron a su cauce.

Miré a la Virgen negra, orgullosa de lo limpia que estaba.

August leyó de la Biblia un fragmento sobre María: «Por eso desde ahora todas las generaciones me llamarán Bienaventurada...»

—Bienaventurada —interrumpió Violet—. Bienaventurada.

Levantó los ojos al cielo y todos miramos arriba, pensando que tal vez lograríamos vislumbrar a María ascendiendo entre las nubes.

—Bienaventurada —repitió Violet una vez más.

—Hoy celebramos la Asunción de María —prosiguió August—. Celebramos cómo se despertó de su sueño y se elevó hacia el Cielo. Y estamos aquí para recordar la historia de Nuestra Señora de las Cadenas, para recordarnos que esas cadenas no pudieron nunca subyugarla. Nuestra Señora siempre se liberó de ellas.

August agarró la cadena que rodeaba a la Virgen negra y la destensó un poco antes de pasársela a Sugar, que la soltó un poco más. Todos nosotros retiramos por fin un tramo de la cadena. Nunca olvidaré el ruido metálico que ésta hacía al caer para amontonarse sobre sí misma a los pies de la Virgen. Era un tintineo grave, que parecía aumentar de intensidad cada vez que Violet proclamaba: «Bienaventurada, bienaventurada, bienaventurada, bienaventurada, bienaventurada.»

—María se eleva. —La voz de August había mudado en susurro—. Está ascendiendo hacia las alturas.

Las Hijas levantaron los brazos. Incluso Otis los extendió hacia el cielo.

—Nuestra Madre María se liberará de la opresión y las ataduras —musitó August—. También vosotras, sus hijas. Nosotras nos elevaremos, Hijas. Nosotras... nos... elevaremos.

June rozó con el arco las cuerdas del violonchelo. Hubiera querido alzar mis brazos con los demás, oír una voz que me llegara procedente del Cielo asegurándome que yo también me elevaría y sentir que era posible, pero no conseguí despegarlos de mis costados. Me sentía pequeña y despreciable; abandonada. Cada vez que cerraba los ojos, volvía a ver el autobús Trailways.

Las Hijas se mantuvieron con los brazos en alto, irradiando la sensación de que se elevaban con María. Entonces, August tomó un tarro de miel de la Virgen negra de detrás de la silla de June y lo que hizo con él nos envió a todos de vuelta a la Tierra. Abrió la tapa y lo volcó sobre la cabeza de Nuestra Señora.

La miel se deslizó por la cara y por los hombros de la Virgen, y resbaló por los pliegues de su vestido. Un trozo de panal se quedó atrapado en la curva de su divino antebrazo.

Dirigí una mirada a Rosaleen como para decirle: «Ya ves, tanto rato para limpiar de miel a la Virgen y ahora se la vuelven a poner.»

Decidí que nada de lo que hicieran a partir de entonces aquellas mujeres volvería a sorprenderme. Pero mi convicción se esfumó en un segundo porque, a continuación, las Hijas rodearon a Nuestra Señora como un círculo de abejas asistentes y frotaron la miel en su negra cabeza, en sus mejillas, en su cuello, en sus hombros y en sus brazos, en su pecho y en su vientre.

—Ven, Lily. Ayúdanos —pidió Mabelee.

Rosaleen ya se había incorporado al grupo y estaba untando de miel los muslos de Nuestra Señora. Me resistí a emularlas, pero Cressie me tomó las manos y, tras acercarme a la Virgen, me las puso sobre la miel calentada por el sol, justo encima del corazón rojo de Nuestra Señora.

Recordé que había visitado a Nuestra Señora en mitad de la noche y había situado la mano en ese mismo lugar.

«Tú eres mi madre —había dicho entonces—. Eres la madre de millares.»

—¡No entiendo por qué hacemos esto! —exclamé.

—Siempre la bañamos en miel —explicó Cressie—. Todos los años.

—Pero ¿por qué?

—Las iglesias solían bañar sus estatuas más queridas en agua bendita para honrarlas —prosiguió August, que untaba de miel la cara de Nuestra Señora—. Sobre todo, estatuas de Nuestra Señora. Algunas veces las sumergían en vino. Nosotras nos decidimos por la miel.

Las manos de August fueron bajando por el cuello de Nuestra Señora.

—La miel es un conservante, ¿sabes, Lily? —apostilló August—. Sella el panal en las colmenas para mantenerlo seguro e impoluto, de modo que las abejas puedan sobrevivir al invierno. Cuando bañamos a Nuestra Señora en ella, podría decirse que la conservamos otro año. Por lo menos, eso es lo que nuestros corazones pretenden.

—No sabía que la miel fuera un conservante —apunté, consciente por momentos de su tacto en mis dedos, que se deslizaban como si me los hubiera untado con aceite.

—La gente no piensa en la miel de ese modo, pero es tanto su poder que incluso se utilizaba en tiempos para embalsamar cadáveres. Las madres cubrían a sus bebés muertos con ella y eso los preservaba.

Era un uso de la miel que no me había planteado. Podía imaginar funerarias vendiendo grandes tarros de miel para los difuntos en lugar de ataúdes. Traté de imaginarlos dispuestos en el escaparate de la funeraria.

Mientras deslizaba las manos por la madera, me pareció que lo que hacíamos era tan íntimo que casi me resultaba embarazoso.

En un momento dado, Mabelee agachó demasiado la cabeza y se llenó el pelo de miel, pero fue Lunelle quien se llevó la palma, pues la miel le goteaba de los codos. Intentaba lamerla pero, por supuesto, la lengua no le llegaba tan lejos.

Las hormigas comenzaron a desfilar en formación individual por el costado de Nuestra Señora atraídas por la miel y, para no ser menos, un escuadrón volante de abejas pecoreadoras surcaron el aire y se posaron en la cabeza de Nuestra Señora. En cuanto alguien saca la miel, el reino de los insectos hace acto de presencia.

—Puede que ahora se acerque un osito —bromeó Queenie.

Solté una carcajada y, al ver un claro sin miel cerca de la base de la estatua, empecé a cubrirlo.

Manos de todas las tonalidades de marrón y negro se movían en desconcierto sobre Nuestra Señora. Pero, entonces, ocurrió algo sorprendente: poco a poco nuestras manos fueron adoptando un mismo movimiento y comenzaron a deslizarse arriba y abajo en gestos largos y lentos, que pasaron a ser horizontales con una sincronía absoluta, como una bandada de pájaros que cambia de dirección en el cielo sin perder la formación, mientras tú te preguntas quién ha dado la orden.

No sé cuánto rato duró aquello, y no lo echamos a perder hablando. Estábamos conservando a Nuestra Señora y, por primera vez desde que había averiguado la verdad sobre mi madre, me sentía satisfecha haciendo lo que hacía.

Por último, dimos un paso atrás y contemplamos a Nuestra Señora. Estaba sobre la hierba, con las cadenas esparcidas a su alrededor, cubierta de pies a cabeza por la pátina dorada de la miel.

Una a una, las Hijas sumergieron las manos en un cubo de agua y se limpiaron. Yo lo hice la última porque quería sentir la capa de miel en mi piel el máximo tiempo posible. Era como si llevara un par de guantes con propiedades mágicas, como si con ellos puestos pudiera conservar todo lo que tocara.

Después de comer, regresamos al jardín para limpiar a Nuestra Señora. La lavamos con agua del mismo modo lento que la habíamos bañado en miel. Después de que Neil y Zach la devolvieran a su sitio en el salón, todos se fueron. August, June y Rosaleen fueron a la cocina para fregar los platos, pero yo me escabullí y me dirigí al almacén. Me eché en la cama y procuré no pensar.

Supongo que es algo que nos ocurre a todos, pero mientras intentaba no pensar, descubrí con asombro que en mi cabeza tomaban consistencia las ideas más complejas. Así, dediqué veinte minutos a decidir cuál de entre todos los milagros que describía la Biblia elegiría yo vivir. Eliminé el de multiplicar los panes y los peces, porque me sentía incapaz de ver más comida. Pensé que caminar sobre el agua sería interesante, pero ¿para qué podría servirme? Al final, opté por resucitar entre los muertos, ya que una gran parte de mí seguía sintiéndose ajena a la vida.

Todo eso ocurrió antes de que me percatara de que, en realidad, estaba pensando. Me había propuesto dar descanso a mi mente cuando August llamó a la puerta.

—¿Puedo entrar, Lily?

—Claro —exclamé, pero no me molesté en levantarme. Se acabó no pensar. Es imposible no hacerlo estando August cerca.

Entró sujetando una sombrerera con rayas doradas y blancas. Esperó un momento de pie, mirándome. Me pareció más alta que de costumbre. El ventilador del estante giraba y la suave brisa que llegaba hasta August hacía ondear el cuello de su vestido.

Pensé que me había traído un sombrero, que, tal vez, habría ido a los almacenes Amen Dollar y me habría comprado uno de paja para animarme. Claro que, en realidad, eso no tenía ningún sentido. ¿Por qué iba a animarme un sombrero de paja? Después, pensé por un momento que podría ser el sombrero que Lunelle había prometido hacerme, pero me pareció imposible que Lunelle hubiera confeccionado un sombrero en tan poco tiempo.

August se sentó en el antiguo catre de Rosaleen y descansó la caja en su regazo.

—Te he traído algunas pertenencias de tu madre.

Observé la redondez perfecta de la caja. Después de haber inspirado a fondo, solté el aire a trompicones.

«Las pertenencias de mi madre.»

No me moví. Husmeé el aire que entraba por la ventana y que el ventilador revolvía. Noté que se había vuelto denso con la lluvia de la tarde, pero el cielo seguía encapotado.

—¿No quieres verlas? —preguntó.

—Sólo dime qué hay.

Puso una mano en la tapa y le dio unas palmaditas.

—No lo recuerdo. Ni siquiera me acordaba de la caja hasta esta mañana. Había pensado que podríamos abrirla juntas. Pero no tienes que mirar si no quieres. Sólo es un puñado de cosas que tu madre dejó aquí el día que volvió a Sylvan a buscarte. Al final, di su ropa al Ejército de Salvación, pero me quedé el resto de sus cosas, las pocas que había. Al menos llevan diez años en esta caja.

Me incorporé. Podía escuchar los latidos de mi corazón. Me pregunté si August también era capaz de oírlos desde donde estaba. Pum, pum. Pum, pum. A pesar del pánico que produce, sentir así los propios latidos resulta extrañamente familiar y reconfortante.

August dejó la caja en la cama y le quitó la tapa. Estiré un poco el cuello para ver el interior, aunque lo único que vislumbré fue papel de seda blanco con las puntas amarillentas.

Sacó un paquetito y lo desenvolvió.

—El espejo de tu madre —anunció mientras me lo mostraba. De forma oval y con un marco de carey, no era mayor que la palma de mi mano.

Me deslicé hacia el suelo, donde me quedé con la espalda apoyada en la cama. Un poco más cerca que antes. August actuaba como si esperara que alargara la mano para tomar el espejo. Casi tuve que sentarme sobre las manos. Al final, lo levantó y se miró en él. Unos círculos de luz se movieron por la pared que había tras ella.

—Si te miras aquí, verás la cara de tu madre que te devuelve la mirada —sugirió.

«Jamás me miraré en ese espejo», pensé.

Tras depositarlo en la cama, August metió la mano en la sombrerera, desenvolvió un cepillo con el mango de madera y me lo dio. Lo tomé sin pensar. El mango tenía un tacto extraño, frío y con los bordes suaves, como si estuviera gastado por haberlo sujetado demasiado. Me pregunté si se cepillaba el cabello cien veces cada día.

Cuando iba a devolver el cepillo a August, vi un cabello largo, negro y ondulado enredado en las cerdas. Me acerqué el cepillo a la cara y lo observé: un cabello de mi madre, una parte genuina de su cuerpo.

—¡Vaya, vaya! —exclamó August.

No podía apartar los ojos de él. Había estado en su cabeza y ahora reposaba en aquel cepillo, como una idea que hubiera dejado atrás. Supe que no importaba lo mucho que lo intentara, daba lo mismo la cantidad de tarros de miel que lanzara, era indiferente que me creyera capaz de olvidar a mi madre, pues ella jamás desaparecería de mis puntos más sensibles. Apoyé la espalda en la cama y noté que me brotaban las lágrimas. El cepillo y el cabello que pertenecían a Deborah Fontanel Owens flotaban aún en mis retinas.

Devolví el cepillo a August y, al hacerlo, ella dejó en mi mano una joya. Una aguja dorada en forma de ballena con un diminuto ojo negro y un chorro de agua de estrás que salía despedido de ella.

—Llevaba esta aguja en el jersey el día que llegó aquí —me explicó August.

La tomé entre mis dedos y caminé de rodillas hasta la cama de Rosaleen para dejarla junto al espejo y el cepillo, después de moverlos un poco como si trabajara en un *collage*.

Solía arreglar mis regalos de Navidad en la cama del mismo modo. Por lo general, había cuatro cosas que T. Ray había pedido a la mujer de la Sylvan Mercantile que eligiera para mí: un jersey, calcetines, un pijama y una bolsa de naranjas. Felices Navidades. Siempre acertaba qué regalos iba a recibir. Yo disponía aquellas cosas en vertical, formando un cuadrado, o en diagonal, como quiera que fuese con tal de que me ayudaran a sentir que eran una muestra de cariño.

Cuando levanté los ojos hacia August, vi que sacaba un libro negro de la caja.

—Se lo di a tu madre cuando estuvo aquí. Es poesía inglesa.

Tomé el libro en mis manos y al hojearlo vi marcas de lápiz en los márgenes. No eran palabras, sino unos garabatos extraños, con remolinos, una bandada de uves, garrapatos con ojos, ollas con tapa, ollas con caras, ollas con cosas hirviendo, charquitos que de repente generaban una ola terrible. Estaba contemplado sus sufrimientos privados y sentí el deseo de salir y enterrar el libro.

Página cuarenta y dos. Fue en ella donde encontré unos versos de William Blake que estaban subrayados; algunas palabras tenían dos marcas.

¡Oh, rosa, estás enferma!
El gusano invisible
que en la noche vuela
al ulular la tormenta
ha encontrado tu lecho
de dicha carmesí
y su oscuro amor secreto
desola tu vida.

Cerré el libro. Quería que aquellas palabras se alejaran de mí, pero ya habían hecho mella en mis retinas. Mi madre era la rosa de William Blake y lo que yo más deseaba en este mundo era decirle lo mucho que sentía ser uno de los gusanos invisibles que volaban en la noche.

Dejé el libro en la cama junto con las demás cosas y me volví hacia August. De nuevo buscaba algo en la caja y, mientras movía los dedos en ella, el papel de seda susurraba frufrús.

—Una última cosa —anunció, al tiempo que sacaba un deslustrado marquito oval de plata con una fotografía.

Cuando me lo dio, retuvo mis manos entre las suyas unos segundos. El marco contenía la imagen de una mujer de perfil con la cabeza inclinada hacia una niña que estaba sentada en una trona y tenía una mancha de papilla al lado de la boca. La mujer tenía un cabello precioso, de vaporosos rizos que lucían como si acabara de cepillarlos cien veces. Sujetaba una cucharita en la mano derecha y la luz iluminaba su rostro. La niña llevaba anudado al cuello un babero con el dibujo de un osito y un quiqui sujeto con un lacito en la cabeza. Tendía una mano hacia la mujer.

Éramos mi madre y yo.

Ya nada me importaba, excepto el modo en que ella inclinaba su cabeza hacia la mía y nuestras narices se rozaban, salvo su bella y sincera sonrisa, que relucía como una bengala encendida. Me había dado de comer con una cucharita. Había frotado su nariz con la mía e irradiado su luz en mi cara.

A través de la ventana abierta, el aire olía a gelsemio, que es el verdadero aroma de Carolina del Sur. Me acerqué y apoyé los codos en el alféizar para tratar de acaparar aquella fragancia. Detrás de mí, oí que August cambiaba de postura en el catre. Las patas crujieron y después se hizo de nuevo el silencio.

Miré la fotografía una vez más y luego cerré los ojos. Imaginé que May debía de haber llegado al Cielo y explicado a mi madre lo de la señal que le había pedido. La que me haría saber que me quería y que me perdonaba.

14

Una colonia huérfana es una comunidad afligida y
melancólica, capaz de generar un zumbido de lamento
en su interior... Si se la deja a su suerte, la colonia morirá. Pero si se introduce una nueva reina, se produce un
cambio de lo más insólito.

The Queen Must Die: An Other
Affairs of Bees and Men

Después de que August y yo revisáramos la sombrerera, me
encerré en mí misma durante algún tiempo. August y Zach se ocu-
paban de las abejas y de la miel, mientras que yo me pasaba la mayor parte del tiempo en el río, sola. Me mantenía muy reservada.

El mes de agosto se había convertido en una enorme plancha
de cocina donde los días chisporroteaban. Arrancaba hojas de los
tallos y me abanicaba la cara, sumergía los pies en la corriente del
río sentada en la orilla, contemplaba cómo la brisa acariciaba el
agua, y luego me regalaba y, aun así toda yo seguía aturdida a causa del calor. Toda, excepto mi corazón, que era como una escultu-
ra de hielo en el centro de mi pecho. Nada podía afectarlo.

La gente, por lo general, prefiere morir a olvidar. Resulta crudo
reconocerlo, pero así es. Si Dios nos diera a elegir, no pocos irían a
encargar su ataúd.

Envolví las cosas de mi madre en el medio ajado papel de la
sombrerera, las guardé dentro y puse la tapa. Mientras la oculta-

ba bajo la cama, echada de bruces en el suelo, encontré un montoncito de huesos de ratón. Los tomé y los lavé en el fregadero, y, aunque no sabía por qué, los llevé en mi bolsillo durante mucho tiempo.

Cuando me despertaba por la mañana, mi primer pensamiento era para la sombrerera. Era casi como si mi madre en persona se escondiera debajo de la cama. Una noche tuve que levantarme y llevarla al otro lado de la habitación. Después, tuve que abrir la funda de la almohada, meter dentro la caja y atar el cojín con una de mis cintas para el pelo. Y todo eso sólo para poder conciliar el sueño.

Iba a la casa rosa a usar el cuarto de baño y me decía que mi madre también se había sentado allí, y después me detestaba por aquellos pensamientos. ¿A quién le interesaba dónde se sentaba para orinar? Mis hábitos al respecto no le habían importado demasiado a ella cuando me abandonó con la señora Watson y T. Ray.

Trataba de animarme, de obligarme a no pensar en ella, recordándome que ya había acabado todo. Pero, al minuto siguiente, la imaginaba en la casa rosa o junto al muro de las lamentaciones legando sus pesares a las piedras. Apuesto a que el nombre de T. Ray estaba escrito en alguno de los papelitos que poblaban sus grietas. Puede que el mío también. Deseaba que hubiera sido lo bastante lista o lo bastante cariñosa para comprender que todas las personas soportan pesadas cargas, pero no por ello abandonan a sus hijos.

Creo que, en el fondo, debía de encantarme mi pequeña colección de sufrimientos y heridas. Me proporcionaban algo de compasión, la sensación de ser excepcional. Era la niña abandonada por su madre. Era la niña que se arrodillaba sobre maíz a medio moler. Un ser especial.

Estábamos en plena estación de los mosquitos, así que la mayor parte del tiempo que pasaba en el río lo ocupaba matándolos. Sentada en medio de las sombras púrpuras, sacaba los huesos de ratón y los movía entre mis dedos. Miraba las cosas hasta que parecía fundirme con ellas. A veces, me olvidaba del almuerzo y Rosaleen venía a traerme un bocadillo de tomate; pero cuando se iba, lo lanzaba al río.

En ocasiones no podía evitar echarme en el suelo y fingir que estaba en una de esas tumbas en forma de colmena. Sentía el mismo pesar que cuando May murió, sólo que multiplicado por cien.

—Supongo que necesitas llorar un tiempo —había comentado August—. Así que adelante, hazlo.

Ahora lo estaba haciendo. Y no creía que fuera posible parar.

Sabía que August se lo había contado todo a Zach, y a June también, porque andaban de puntillas a mi alrededor como si fuera carne de psiquiátrico. Quizá lo fuera. Quizás era yo, y no mi madre, la que debería haber ido a parar a Bull Street. En cualquier caso, al menos todos me dejaban tranquila y no hacían preguntas ni me conminaban a despedirme de mi melancolía.

Me preguntaba cuánto tiempo más pasaría antes de que August se viera obligada a tomar decisiones respecto de las cosas que le había contado: que me había escapado, que había ayudado a Rosaleen a huir, que Rosaleen era una prófuga de la justicia. August estaba concediéndome una tregua, un tiempo para estar junto al río y hacer lo que tuviera que hacer, como había hecho consigo misma tras la muerte de May. Pero eso no duraría siempre.

Es propio del mundo seguir girando a pesar de las desgracias que ocurran en él. Así, June fijó una fecha para su boda: el sábado 10 de octubre. El hermano de Neil, un pastor metodista episcopal africano de Albany, Georgia, iba a celebrar el enlace en el jardín trasero, bajo los mirtos. June expuso todos sus planes una noche, durante la cena. Caminaría por un pasillo cubierto de pétalos de peonía con un traje blanco de rayón que Mabelee le estaba confeccionando, con cierres de pasamanería de la misma tela. Yo no sabía cómo eran esos cierres y June me dibujó uno en un cuaderno, aunque no logró sacarme de mi ignorancia. Lunelle sería la encargada de preparar el tocado de novia, lo que me pareció muy valiente por parte de June, pues parecía imposible predecir qué acabaría llevando en la cabeza.

Rosaleen se había ofrecido a preparar el pastel de boda, y Violet y Queenie, a decorarlo con lo que llamaban un «tema arco iris». De nuevo alabé el arrojo de June.

Un día fui a la cocina a mitad de la tarde, sedienta en extremo, para llenarme un jarro de agua y regresar al río, y me encontré a June y a August abrazadas.

Permanecí en la puerta y las observé, a pesar de que era un momento de intimidad. June se aferraba a la espalda de August con manos temblorosas.

—May hubiera sido muy feliz con esta boda —balbució—. Me dijo un millón de veces que estaba siendo muy testaruda con lo de Neil. Dios mío, August, ¿por qué no lo hice antes, mientras ella aún estaba viva?

August se volvió un poco y me vio en el umbral. Seguía abrazaba a June, que se había echado a llorar, pero mantuvo sus ojos en los míos.

—No sirve de nada lamentarse —exclamó—. Lo sabes muy bien.

Al día siguiente, sentí que mi apetito había regresado y entré en la cocina dispuesta a almorzar. Me encontré a Rosaleen, que llevaba un vestido nuevo y el cabello recién trenzado. Se estaba guardando un pañuelo de papel en el escote.

—¿De dónde sacaste ese vestido? —pregunté.

Se dio una vuelta entera para mostrármelo y, cuando sonreí, repitió la pirueta. Lucía lo que podría denominarse un vestido acampanado, con metros de tela que le caían desde los hombros, sin cinturilla ni pinzas. Era de color rojo intenso, estampado con enormes flores blancas. Estaba encantada con él, era evidente.

—August me llevó ayer a la ciudad y me lo compré —explicó. De repente, me sorprendió la cantidad de cosas que me había perdido.

—Es un vestido precioso —mentí, y observé entonces que no había nada preparado para el almuerzo.

Se alisó la parte delantera con las manos, miró el reloj sobre la cocina y alargó la mano hacia un viejo bolso de vinilo blanco que había heredado de May.

—¿Vas a alguna parte? —quise saber.

—Ya lo creo que va —respondió August, que acababa de entrar y sonreía a Rosaleen.

—Voy a terminar lo que empecé —aseveró Rosaleen, mentón en alto—. Voy a registrarme para votar.

Dejé caer los brazos y abrí la boca.

—Pero ¿qué pasa con...? —solté—. ¿Qué pasa con ser...? Ya sabes.

—¿Qué? —Rosaleen me miraba con los ojos entornados.

—Prófuga de la justicia —terminé—. ¿Y si reconocen tu nombre? ¿Y si te pillan?

Desvié los ojos hacia August.

—Oh, no creo que eso vaya a ser ningún problema —intervino ésta, a la vez que tomaba las llaves del camión del clavo que había junto a la puerta—. Vamos a ir al registro de votantes de la escuela secundaria para negros.

—Pero...

—Por el amor de Dios, sólo voy a conseguir una tarjeta de votante —exclamó Rosaleen.

—Eso es lo que dijiste la última vez —le recordé.

Hizo como que no me oía y se sujetó bajo el brazo el bolso de May, que tenía un enorme descosido lateral que nacía en el asa.

—¿Quieres venir, Lily? —preguntó August.

Quería y no quería. Me miré los pies, bronceados y descalzos.

—Me quedaré aquí y prepararé el almuerzo —respondí.

—Es bueno ver que tienes apetito para variar —comentó August con las cejas arqueadas.

Salieron al porche trasero y bajaron los peldaños. Las acompañé hasta el camión.

—No escupas a los zapatos de nadie, ¿de acuerdo? —aconsejé a Rosaleen cuando se subía al vehículo.

Soltó una carcajada que le sacudió todo el cuerpo. Era como si todas las flores de su vestido se mecieran con el viento.

Volví dentro, herví dos salchichas y me las tomé sin pan. Después, regresé al bosque donde corté unos acianos que crecían en las zonas soleadas antes de aburrirme y tirarlos.

Me senté en el suelo, a la espera de sumirme en mi sombrío estado de ánimo y pensar en mi madre, pero mis únicos pensamientos fueron para Rosaleen. La imaginaba haciendo cola. Podía ver cómo ensayaba su nombre. Cómo conseguía que le saliera bien. Su gran momento.

De repente, deseé haber ido con ellas. Lo deseé más que nada en el mundo. Quería ver su cara cuando le entregaran su tarjeta. Quería decirle que estaba orgullosa de ella.

«¿Qué estoy haciendo sentada aquí, en el bosque?»

Me levanté y regresé. Al pasar junto al teléfono del pasillo, sentí la necesidad de descolgar y de llamar a Zach. De volver a formar parte del mundo otra vez. Marqué su número.

—Hola, ¿alguna novedad? —pregunté cuando contestó.

—¿Quién habla? —exclamó.

—Muy gracioso —bromeé.

—Siento mucho lo de... Todo —afirmó—. August me contó lo que pasó. —Dejó que el silencio flotara entre nosotros un momento, y luego añadió—: ¿Tendrás que volver?

—¿Quieres decir con mi padre?

—Sí —contestó tras vacilar.

Supe al instante que eso era lo que habría de pasar. Todo mi cuerpo sintió que era irremediable.

—Creo que sí —respondí.

Retorcí el cable del teléfono alrededor de mi dedo mientras observaba la puerta principal al otro lado del pasillo. Durante unos segundos, fui incapaz de desviar la mirada. Me imaginaba saliendo por ella y no volviendo jamás.

—Iré a verte —aseguró, y quise llorar.

Zach llamando a la puerta de la casa de T. Ray Owens. Eso era imposible.

—Te pregunté si había alguna novedad, ¿recuerdas? —No esperaba que hubiera ninguna, pero necesitaba cambiar de tema.

—Bueno, para empezar, este año iré al instituto de secundaria para blancos.

Me quedé sin habla. Oprimí el teléfono con la mano.

—¿Estás seguro? —pregunté. Sabía cómo eran esos sitios.

—Alguien tiene que hacerlo —contestó—. ¿Por qué no yo?

Parecía que ambos estábamos condenados al sufrimiento.

Rosaleen llegó a casa convertida en una auténtica votante registrada de Estados Unidos de América. Esa noche, aguardamos sentadas la cena mientras ella llamaba por teléfono a cada una de las Hijas para darles la noticia en persona.

—Sólo quería decirte que soy una votante registrada —repetía a todas y, tras una pausa, proseguía—: Al presidente Johnson y al señor Hubert Humphrey, a ellos. No voy a votar al señor del water. —Se reía cada vez como si fuera el mejor chiste del mundo y aclaraba—: Goldwater, el señor del water, ¿lo captas?

Incluso después de cenar, cuando creíamos que por fin ya se había calmado, exclamaba de repente:

—Votaré al señor Johnson.

Pero al final se tranquilizó y nos dio las buenas noches. Observé cómo subía las escaleras con su vestido rojo y blanco de votante registrada y volví a desear haber estado ahí.

«Lamentarse no sirve de nada —había dicho August a June—. Lo sabes muy bien.»

Corrí escaleras arriba y agarré a Rosaleen desde atrás. La detuve cuando tenía un pie en el aire para buscar el peldaño siguiente. Le rodeé la cintura con los brazos.

—Te quiero —exclamé y, aunque no las había meditado, fueron unas palabras sinceras.

Esa noche, mientras los saltamontes, las ranitas de san Antón y todos los demás componentes de la orquesta silvestre ponían a prueba sus instrumentos y mi oído, deambulé por el almacén como si tuviera un acceso de fiebre primaveral. Ya eran las diez de la noche, pero aún me sentía capaz de fregar el suelo y limpiar las ventanas.

Me dirigí a los estantes y ordené todos los tarros de cristal. Después, agarré la escoba y barrí, justo debajo del madurador y del generador, donde, por lo que pude comprobar, nadie había limpiado desde hacía cincuenta años. Seguía sin estar cansada, así que quité las sábanas de la cama y fui a la casa rosa a buscar un juego limpio, con cuidado de no hacer ruido para no despertar a nadie. También tomé unos trapos y limpiador por si acaso.

Regresé y, antes de darme cuenta, estaba sumida en un verdadero frenesí. A medianoche, le había sacado lustre a toda la habitación.

Me dediqué incluso a repasar mis cosas y a librarme de algunas. Cabos viejos de lápiz, un par de historias que había escrito y que eran demasiado embarazosas para que las leyera alguien, unos pantalones cortos rotos, un peine al que le faltaba la mayoría de las púas.

A continuación, saqué los huesos de ratón que guardaba en el bolsillo porque, de repente, me había dado cuenta de que ya no los necesitaba. Pero era incapaz de tirarlos, de modo que los até con una cinta roja para el pelo y los deposité en el estante, junto al ventilador. Los observé un minuto y me pregunté cómo una persona podía tomar apego a unos huesos de ratón. Decidí que, en ocasiones, todos necesitamos cuidar de algo; nada más.

Para entonces empezaba a estar cansada, pero saqué las cosas de mi madre de la sombrerera (el espejo de carey, el cepillo, el libro de poesía, la aguja en forma de ballena y la fotografía de las dos con las caras juntas) y las coloqué en el estante con los huesos de ratón. Tengo que admitir que hacía que toda la habitación pareciese distinta.

Mientras me dormía, pensé en ella. En que nadie es perfecto. En que tienes que cerrar los ojos, soltar el aire y dejar que el rompecabezas del corazón humano sea lo que en realidad es.

A la mañana siguiente, me presenté en la cocina con la aguja en forma de ballena prendida en mi camisa azul favorita. Sonaba un disco de Nat King Cole. «*Unforgettable, that's what you are.*» Creo que estaba puesto para disimular el traqueteo que producía la lavadora Lady Kenmore rosa en el porche. Era un gran invento, pero hacía ruido de hormigonera. August estaba sentada con los codos apoyados en la mesa, acabándose el café y leyendo otro libro de la biblioteca móvil.

Cuando alzó los ojos, éstos captaron mi cara y se dirigieron después de inmediato a la aguja en forma de ballena. Vi su sonrisa antes de volver a concentrarse en su lectura.

Me preparé mis habituales copos de arroz con pasas.

—Ven a las colmenas —me pidió August cuando hube terminado de comer—. Quiero enseñarte algo.

Nos pusimos nuestros trajes de apicultor. Al menos yo, pues August casi nunca se cubría con nada más que el sombrero y el velo.

Mientras nos dirigíamos a las colmenas, August dio una zancada para no aplastar una hormiga. Me recordó a May.

—May fue la responsable de que mi madre empezara a salvar a las cucarachas, ¿verdad? —quise saber.

—¿Quién si no? —August sonrió—. Sucedió cuando tu madre era una adolescente. Un día, May la pilló matando una cucaracha con matamoscas y le dijo: «Deborah Fontanel, todos los seres vivos del planeta son especiales. ¿Quieres ser tú quien acabe con uno de ellos?» Después le enseñó a preparar un camino con trocitos de malvavisco y de galletas integrales.

Me toqué la aguja en el pecho y me imaginé la escena. Luego, miré a mi alrededor y observé el mundo. Era un día tan bonito que no cabía imaginar que fuera a ocurrir nada que lo estropeara.

Según August, si jamás has visto un grupo de colmenas a primera hora de la mañana, te has perdido la octava maravilla del mundo. Me basta con cerrar los ojos para volver a ver las cajas blancas situadas bajo los pinos. El sol atraviesa las ramas y se refleja en las gotas de rocío que se están secando en las tapas. Algunos centenares de abejas revolotean alrededor de las colmenas. Se están calentando, pero, sobre todo, están aligerando sus órganos, pues las abejas son tan limpias que jamás ensucian el interior de la colmena. De lejos, la escena recuerda un cuadro; podría mostrarse en cualquier museo, sólo que éstos no pueden reproducir su sonido. A quince metros oyes un zumbido que parece proceder de otro planeta. A diez metros, tu piel empieza a vibrar. Los cabellos de la nuca se te erizan. La cabeza te ruega que no te acerques más, pero el corazón te ordena que te sumerjas en él. Y, una vez junto a las colmenas, piensas que estás en el centro del Universo, donde todo cobra vida ante su armónico zumbido.

August levantó la tapa de una colmena.

—A ésta le falta la reina —anunció.

Había aprendido lo suficiente sobre apicultura para saber que una colmena sin reina suponía una sentencia colectiva de muerte para las abejas. Dejarían de trabajar y se mostrarían abatidas.

—¿Qué ha podido pasar? —pregunté.

—Ayer descubrí que las abejas estaban aquí fuera, en la plancha de vuelo, con aspecto melancólico. Si ves que unas abejas flojean y se lamentan, puedes apostar lo que quieras a que su reina está muerta. Así que busqué en los panales y, sí, lo estaba. No sé cuál fue el motivo. Puede que le hubiera llegado la hora.

—¿Qué harás ahora?

—Llamé a la cooperativa apícola y me pusieron en contacto con un hombre de Goose Creek que aseguró que vendría hoy, en algún momento, con una reina nueva. Quiero que la colmena vuelva a tener reina antes de que una de las obreras empiece a poner. Si tenemos obreras ponedoras, estaremos en un buen lío.

—No sabía que una abeja obrera pudiera poner huevos —exclamé sorprendida.

—En realidad, lo único que hacen es poner huevos de zángano, sin fecundar. Llenan los panales con ellos y, a medida que las obreras se van muriendo de forma natural, no hay nadie que las sustituya. —Bajó el témpano mientras añadía—: Sólo quería enseñarte el aspecto de una colonia huérfana.

Se levantó el velo del sombrero y después hizo lo mismo con el mío. Me mantuvo la mirada mientras yo examinaba las motitas doradas de sus ojos.

—¿Recuerdas cuando te conté la historia de Beatrix? —preguntó—. ¿La monja que se escapó del convento? ¿Recuerdas que la Virgen María la había sustituido?

—Lo recuerdo —asentí—. Imaginé que sabías que yo me había escapado como Beatrix. Tratabas de explicarme que, en casa, la Virgen me sustituía y se encargaba de las cosas por mí hasta que regresara.

—Vaya, pues la verdad es que no era eso lo que intentaba decirte —replicó—. No pensaba en tu huida, sino en la de tu madre. Intentaba ponerte una idea en la cabeza.

—¿Qué idea?

—Qué tal vez Nuestra Señora podía sustituir a Deborah y ser como una madre sustituta para ti.

La luz dibujaba figuras en la hierba. Las observé y sentí vergüenza de lo que estaba a punto de referir.

—Una noche, confesé a Nuestra Señora en la casa rosa que Ella era mi madre. Le puse la mano en el corazón, como tú y las Hijas hacéis siempre en vuestras reuniones. Sé que lo había intentado una vez antes y me desmayé; pero esa noche lo logré y después, durante un rato, me sentí más fuerte... Creo que necesito volver y acariciar de nuevo su corazón.

—Escúchame, Lily —pidió August—. Voy a contarte algo que quiero que recuerdes siempre, ¿entendido?

Su expresión se había vuelto seria, intensa. Ni siquiera pestañeaba.

—Entendido —acepté, y sentí que un escalofrío me recorría la espalda.

—Nuestra Señora no es un ser mágico que está en alguna parte, como un hada madrina. No es tampoco la estatua del salón. Es algo que habita en ti. ¿Entiendes lo que te digo?

—Nuestra Señora está dentro de mí —repetí sin estar segura de haberlo comprendido.

—Tienes que encontrar una madre dentro de ti. Todos lo hacemos. Incluso si ya tenemos una, hemos de encontrar esa parte de nosotros mismos en nuestro interior. —Alargó el brazo hacia mí—. Dame la mano.

Levanté la mano izquierda y la puse en la suya. Ella la tomó y me puso la palma en mi propio pecho, sobre mi corazón palpitante.

—No tienes que poner la mano en el corazón de la Virgen para obtener fortaleza, consuelo, salvación y todas las demás cosas que necesites para pasar por la vida —indicó—. Puedes ponerla aquí, en tu propio corazón. Tu propio corazón.

August se acercó más a mí. Mantuvo la presión sobre mi mano.

—Cuando te arrodillabas sobre aquel maíz a medio moler, Nuestra Señora era la voz en ti que clamaba: «No, no me doblegaré ante esto. Soy Lily Melissa Owens y no me doblegaré.» Tanto si podías oírla como si no, estaba ahí, hablándote.

Coloqué la otra mano encima de la suya, y ella hizo lo propio con la que le quedaba libre; de modo que sobre mi pecho se elevó un montículo de manos, en blanco y negro.

—Cuando no estás segura de ti misma —prosiguió—, cuando te asaltan las dudas y el desasosiego, es tu yo interior el que te dice: «Levántate y vive como la chica maravillosa que eres.» Es el poder que hay en tu interior, ¿comprendes?

Mantuvo sus manos entre las mías, pero suavizó la presión.

—Y lo que ensancha tu corazón también es la Virgen. No sólo el poder que hay en tu interior, sino también el amor. Y si lo piensas bien, Lily, ése es el único propósito lo bastante elevado de la vida humana. No sólo amar, sino persistir en amar.

Se detuvo. Las abejas martilleaban con su sonido el aire. August deslizó sus manos de entre las mías. Pero yo las mantuve sobre mi pecho.

—Esta Virgen de la que estoy hablando está siempre en tu corazón y no se cansa de repetir: «Lily, tú eres mi hogar eterno. No tengas nunca miedo. Yo soy suficiente. Nosotras somos suficiente.»

Cerré los ojos y tuve un instante revelador entre las abejas, acariciada por el nuevo día: supe de qué estaba hablando.

Cuando los abrí de nuevo, August había desaparecido. La vi regresar a casa, a través del jardín. Su inmaculado vestido irradiaba luz.

Alguien llamó a la puerta a eso de las dos de la tarde. Yo estaba sentada en el salón, escribiendo en el nuevo cuaderno que Zach me había dejado en la puerta. Anotaba todo lo que me había ocurrido desde el Día de María. Las palabras fluían de mí tan aprisa que me esforzaba por seguir su ritmo. Estaba absorta en ellas y no presté atención a la llamada. Más adelante, recordaría que no había sonado como un «toc-toc» corriente. Había sido más bien el ruido de un puñetazo.

Seguí escribiendo, esperando que August fuera a abrir. Estaba segura de que era el hombre de Goose Creek con la nueva abeja reina.

Volvieron a llamar. June había salido con Neil. Rosaleen estaba en el almacén lavando una nueva remesa de tarros de cristal, una tarea que era mía pero que se había ofrecido a hacer, en vista de mi urgencia por escribir. No sabía dónde estaba August. Puede que en el almacén, ayudando a Rosaleen.

Cuando lo recuerdo, me pregunto cómo no sospeché quién era.

A la tercera insistencia, me levanté y abrí la puerta.

T. Ray me miraba. Se había afeitado bien y llevaba una camisa blanca de manga corta que dejaba a la vista la zona superior del vello de su pecho. Sonreía. Me apresuraré a aclarar que no era la sonrisa de un padre amantísimo, sino la sonrisa burlona de un hombre que ha perseguido una liebre todo el día y acaba de acorralar a su presa contra un tronco vacío, sin escapatoria.

—Vaya, vaya, vaya. Mira quién tenemos aquí —exclamó.

De repente, tuve la idea terrorífica de que podía arrastrarme en ese mismo instante al camión y salir disparado hacia la granja de melocotones, desde donde nadie volvería a tener noticias mías. Retrocedí hacia el pasillo

—¿Quieres entrar? —pregunté con una cortesía forzada que a mí me sorprendió, pero a él pareció desconcertarlo.

¿Qué otra cosa podía hacer? Me volví y me obligué a caminar con calma hacia el salón.

Sus botas resonaron detrás de mí.

—De acuerdo, maldita sea —soltó—. Si quieres que finjamos que te estoy haciendo una visita, lo fingiremos, pero no estoy aquí por cortesía, ¿me oyes? Me he pasado medio verano buscándote y te vas a venir conmigo por las buenas o por las malas. A mí me da igual cómo.

—Si quieres sentarte... —Señalé una mecedora.

Intentaba parecer tranquila, cuando por dentro rozaba el verdadero pánico. ¿Dónde estaría August? Empezaba a perder el compás de mi respiración. Podía oír que jadeaba como un perro.

Se dejó caer en la mecedora y se dio impulso, mientras su rostro seguía dibujando esa sonrisa burlona de tenerme en sus manos.

—Así que estuviste aquí todo el tiempo, en casa de unas mujeres de color. Dios mío...

Sin darme cuenta había retrocedido hacia la estatua de Nuestra Señora. Permanecí inmóvil mientras él la observaba.

—¿Qué coño es eso?

—Una estatua de la Virgen —aclaré—. La madre de Jesús, ya sabes. —Mi voz sonaba asustada. Necesitaba recobrar la calma para decidir qué podía hacer.

—Pues parece salida del depósito de chatarra —comentó.

—¿Cómo me encontraste?

Se deslizó hasta el borde del asiento de mimbre y hurgó en el bolsillo de los pantalones hasta sacar la navaja, la que usaba para limpiarse las uñas.

—Fuiste tú quien me condujo hasta aquí —afirmó, henchido de orgullo.

—Yo no hice tal cosa.

Sacó la hoja de la navaja, clavó la punta en el brazo de la mecedora y arrancó trocitos de madera mientras se tomaba su tiempo para explicármelo.

—Oh, ya lo creo que lo hiciste. Ayer llegó la factura del teléfono. ¿Adivinas qué encontré en ella? Una llamada a cobro revertido desde el bufete de un abogado de Tiburon. El señor Clayton Forrest. Un gran error, Lily; no debiste llamarme a cobro revertido.

—Así que fuiste a ver al señor Clayton y él te dijo dónde estaba.

—No, pero su anciana secretaria estuvo más que contenta de ponerme al corriente. Aseguró que te encontraría aquí.

La estúpida señorita Lacy.

—¿Dónde está Rosaleen? —preguntó.

—Se largó hace mucho tiempo —mentí. Podía secuestrarme para llevarme a Sylvan, pero no tenía por qué entrometerse en la vida de Rosaleen. Al menos ella quedaría al margen.

Para mi sorpresa, no comentó nada al respecto, feliz, al parecer, de grabar el brazo de la mecedora como si tuviera once años y dejara sus iniciales en un árbol. Creo que estaba contento de no tener que vérselas con ella. Me pregunté cómo iba a sobrevivir en Sylvan. Sin Rosaleen.

De golpe dejó de mecerse y la sonrisa nauseabunda se desvaneció de sus labios. Observaba mi hombro con los ojos entornados, casi cerrados. Bajé la mirada para ver qué había atraído su atención y me di cuenta de que se trataba de la aguja en forma de ballena que llevaba puesta.

Se levantó y se acercó a mí, pero se detuvo a uno o dos metros de distancia, como si la aguja fuese una especie de fetiche vudú.

—¿De dónde has sacado eso? —preguntó.

—August me la dio. —Sin darme cuenta, mi mano acariciaba ahora el chorrito de estrás—. La mujer que vive aquí.

—No me mientas.

—No estoy mintiendo. Ella me la dio. Dijo que era de... —Tuve miedo de decirlo. Él no sabía nada sobre la relación de August y mi madre.

El labio superior se le había puesto blanco como sucedía cuando estaba muy alterado.

—Yo le regalé esa aguja a tu madre cuando cumplió veintidós años —afirmó—. Explícame ahora mismo cómo la consiguió esa tal August.

—¿Tú le regalaste esta aguja a mi madre? ¿Tú?

—Contéstame, maldita sea.

—Aquí fue donde vino mi madre cuando nos abandonó. August me contó que la llevaba puesta el día que llegó.

Volvió hacia la mecedora con aspecto inquieto y se sentó en ella de nuevo.

—Maldición —masculló, en un tono tan bajo que apenas lo oí.

—August la cuidaba cuando era pequeña, en Virginia —intenté explicarle.

Miraba hacia delante, al vacío. A través de la ventana, en pleno verano de Carolina, vi que el sol caía sobre el techo de su camión e iluminaba los bordes de la valla que había desaparecido casi por completo bajo el gelsemio. El camión estaba salpicado de barro, como si hubiese recorrido los pantanos para encontrarme.

—Tendría que haberlo sabido. —Sacudía la cabeza y hablaba como si yo no estuviera en la habitación—. La busqué en todos los sitios que se me ocurrieron. Y estaba aquí. Dios mío, estaba aquí.

La idea parecía turbarlo. Sacudió la cabeza y miró a su alrededor. Intuyo que pensaba que ella se había sentado en esa silla y había caminado por esa alfombra. El mentón le temblaba ligeramente y, por primera vez, comprendí lo mucho que debió de amarla y cómo debió de dolerle que se marchara.

Antes de ir a Tiburon, mi vida no había sido más que un agujero inmenso, el que dejó en mí mi madre. Y ese agujero me había hecho distinta, me había legado un permanente sentimiento de añoranza. Pero ni una sola vez en toda mi vida había pensado en lo que él había perdido ni en cómo eso podría haberlo cambiado.

Recordé las palabras de August: «La gente es de una forma y, cuando la vida acaba con ella, es de otra por completo distinta. Estoy segura de que al principio amaba a tu madre. De hecho, creo que la adoraba.»

Jamás había visto que T. Ray adorara a nadie que no fuera *Snout*, el amor canino de su vida, pero al verlo ahora supe que había amado a Deborah Fontanel y que, cuando ella lo abandonó, se había sumido en la amargura.

Clavó la navaja en la madera y se puso de pie. Contemplé el mango que apuntaba al aire y después a T. Ray, que recorría la habitación tocando cosas: el piano, la percha para sombreros, la revista *Look* en la mesa de alas abatibles...

—Parece que estás sola —comentó.

Lo vi venir. El final de todo.

Avanzó directo hacia mí e intentó agarrarme el brazo. Cuando me zafé, me cruzó la cara con la mano. No era la primera vez que lo hacía, pero los de antes habían sido bofetones limpios y fuertes en la mejilla, de esos que te aceleran la respiración de puro asombro; pero éste fue otra cosa. No fue un simple cachete: me pegó con todas sus fuerzas. Un gruñido de esfuerzo se escapó de sus labios al asestar el golpe. Vi brillar la rabia en sus ojos por un instante. Y olí la granja en sus manos, el familiar aroma de los melocotones.

Salí despedida hacia atrás, contra Nuestra Señora, que cayó al suelo un segundo antes que yo. Al principio no noté dolor, pero al incorporarme y recobrar el equilibrio, una punzada ardiente sacudió mi rostro, desde la oreja hasta la barbilla. Hizo que volviera a caer al suelo. Levanté los ojos hacia él con las manos aferradas al pecho, preguntándome si sería capaz de arrastrarme por los pies para llevarme hasta el camión.

—¿Cómo te atreves a dejarme? —gritaba—. Necesitas una lección, eso es lo que necesitas.

Llené los pulmones de aire e intenté recobrar el equilibrio. La Virgen negra yacía a mi lado en el suelo con el olor embriagador de la miel. Recordé que se la habíamos untado en cada grieta y hueco hasta que estuvo empapada y satisfecha. Seguí echada. Me aterraba moverme, consciente de la navaja clavada en el brazo de la mecedora al otro lado de la habitación. Me dio una patada en la pantorrilla, como si yo fuera una lata en el camino a la que podía golpear sólo porque estaba delante de él.

—No volverás a dejarme, Deborah —me pareció que murmuraba, de pie junto a mí. En sus ojos había una expresión frenética, asustada.

Observé que todavía tenía las manos sobre el pecho. Hice presión hacia abajo y me oprimí con fuerza el cuerpo.

—Levántate —bramó—. Te llevaré a casa.

Con un solo movimiento me sujetó el brazo y me levantó. Una vez de pie, me solté y corrí hacia la puerta, pero me siguió y me agarró por el pelo. Al volverme, vi que tenía la navaja en una mano. La blandía frente a mis ojos.

—Vas a volver conmigo —gritó—. No deberías haberme dejado nunca.

Se me ocurrió que ya no hablaba conmigo, sino con Deborah. Como si su mente hubiese retrocedido diez años.

—T. Ray —balbucí—. Soy yo, Lily.

No me oyó. Su mano seguía aferrada a mis cabellos y no los soltaba.

—¡Deborah! —exclamó—. ¡Maldita arpía!

Estaba fuera de sí, loco de angustia, como si reviviera un dolor que se había guardado dentro todo ese tiempo y que, ahora que se había liberado, lo había destrozado. Me pregunté hasta dónde llegaría para intentar que Deborah volviera. Por lo que sabía, habría sido capaz de matarla.

«Soy tu hogar eterno. Yo soy suficiente. Nosotras nos bastamos.»

Lo miré a los ojos. Estaban empañados de un modo extraño.

—Papá —susurré, y lo repetí gritando—. ¡Papá!

Pareció sorprendido. Su respiración era entrecortada. Me miró y, al tiempo que me soltaba el pelo, dejó caer la navaja sobre la alfombra.

Me tambaleé hacia atrás, pero logré conservar el equilibrio. Yo también jadeaba, y ese sonido llenó la habitación. No quería que me viera mirar la navaja, aunque era incapaz de evitarlo. Eché un vistazo hacia dónde estaba. Cuando volví a mirarlo a él, seguía observándome.

Durante un momento, nos mantuvimos inmóviles. No podía interpretar su expresión. Me temblaba todo el cuerpo, pero creí que tenía que seguir hablando.

—Siento haberme marchado de ese modo —afirmé, mientras reculaba lentamente.

La piel de los párpados le colgaba sobre los ojos. Desvió la mirada hacia la ventana, como si contemplara la carretera que lo había conducido hasta allí.

Oí crujir una tabla de madera del pasillo, y al volverme vi a August y a Rosaleen en la puerta. Les hice una señal con la mano para que no entraran. Creo que necesitaba resolver aquel asunto yo sola y estar con él mientras recuperaba la cordura. En aquel momento, parecía inofensivo.

Pensé un instante que no iban a hacerme caso y que entrarían de todos modos, pero August puso una mano en el brazo de Rosaleen y salieron de mi vista.

Cuando T. Ray se volvió, fijó sus ojos en mí y lo único que había en ellos era un mar de dolor. Miró la aguja en mi camisa.

—Te pareces a ella —afirmó, y al hacerlo supe que todo estaba dicho.

Me agaché y recogí la navaja. La cerré y se la devolví.

—Está bien —aseguré.

Pero no lo estaba. Había visto la puerta oscura que había mantenido oculta, el lugar terrible que ahora cerraría y al que no volvería nunca si podía evitarlo. Pareció avergonzado de repente. Vi cómo movía los labios e intentaba recuperar su orgullo, su rabia, todo el arrojo con el que había llegado. Sus manos se movían inquietas en sus bolsillos.

—Nos vamos a casa —aseveró.

Sin contestarle, me dirigí hacia donde Nuestra Señora yacía en el suelo y la puse de pie. Sabía que August y Rosaleen se hallaban al otro lado de la puerta; casi podía oír su respiración. Me toqué la mejilla. Estaba hinchada donde él me había golpeado.

—Yo me quedo aquí —aseguré—. No me voy a ir. —Las palabras quedaron suspendidas en el aire, corpóreas y relucientes, como perlas que hubiera estado formando en mi interior durante semanas.

—¿Qué has dicho?

—He dicho que no me voy.

—¿Crees que voy a marcharme y dejarte aquí? Ni siquiera conozco a esta gente. —Parecía esforzarse en imprimir la fuerza suficiente a sus palabras, pero la rabia lo había abandonado cuando había dejado caer la navaja.

—Yo la conozco —repuse—. August Boatwright es una buena persona.

—¿Qué te hace pensar que quiere que te quedes?

—Lily puede considerar esta casa como suya todo el tiempo que quiera —afirmó August, que acababa de entrar con Rosaleen en el salón. Me situé junto a ellas. Fuera, se oyó llegar el coche de Queenie por el camino de entrada. Tenía un silenciador imposible de confundir. August, al parecer, había llamado a las Hijas.

—Lily aseguró que te habías ido —comentó T. Ray a Rosaleen.

—Bueno, supongo que ya he vuelto —contestó ésta.

—Me importa un comino dónde estés o dónde termines —le espetó T. Ray—. Pero Lily vendrá conmigo.

Mientras él hablaba, supe que no me quería, que no quería que volviera a la granja, que no quería que le recordara a mi madre. Otra parte de él, la parte buena, si es que la tenía, podía pensar incluso que estaría mejor en aquella casa.

Ahora era una cuestión de orgullo, sólo de orgullo. Se negaba a claudicar.

La puerta principal se abrió y Queenie, Violet, Lunelle y Mabelee entraron a trompicones, agitadas, descompuestas. Queenie me miró la mejilla.

—¿Todo el mundo está bien? —soltó sin aliento.

—Sí —contestó August—. Éste es el señor Owens, el padre de Lily. Ha venido de visita.

—Nadie me contestó en casa de Sugar. Tampoco en la de Cressie —explicó Queenie. Una a una, se situaron junto a nosotras. Las cuatro apretaban el bolso contra su cuerpo, como si estuvieran dispuestas a usarlo para golpear a alguien.

Me preguntaba qué impresión debíamos de dar a T. Ray. Un puñado de mujeres. Mabelee, con su metro cincuenta. Lunelle, con los cabellos en fuga, suplicando que los trenzaran. Violet, que no dejaba de murmurar «Bienaventurada». Y Queenie, la vieja Queenie de labios prominentes, firme y en jarras, diciendo con cada centímetro de su cuerpo: «Pobre de ti como te atrevas a llevarte a esta chica.»

T. Ray sorbió por la nariz y miró el techo. Su resolución se desmoronaba; casi podía ver cómo se le caía a trocitos.

August también lo vio. Se acercó a él. A veces se me olvidaba de lo alta que era.

—Señor Owens, haría a Lily y a todas nosotras un favor si deja que se quede. Ahora es aprendiz de apicultora, está aprendiendo el negocio y nos ayuda en todas las tareas pesadas. Queremos a Lily y la cuidaremos bien, se lo prometo. La matricularemos en el instituto y nos aseguraremos de que no se aparte del buen camino.

Había oído a August comentar en más de una ocasión que si necesitas algo de alguien, siempre tienes que proporcionar a esa persona una forma de dártelo. T. Ray necesitaba una forma de dejarme ahí que le permitiera guardar las apariencias y August se la estaba proporcionando.

El corazón me latía con fuerza. Lo observé. Él me miró una vez y, después, dejó caer la mano hacia su costado.

—Adiós y buen viaje —soltó, y se dirigió hacia la puerta. Tuvimos que abrir nuestra pequeña muralla de mujeres para que pasara.

La puerta principal dio en la pared cuando la abrió de golpe para salir. Nos miramos unas a otras sin decir palabra. Era como si hubiésemos absorbido todo el aire de la habitación y lo retuviéramos en los pulmones a la espera de estar seguras de poder soltarlo.

Oí que subía al camión y, antes de que la razón pudiese detenerme, me eché a correr hacia el jardín, tras él.

Rosaleen me llamó, pero no había tiempo para explicaciones. El camión bajaba por el camino de entrada, envuelto en una nube de polvo.

—¡Para! —grité agitando los brazos—. ¡Para!

Frenó y me miró a través del cristal. Detrás de mí, August, Rosaleen y las Hijas salieron al porche delantero para observarnos. Fui hacia la puerta del camión y él asomó la cabeza por la ventanilla.

—Tengo que preguntarte algo —exclamé.

—¿Qué?

—Me contaste que el día que mi madre murió, cuando recogí la pistola, se disparó. —Tenía los ojos clavados en los suyos—. Tengo que saberlo —proseguí—. ¿Lo hice yo?

Los colores del jardín cambiaron al paso de las nubes y mudaron del amarillo al verde claro. T. Ray se pasó la mano por la cara, bajó la vista y, por último, volvió a fijarla en mí.

Cuando habló, su voz había perdido todo rastro de brusquedad.

—Podría decirte que lo hice yo, que es lo que quieres oír. Podría decirte que lo hizo ella misma; pero en ambos casos te mentiría. Lo hiciste tú, Lily. No querías hacerlo, pero fuiste tú.

Me miró un momento más antes de marcharse por el camino de entrada y dejarme con el olor a gasolina. Había abejas por todas partes, libando las hortensias y los mirtos repartidos por el césped, los jazmines al borde del bosque, el macizo de melisas junto a la valla. Quizás ahora no mentía... Aunque con él nunca sabía una a qué atenerse.

Se alejó despacio, todo lo contrario de lo que yo había esperado. Lo miré hasta que desapareció de mi vista y me volví hacia August, Rosaleen y las Hijas, que me aguardaban en el porche. Esa imagen es la que recuerdo con mayor claridad: yo, de pie en el camino de entrada, vuelta para mirarlas. Recuerdo su aspecto en el porche, esperando. Todas esas mujeres, todo ese amor, esperando.

Eché un último vistazo a la carretera. Recuerdo haber pensado que seguramente T. Ray me quería a su manera. A fin de cuentas, me había perseguido hasta la casa rosa, ¿no?

Sigo diciéndome a mí misma que, cuando se marchó ese día, no dijo: «Adiós y buen viaje», sino: «Estarás mejor en esta casa de mujeres de color, Lily. Conmigo nunca alcanzarías la plenitud como con ellas.»

Sé que es una idea absurda, pero siempre he confiado en el poder de la imaginación. A veces me imagino que en Navidad llegará un paquete. No uno que contenga el jersey-calcetines-pijama de siempre, sino uno especial de verdad, que guarde en su interior, por ejemplo, una pulsera de dijes de oro de catorce quilates. Y habrá también una felicitación para mí que rezará: «Con amor, T. Ray.» Usará esa palabra, amor, y el mundo no se detendrá. Seguirá su curso, como el río, como las abejas, como la propia vida. Nadie debería condenar aquello que parece absurdo. Yo soy la prueba de que lo menos real es también posible: después de vivir mil absurdos, estoy aquí, en la casa rosa. Y cada día me maravillo.

En otoño Carolina del Sur cambió su color por un rojo rubí con tonalidades naranjas. Los veo desde mi habitación de la casa rosa, la habitación que June dejó vacía cuando se casó el mes pasado. No podría haber soñado nunca con una habitación así. August me compró en el catálogo Roebuck y Sears una cama y un tocador blancos, de estilo francés. Violet y Queenie me regalaron una alfombra floreada que se estaba apolillando en un rincón de su casa y Mabelee me cosió unas cortinas blancas y azules de topos con fleco de bolas para las ventanas. Cressie me hizo cuatro pulpos de ganchillo con hilos de varios colores para poner sobre la cama. Con uno me habría bastado, pero es el único trabajo artesanal que Cressie sabe hacer y, al parecer, le encanta.

Lunelle me confeccionó un sombrero que superó todos los demás que pudiera haber hecho en su vida, incluido el tocado de novia de June. Me recuerda un poco la tiara del Papa; es alto como ella y se eleva hacia el cielo. Sin embargo, el mío es más redondeado. Esperaba que fuera azul, pero no; lo hizo en tonos dorados y marrones. Creo que quiere representar una colmena antigua. Sólo me lo pongo en las reuniones de las Hijas de María porque en cualquier otra parte detendría el tráfico a mil metros de distancia.

Clayton viene todas las semanas para comentarnos lo que está haciendo por mí y por Rosaleen en Sylvan. Asegura que no se puede pegar a alguien en la cárcel y esperar salir inmune de ello. Incluso está convencido de que habrán retirado todos los cargos antes del día de Acción de Gracias.

A veces, Clayton viene acompañado de su hija, Becca, que es un año menor que yo, aunque siempre que pienso en ella la veo tal cual está en la fotografía del bufete, de la mano de su padre y saltando una ola. Tengo las cosas de mi madre en un estante especial de mi habitación y dejo que Becca las mire, pero no que las toque. Algún día se lo permitiré, porque me parece que eso es lo que haría una amiga. La sensación de que son objetos sagrados comienza a desvanecerse. Pronto le dejaré el cepillo de mi madre a Becca y le preguntaré si quiere usarlo o si desea ponerse la aguja en forma de ballena.

En el instituto, Becca y yo buscamos a Zach a la hora del almuerzo y nos sentamos con él siempre que podemos. Tenemos fama de «amantes de los negros», que es como nos llaman, y cuando los ignorantes hacen una bola de papel y se la lanzan a Zach en el pasillo, lo que parece ser su pasatiempo favorito entre clase y clase, es tan probable que nos dé en la cabeza a Becca o a mí como a él. Zach nos conmina a que no caminemos junto a él por el pasillo.

—No nos asustan las bolas de papel —le replicamos nosotras.

En la fotografía que tengo junto a mi cama, mi madre siempre me sonríe. Supongo que nos he perdonado a las dos, aunque a veces, de noche, mis sueños me devuelven a la tristeza y tengo que despertarme para perdonarnos de nuevo.

Me siento en mi nuevo dormitorio y lo anoto todo. Mi corazón no deja nunca de hablar. Ahora soy yo quien cuida del muro de May. Lo alimento con oraciones y piedras nuevas. No me sorprendería que él nos sobreviviera a todos. Al final, cuando todos los edificios del mundo se hayan derrumbado, sé que él seguirá ahí.

Cada día visito a la Virgen negra. Y ella me devuelve la mirada con su semblante sabio, eterno y extrañamente hermoso. Es como si las grietas se hicieran más profundas en su cuerpo cada vez que la veo, como si su piel de madera envejeciera ante mis ojos. No me canso nunca de contemplar su brazo extendido, su puño prieto, a punto de explotar. Esa Virgen es la fuerza del amor.

Siento su fuerza cuando menos la espero y su Asunción a los Cielos tiene lugar siempre en mi corazón. Se adentra en él, más y más, en lugar de elevarse. August asegura que se introduce en los agujeros que la vida ha abierto en nosotros.

Éste es un otoño de maravillas y, aún así, todos los días, absolutamente todos, regreso a esa tarde abrasadora de agosto en que T. Ray me dejó. Regreso a ese momento en que, en el camino de entrada, con los pies cubiertos de polvo, rodeados de piedrecitas, volví la vista al porche. Y las descubrí. Descubrí todas esas madres. Nadie tiene tanta suerte como yo: son las lunas que me iluminan.

Créditos

Quisiera dar las gracias a las siguientes fuentes, no sólo por la información que me proporcionaron acerca de las abejas, apicultura y fabricación de la miel, sino también por permitirme reproducir los textos que incluyo en los epígrafes al principio de cada capítulo: *The dancing bees*, de Karl von Frisch; *The Honey Bee*, de James L. Gould y Carol Grant Gould; *The Queen Must Die*, de William Longgood; *Man and insects*, de L. H. Newman, *Bees of the World*, de Christopher O'Toole y Anthony Raw; y *Exploring the World of Social Insects*, de Hilda Simon.